U0920701

云拿月 著

下册

青岛出版集团 | 青岛出版社

第八章　决　裂

陈就不晓得冬稚已经知道了这件事。他转念一想也是，以他妈恨不得让他们老死不相往来的态度，这件事当然不会被藏着掖着，就是要让她知道才好。

他觉得很沮丧。好不容易因为他爸对冬稚的态度良好，冬稚和他才能光明正大地来往，她也能重新出入他家。偏偏他妈想出这样的主意，要他早早地出国——要说没有让冬稚无法跟他联系的想法在里头，他打死都不信。

那天他妈的意思已经很明白，他若是说因为冬稚不想出国，他妈肯定要找冬稚的麻烦。陈文席很少管着他，但望他成才这一点，怕是从陈就落地时就开始有的。哪怕陈文席不讨厌冬稚，照他妈说的，他因为冬稚耽误“前程”，陈文席肯定也会生出不满。

“我这几天一直在想这件事。”陈就艰难地开口。

“然后呢，想出什么了？”冬稚问，“我很好奇你打算什么时候告诉我。”

“什么都没想出来。”他说，“脑子里一片糨糊。”

“所以如果不是我先说，你就打算一直拖着？”

“我不是那个意思……”

冬稚垂眸：“算了。我知道你很为难。”

两人沉默了一阵。

冬稚问："什么时候走？"

"我妈的意思是等高中毕业的时候。"

"去哪儿呢？"

"英国。"

"嗯。"冬稚笑了下，"那你要开始准备考试了，考托福还是雅思？雅思对你来说应该不难。"

她这样平静的语气，让陈就不适中又有些担忧："冬稚，你……"

"我知道你想说什么。"冬稚打断了他的话，注视他许久，说道，"我不会等你。"

陈就一怔。

这句话她说得比先前的那些话还要更为平静，他在她波澜不惊的脸上找不到任何情绪。

她说："你在大洋的另一边，我在这边，隔得太远。一是联系不方便，你到后来肯定会很忙，我以后读大学，事情也会变多。慢慢地，两个人的交集越来越少，能说的话也会越来越少。二则，谁都不知道以后会发生什么，不确定性太大了，我们谁都保证不了我们的未来。"

陈就一颗心渐沉，随着她的话音觉得越发有点儿冷。

"你就是这样想的？"他接受不了她这么没有感情地去剖析他和她的未来，"你已经决定好了？"

"不是我决定好了，是你，是你们决定好了。"冬稚抬头盯着他的眼睛，"你是在生气吗？这件事我是从别人的嘴里得知的，你甚至没有想好什么时候告诉我。虽然是你妈做的决定，而你现在也接受了，事情已经成为定局，改变不了。在这件事里，我才应该是生气的那个人吧？"

两人都压抑着音量，谁都没有冲对方大声说话，但脸色都不好看。

他们僵持着，空气好似都不会流动了一般。

还是冬稚先开口。她叹了一口气，垂下眼："我想起来还有点儿事，今天不逛了，下回再说吧。"

言毕，她转身就走。

陈就抬腿跟了一步，想拦却怎么都伸不出手。

冬稚快步过了马路，消失在拐弯处，大概是去搭乘公交车。

而陈就站在原地，许久没有动弹。

两个人第一次不欢而散。

冬稚开始躲着陈就。

学校就这么大，陈就和冬稚愣是没有碰到过一次。

直到第四天的时候，陈就终于看见了冬稚。她身边陪着她的人仍旧是那两个——苗菁、温岑。陈就看见他们的时候，他们仨一起走在学校主干道旁的一条小道上，边走边聊，不知道在说什么。

没有他，有苗菁，还有温岑，冬稚好像过得也很好。

陈就喉咙又涩又干，还有那么一点儿酸意，从心里不知名的角落泛起。

在周末休息的前一天里，陈就便烦闷不已。他终于下定决心和冬稚好好谈谈，去她教室门口一看，她的座位是空的。他随手拦下一个人问，对方说："冬稚？冬稚没来啊。"

陈就听了一愣："为什么没来？"

"不知道，可能请假了吧。"

陈就抬眼见苗菁和温岑的座位也是空的，想他们或许是一起出去了——但刚才那人分明说冬稚没来。他一转头，见苗菁和温岑从走廊的那头走过来，犹豫了一秒，迎上去。

因为冬稚，他们也算有那么一点儿关联。

"你怎么在这儿？"苗菁被拦住，愣了下。

"冬稚呢？"陈就问。

他这话一出，苗菁感到奇怪了："你不知道？"

"知道什么？"

苗菁打量了他几秒，说："你们是不是吵架了？这段时间好像没见你们说话。"

陈就拧着眉，脸色不太好看："你先告诉我，冬稚呢？"

苗菁看了温岑一眼，温岑一脸平静。横竖陈就不是问他，温岑也没心情答，脸上既没有情绪，也没有表现出什么态度。

"你还是自己问冬稚吧。"苗菁思考过后这样道，"我不知道你们现在是什么情况，冬稚也没说。她要是愿意告诉你肯定会告诉你，她要是不愿意告诉你，那我不是做坏事了吗？所以我更不能说了，对不对？"

苗菁拍了下温岑的胳膊，两人绕开陈就便走了。

陈就还要再问，但他们走得快，转眼就进了 13 班的门。

陈就放了学回到家见不是冬勤嫂当值，便放下东西扭头就出门去了冬稚家。

冬勤嫂正在厨房里准备午饭，陈就喊了声：“勤婶。”

他迈开大长腿，着急地进门。

见他来得急，冬勤嫂在围裙上擦干手，立刻迎出去：“哎哟，您怎么来了？”

陈就用眼神往冬稚的房间里瞄去，里面没人，压下那丝失望，在略显昏暗的厅里站定：“冬稚呢？她怎么不在家？”

“嗐。”冬勤嫂听他问这个，“我还以为你这么急是有什么事呢。冬稚去华城参加比赛了。”

她顿了下，奇怪地道：“她没告诉你吗？我看你们经常一块儿顺路上下学，还以为你知道……这个死丫头！回来我说说她。”

陈就怔了一下，问：“她一个人去了华城？”

“嗯。”冬勤嫂说，“好像是受什么邀请去的。她说之前比赛时当评委的一个老师亲自打电话来叫她去，说觉得机会不错，要她去试试。”

“什么时候回来？”

“好像要将近二十天吧。她跟学校请了二十天的假，我给老师打的电话。”

“她一个人在外面，吃住怎么办？”

“这个不用担心。”冬勤嫂笑了笑，“那个老师人特别好，帮她跟主办方申请了住宿。那边提供住的地方，自己出车费和吃饭的钱就行。”

其实车费和吃饭的钱冬勤嫂咬咬牙还是给得起的，只不过过日子节俭惯了，干什么都是省。不过冬稚用不着跟她开口，上回比赛的奖金冬稚大半都留着没有乱花，这回正好能用对地方。

得了答案，陈就和冬勤嫂告辞，走出院子，怅然又像是失了魂。他发给冬稚的消息她没回，放学路上打的七八通电话她也一通都没接。

去华城比赛这样的事，她不声不响，一个字都没告诉他就自己去了，而且一去就是二十天。

她真狠得下心。

傍晚的球场上，陈就和温岑相遇。因为温岑球打得不错，理科班的几个人一见他就把他拉来一起玩。

换作平时，陈就或许有兴趣和温岑较量一下。虽然温岑是神经大条的男生，但不是不懂，有些事情两个人的视线一碰，陈就能感觉得到那种微妙的气氛。

打从第一次见面起他就不喜欢温岑，温岑对他也没有好感，彼此心知肚明。即使有过同桌一起吃饭的时候，那也是看在冬稚的面子上才吃的饭。

可以说，他们完全没有一点儿交情。

但这时候不一样。

陈就满脑子的烦心事，没空和谁较量。温岑对此好似知道又似不知，安心打着自己的球，跟他一次多余的接触都没有。

一场球打了许久，温岑累了先下场。陈就远远看过去，能看到他在场边喝水的背影。

不知道陈就是怎么想的——或许因为实在是太烦了，陈就把球传给别人，没一会儿也下场朝那边走去。

温岑正擦汗，听见旁边走来个人，用余光瞥了瞥。他见来人是陈就，诧异了一瞬，然后就收回视线。

陈就站着，有好几秒没吭声。

“难怪冬稚不理你。”温岑忽地笑了下，“就你这性格，换了我也不想搭理你。”

“没吵架的时候她没少理我。”陈就反唇相讥，“就你这性格，我也不是很想搭理你。”

温岑笑了声，把毛巾一扔：“有事你就说吧，别磨磨叽叽的。”

陈就拧着眉，话在喉咙被堵住。找温岑干什么？温岑又能怎么样？问题不在别人的身上，就在他们两人的身上。

陈就果然打球打昏了头。

他正要走，温岑道：“看你挺烦的，是因为冬稚吧？”

顿住还没提起的步子，陈就看向他。

陈就还没说话，温岑就道：“我听说你要出国了。你们吵架的原因，我大概能想到。”温岑顿了一下，“你不觉得你挺可笑的吗？既然问题摆在眼前，那就给出一个可行的解决方案，想其他有的没的有什么用？”

陈就皱了皱眉。

这件事的矛盾之处在于陈就要出国离开好几年，而冬稚不愿意给他任何承诺。她说变数太大，她不会等他。

问题出在分开……如果他们不分开就不会有问题……他们不分开……

灵光一闪，陈就忽然想到冬稚最钟爱的小提琴。

如果……如果冬稚可以和他一起出国呢？

那么她可以有更好的接受教育的机会，说不定将来还能深入学习小提琴，而他们也不用分开，所有的问题不就迎刃而解了？

两全其美，不，从各方面来讲都是完美的。对他们的关系只有好处没有坏处。

温岑没再跟他说话，拎起东西就走了。

陈就在原地想了半分钟，回过神来，拎起包往校门外冲。

“什么？我不同意！”萧静然拍案而起，将眉头皱成了“川”字形。

陈文席淡定地喝着茶：“我考虑好了，这件事就这么定了，你不要吵吵，去安排就是了。”

萧静然气得胸口起伏不定：“你要送冬稚和儿子一起出国？你疯了？！她又不是我们家的人，她读书凭什么要我们管？我不同意！”

“我说了，这件事我已经决定了。”陈文席沉沉地睨她，“冬豫他们一家和我们家是多年的交情，我爸亲手喂大的冬豫，他们家这么多年来也都在给我们家工作。将来冬稚如果有出息，我爸和冬豫泉下有知一定都会很欣慰，我们家面上也有光。”

“有什么光？！她姓冬，她有没有出息关我们什么事？我们凭什么要给她花钱？！”萧静然拔高声音，“在国外一年的开销少说得有二三十万，读完大学里外加起来就得一百万。儿子是咱们自己的儿子，冬稚是一个外人，我凭什么给她花这些钱？”

“钱是你挣还是我挣？！”

“我不是你老婆？我不是你儿子的妈？我不是你爸的儿媳妇？你挣

的钱我不能说是吧？”

陈文席忍着气说：“一百万又不是什么大钱，也值得你这样大呼小叫的？”

“一百万我就是打水漂儿也开心，但平白无故地花在外人身上我就不舒服！”

她撒泼，陈文席听得烦，猛地拍了下沙发扶手：“你开心什么开心，一百万而已，你就知道钱钱钱！”

“你不知道钱？你爱钱爱得比我少了？”萧静然气红了眼，要哭不哭，站在他面前骂，“是，你陈家在澜城是算有钱，数得上号，可往外瞧呢？外头那些真正的大户人家，人家几代几代的传承，你们比得上吗？这才多少个年头，有了点儿钱就忘了自己几斤几两，你们陈家这点儿家底还不是你爸挣回来的？他攒下这些钱，那是他命好、运气好！

“这些年你除了坐吃山空，啃你老子的老本，闯出什么名头了？整天好排场好面子，你出去打听打听，多少人在背后笑话你，是暴发户非要充什么书香门第。你就是癞蛤蟆上秤不知道自己几斤几……”

“你敢再说一句？！”

陈文席气愤极了，站起来啪地抽了她一个耳光，萧静然被巴掌扇倒在地。

就打了一巴掌，陈文席还不解气，上前抬腿狠狠地踹了她一脚：“你要是嫌我陈家庙小供不起你这尊大佛，就给我趁早滚蛋！滚——”

陈文席拂袖而去，萧静然卧地不起，捂着脸呜呜地哭。

冬稚是在二十天假期的最后一天下午回的澜城。

陈就在她回来的前一天和她联系上。冬稚前脚刚到家放下东西，后脚就被他叫出去。

他找了个咖啡店坐下说事儿，冬稚听完他一番话，沉默良久。

“这件事你为什么不先跟我说？”

陈就反问：“你一去就是二十天，也不理我，我怎么跟你说？”

冬稚沉默了下，道歉：“对不起，这一点确实是我不对。”她说，“我只是想冷静一下，好好思考清楚。”

“我知道。”陈就接话，“原本问题就不在你，事情的根源都在于我没有尽早告诉你。想好好想办法，也没有知会你一声，拖了那么久，到最后也什么都没想出来。是我没有考虑你的心情在先，还要你反过来理解我、体谅我。不过现在没事了，我爸已经同意我们一起去。”

他顿了一下，想到摆在现实层面的另一个问题——他们俩的成绩差距。陈就说：“虽然可能上不了同一所学校，但哪怕就算不能在同一个城市，在同一个国家也行，至少不用隔着大洋就是好的。”

冬稚有几秒没开口，而后叹气：“说真的，我确实想学小提琴，但我知道以我们家的条件这不可能。突然之间有这个机会，你问我想不想去，我肯定是想的。但是你们家那边……你妈……”

“我爸已经同意了。”陈就强调，“你别管其他的事情。”

冬稚抬眸，陈就凝视着她的眼：“别的你什么都不用担心，有我。”

“这……这怎么行？！”冬勤嫂吓了一跳，面上闪过几分无措的神情，“出国，出国得花多少钱？要好多钱吧？怎么能占陈家这种便宜？不合适。”

“妈。”冬稚说，“我已经同意了。”

“同意？你怎么不问过我就同意？你这孩子！不行，我得去问问太太到底是怎么回事……”

冬稚拦住她：“你别去。陈就他爸妈前段时间为这个吵了一架，你去找他妈肯定讨不了好。”

“吵架？他们是因为这个吵架？我说怎么……”冬勤嫂吃了一惊，在她面前来回踱步。半晌，冬勤嫂停下脚步，拧着眉伸手在冬稚的胳膊上掐了一下——没真的掐，不过是做样子。冬勤嫂责怪：“你怎么这么不识好歹，这种便宜是我们能占的吗？太太和先生还吵架了，你说这怎么好？难怪……难怪这段时间太太整天不在家，我听其他人说他们好像吵架了，但谁也不知道具体为什么，一天天气氛怪着呢……”

她们在冬稚的房间里说话，冬稚坐在床沿，说：“我想学小提琴。陈文……陈叔叔不一定会让我学这个专业，但是去外面，总会有更多的机会。”

“你是不是傻？！”冬勤嫂生气地道，“你去了，咱们欠陈家这么多，以后怎么还？你拿什么还？！”

“这些我都不想去想。”冬稚说，“我只知道，我本来就没有多少选择的余地。有一个算一个，给了我机会我一定要抓住。”

冬稚站起来，紧紧抓住冬勤嫂的胳膊：“妈，你知道吗？全世界排名前十的音乐学院全部在国外。如果我错过了这次机会，不知道什么时候才能有下一次机会，就算有下一次机会，又要等多久？那些艺术家的摇篮，培养出了无数小提琴家的地方，我做梦都想去看一看。妈，我不想留下遗憾。”

冬勤嫂怔怔的——冬稚眼里的光，坚决、执拗，亮得可怕。

突然间，冬勤嫂说不出那些想反驳的话了。

面前是她的女儿，冬勤嫂怎么会不明白她呢？冬勤嫂只是怕那些难以追求的东西太过缥缈，希望太小。千千万万人，有多少家庭条件优越的人，从小被悉心地培养着去学艺术。

像她们这样的家庭，如果冬稚最后没能成功，将来要怎么办？她不想女儿的人生折在这上面。

但冬勤嫂其实比谁都清楚，和冬豫一样，他们都明白一件事。

那就是这一生或许再也不会有什么东西能比小提琴更让冬稚热爱。

冬稚带着比赛的一等奖回来，苗菁和温岑两人好好给她庆祝了一番。

“这是第几个奖了？”苗菁啧啧称奇，“冬稚你好厉害呀！”

“只是小规模的比赛，没有那么夸张。”冬稚说的是实话，心里也清楚奖项的重量。

这些经历并没有让她变得骄矜，更多的是为这个过程满足。她享受的也是那种能够痛快淋漓地去做自己喜欢的事，并为之努力的感觉。

苗菁才不管那么多。认定冬稚厉害，在苗菁心里那就是厉害。苗菁连着夸了她好一通，菜上齐了，这才专注地动筷进食。

温岑全程面上都带着笑，听她们聊，偶尔插一句话——苗菁跟他拌嘴他也不还口。

临到三人都吃得差不多，温岑放下筷子，忽然开口：“我有事要跟你们说。”

“什么事？”苗菁狐疑地道，“你这么一本正经的，看起来怪吓人的。”

换作平时温岑肯定要喊苗菁“大姐”，让她别那么损，这时候却只是笑了下。

冬稚察觉出他不对劲，关心地道："怎么了？"

"没怎么。"温岑摇摇头。

"那你……"

"我要转学了。"

苗菁吐槽的话还没说完，话就卡在喉咙里。

冬稚也愣了："转学？"

"嗯。"温岑点头，"我爸工作调动，要去另一个地方，他带我一起走。"

"不是！"苗菁急了，"你不是转来我们学校的吗？这才多久，怎么又要转学？"

温岑道："转来澜城也是因为我爸工作的原因。我在上一个学校就待了三个月，来澜城能待这么久，其实也算挺意外的。"

离别的讯息来得太突然，冬稚和苗菁一时没能消化这个讯息，双双哑言。

过了好半晌，苗菁才道："可……这都……这都快过了高三的第一个学期，下周考完试这学期就结束了，马上下个学期就要开始，怎么还转学呢？"

冬稚没出声，抿唇看着温岑。

他半带吐槽地苦笑："我爸非要把我拴裤腰带上，我有什么办法。"

"就不能不转吗？"苗菁试探道，"你可以住校啊。反正最后一个学期了，你都这么大了，也不用人照顾。下学期就几个月的时间，高考完去上大学，你爸没什么好不放心的呀。"

"我第二次转学的时候也不乐意，但是拗不过我爸。"温岑靠在椅背上，面上带着些许麻木和无所谓的神情，"随他吧。"

苗菁不说话了，桌上一时沉默。

冬稚问："什么时候走？"

"考完就走。随便考考，成绩什么的也不用管了。我爸给我办手续，考完我收拾东西直接去新地方。"

冬稚又问："那你要转去哪里？离得远吗？"

温岑锁着眉想了想，道："嗯……地图上，澜城在的这个省旁边的旁边的那个省，然后是那个省西南地区的一个城市，我忘了，反正大概就在那儿吧。”

他去的地方太多，已经没心思记了。反正他到哪儿不是吃住，到哪儿不是过日子。

冬稚听他这语气，不知该说什么好，还是没忍住问：“你一共转学多少次了？”

“五六次吧。”他说，“在不同的省，从高一开始的。我高中要是多读几年，估计我爸能带我走遍全国。”

这时候他还有心思说笑，苗菁嗔了他一眼，气氛没那么沉重了。

“反正大概就是这么个样子。”温岑说，“到时候时间定下来了，我跟你们说一声。行了，这顿我买单。趁我走之前你俩能多宰我几顿就多宰几顿，不然以后可没机会了。”

“看你说的！”苗菁气呼呼地说，“又不是以后不见面了。你转学就转学呗，明年高考完就上大学了呀，以后难道还见不着吗？”

“行行行，你说的是好吧。”温岑讨饶，“我收回刚才的话，你骂得对。那大姐，这顿你买单吧。”

“你又叫大姐！”苗菁气得去打他，“你才大姐！”

“哎呀，我都要走了，你少打我两下行不行？”

“我打死你，别走了，你死这儿吧！”

他俩又像往常一样吵闹，冬稚禁不住弯唇笑。

夹杂着一丝丝伤感的空气里，仍然有着无法忽视且弥足珍贵的快乐。

这快乐属于他们。

苗菁先离开后，顺路的温岑和冬稚一块儿走。天色还早，两人中间隔着些距离，在大街上步行。

冬稚犹豫了很久还是开口：“温岑。”

“嗯？”

“你为什么帮我？”

“什么？”他面露不解之色。

“就是……总之就是很多事。”

“比如？”

她停顿许久才说：“那一次我们四个人一起吃饭，在包间里你为什么问我那个问题？”

温岑就猜到她会提这个：“其实我并不知道你到底想干什么。但我记得你说的话，你在篮球场边跟我说你想通了，你要过好日子。”他缓缓地道，“我知道你聪明，什么事都心里有数。你对陈就的态度这样或那样，正常或不正常，肯定都有你的理由。到后来陈就要出国，你反应强烈地躲着他，如今你也要和他一起出国……前前后后，现在我大概能猜到一些了。”

冬稚眸色深了深，但很快恢复如常。

“我不清楚你和他，或者是跟他们家有什么纠葛，这是你的事情。你不主动开口，我就不会也没有这个权利去过分地窥探，这一点你放心。至于你问我为什么要帮你……”他说，“没有原因。”

当初在包间那一天，温岑是故意为之。他和冬稚认识不算久，但他能明白她。

如今，她和陈就的关系走近到这个地步的结果，就是她拥有了出国留学的机会。这或许是巧合，但又有什么关系，无论怎样，温岑都很乐意在她需要帮忙的那些细小关节上推她一把。

“我只知道我的朋友是你，不是陈就。”温岑手插着兜，“你和他，我闭着眼睛选也是选你这边。所以，为什么不帮你？

冬稚动了动唇，想说什么，却没说出口。

“而且……”他停下脚步。

冬稚也随着他停下脚步：“而且？”

温岑微垂眸凝视她：“我知不知道不重要。就算我不知道你想要的是什么，也希望你可以愿望成真。”

高中生涯最后一年的寒假即将到来，直到春节前的七天，高三才开始放假，时间比其他年级晚了足足两周。临放假前的下午，受即将到来的假期影响，校园里紧张的氛围总算有所缓和。

陈就从实验楼出来又被老班叫到办公室里去谈了一会儿，出来时高三年级的大部分班级已经开始搞卫生。陈就已经和冬稚约好一起回家，见时间不早了，本来想走往常走的主道，为节省时间，转念还是选择从办公楼和教学楼间的小径抄近道过去。

他在实验楼前被老师半途截住是个意外，耽搁了些时间。他不知道冬稚有没有去他的班上找他，不知道她找不到他会去哪儿等。

陈就一边走一边拿出手机，想看看有没有冬稚的消息，问问冬稚在哪儿。他加快脚下的步子，转瞬就到了凉亭附近，正低着头继续往前走，隐约听到前面传来说话的声音。

这声音他听着有点儿熟悉。

他脚步一顿，抬头看去，瞥见苗菁的侧脸。苗菁在，那么大概率冬稚也在，他看向侧对着这边的背影，果不其然冬稚就在那里。

苗菁和冬稚都没发现他。陈就下意识地扯了下唇角，提步正要走过去，忽然听苗菁叹了口气："我感觉你最近好像不是很开心……"

"哪儿有。"

"有啊。你别骗我了，别人看不出来，好歹我们也做了几年的朋友了，我们都熟到这个地步了我还感觉不到吗？"

陈就缓缓地停住脚步，没有过去。这里种植的绿色植物遮挡住了他。那边她们聊得专心，也没发觉他在这里。

"你跟陈就……"他看不清苗菁的表情，就见她低下了头趴在石桌上，对周围的一切——包括他都毫无察觉。

"我们怎么了？"冬稚声音轻柔地反问。

"你喜欢他吗？"苗菁问着，叹了一口气，"以前你跟我说喜欢，我是信的，那个时候我也觉着你好像喜欢他，但是现在……"

陈就微微一僵，背脊紧绷着，被这莫名的话题弄得有些紧张。

"你想多了。"冬稚这样说。

苗菁沉默了一会儿，而后道："反正我就是觉得你好像不是很开心，越来越不开心了似的。跟陈就相处的感觉也让我觉得怪怪的……"她抱怨，"就是有种说不出来的奇怪。之前我跟温岑聊过这个话题，他说我想多了，你也……唉，算了。"

陈就愣怔间，又听苗菁问了一句："冬稚，温岑走的那天，我看你……你是不是哭了？"

他呼吸一滞，难受又好似发凉的感觉从指尖蔓延开来。

苗菁和冬稚在凉亭待了半天，回教学楼里的1班一看，人都没了，哪儿还有陈就的影子。不得已，她们转移到校外的小卖部门口等。

“他还没接电话？”苗菁捧着一盒酸奶，咬着吸管道，“奇了怪了，人呢？”

冬稚没答，将手机贴在耳边，拨号声一下一下地响着，听得人心烦。

终于，那边接通了。

“陈就？”

“嗯。”

“你在哪儿？”

“我有点儿事。”他在那边说，“你先回去吧。”

冬稚一愣：“这么晚了还有什么事？”

“老师让我留下谈点儿事情。”

“那……我等你？”

“不用。”他说，“太晚了，要耽搁很久。你先回家吧，我回去了给你发消息。”

冬稚觉得他的声音不对：“你怎么了？听着嗓子这么沉，不舒服吗？”

“没有。”陈就说，“可能着凉了，回去吃点儿药就好。”

冬稚没有办法：“那我回去了，你早点儿回家。”

他说了声好，稍稍停顿，低沉的声音终究还是放柔了些许：“路上小心。”

陈就挂了电话，盯着手机看了许久，又缓缓收起，把它装进口袋里。

他坐在学校后门旁的石凳上，不远处就是教职工宿舍，再往远一点儿的地方眺望，是平时最热闹的操场。

他的脑袋里纷繁的事情交织，都是些细小的事情，既空泛又乱糟糟的。

他往后一靠，头抵着冰凉的墙壁。

此刻夕阳昏黄，四下无人，一切都静悄悄的。

冬稚察觉到陈就似乎不太开心，从寒假到高三最后一学期开学后的两个月，他的情绪一直不太正常。

陈就不承认。冬稚问他，他只说没有休息好。

可他哪里来的那么多休息不好的时候？以前她也没见过他这样。

当冬稚又一次问起，陈就照例说没有，想了想，忽地道："对了，赵梨洁会跟我们一起出国。"

冬稚愣了下，良久后才出声："哦……"

她垂下眼继续看书，没有太大的反应。

陈就还想说什么，动了动唇，没出声。

从图书馆回去的路上，两人从巷子里走过。冬稚正说着他们班上的安排，陈就忽然停下脚步。

"怎么……"

她刚抬头，蓦地被陈就推到墙边。她的背抵着墙，她觉得隐约有些凉。

冬稚愣愣地看着他："陈就……"

他不说话，垂下眼，盯着她看，气氛静得有些诡异。

她问："你怎么了？"

好半晌，他深吸一口气，退后半步，说："没什么。"

然后他重新牵起她，朝外走。

陈就和冬稚要考雅思，还要参加会考，而陈文席的意思是希望他们还是要参加高考。所以他们和别的学生一样紧张地准备着高考，甚至觉得压力更大。

学业方面都是陈就在带着冬稚准备，几乎所有的课余时间他们都泡在了图书馆里。

周四下午上学前，萧静然叫住经过客厅的陈就。

"你最近在图书馆复习对吧？梨洁跟你是同学，她也要去留学，你复习的时候带上她。"

萧静然和陈文席吵过架以后消停了好一阵，很久没过问陈就的事。

她盯着陈就看，准备好要如何反驳他说的话，不想陈就沉默了一会儿，却说："知道了。"

萧静然一愣，陈就没等她说话就提步走开。

下午放学的路上，陈就告诉冬稚："下一次我们复习的时候，赵梨洁会一起来。"

冬稚愣了一愣，脸色缓缓沉下，最终还是接受："好。"

他们并肩走着，陈就沉默了许久，忽地停下来。

"怎么了？"

"你为什么一点儿反应都没有？"他问。

冬稚被他问得愣住。

"你为什么不生气，不难过，情绪毫无波动？"

"我……"

"我知道你又要说那些道理，没什么好生气的，她不值得我和你去浪费感情……对不对？"陈就盯着她，"可是我不想听这些。冬稚，我不想听你冷静又理智地去一条条分析利弊和现实。"

"那你想听什么？"

"我想听什么你不知道吗？"

冬稚皱了下眉："陈就你……"

陈就笑了一下，但很快收回了笑："你知道我要出国，可以冷静地跟我说你不会等我。我难受得要命，你也可以头也不回地去外地参加比赛。我想了很多次，告诉自己，那是因为你从小长大的环境和经历，所以你不得不很现实地面对这些问题，这是你自我保护的方式，你这样是有原因的，我也应该体谅……但是我真的很想知道，温岑走的时候你在想什么？你为他哭的时候在想什么？你可不可以告诉我？"

冬稚愣怔地看着他，一时不知该怎么接话。

两个人没有争执的时候，有好长一段时间都风平浪静的，但一旦开始有矛盾，便一发不可收拾了。

冬稚和陈就这一次闹别扭，仍旧是单方面有不好的情绪。只是和上次不同的是，上回主动权掌握在冬稚的手上，这回主动权却掌握在陈就的手上。

冬勤嫂好不容易说服自己接受陈家资助冬稚出国读书的事。两个孩子每天都在看书做准备，一段时日以后冬勤嫂就习惯了。

最近陈就却不来找冬稚，冬稚有好几次都自己闷在家里看书。

冬勤嫂觉得奇怪，对冬稚道："你怎么没去图书馆？马上就要考试了，还不抓紧点儿？"

"我在家看书也是一样的。"冬稚说，"陈就把重点全部画出来了。"

"这几天怎么没看见他？"

"他有点儿事，不方便两个人一起去。我自己在家里看书。"

冬勤嫂不疑有他，没往深处想。

冬稚不止在家被问，出了门苗菁也问："陈就怎么没来找你啊？你们不是一起准备考试吗？"

"他有点儿事。"冬稚仍旧是那副说辞。

苗菁再问几句，见问不出什么，便也不再说什么了。

冬稚和陈就也不是没有一点儿联系，但是在这样僵持的氛围里，一切都显得古怪了起来。她翻翻聊天儿软件上的记录，他们已经好久没有好好地聊天儿了。陈就除了给她发复习资料，一个字都不说。即使她说了什么，他也不回消息。

有的时候冬稚去找他，他要么给她资料，要么就说忙，让她先走。

但他们回了陈家，陈就又好似一切如常，至少陈文席对她的态度还是和以前一样，一点儿都没有察觉自己的儿子和她正在闹别扭。

高考完拿毕业证那天，冬稚提前给陈就发了消息，说晚上一起吃饭。他没回，没说好也没说不好。等冬稚去找他，发现根本不见人影。

冬稚在校门外打了好多电话给他，最后一通他才接。

"你在哪儿？"

他言简意赅："家里。"

冬稚沉默了下，说："我过来找你。"

他也不吭声，就挂断了电话。

苗菁本来想拉冬稚去庆祝，被她婉拒。冬稚一心只想和陈就好好聊聊，挂了电话立刻往回赶。路上经过街角的面包店，店员将刚烘焙好的黑麦面包放到橱窗里最左边的位置，她步子稍停。

陈就很喜欢吃这种德式面包。

她顿了顿，下一秒提步进店，买了两个面包装在纸袋里拎着。

陈文席和萧静然都不在家，一个外出应酬，一个和朋友出去喝茶。

婶子正在清理院子，给冬稚开门让她进来。家里干活儿的人除了早上做卫生，其他时间一向是不上二楼的，只在一层走动。

婶子说陈就在楼上没下来，冬稚换了鞋上去，上楼的脚步声在安静的大房子里显得格外明显。

嘭嘭——

见敲门后没人应，冬稚叫了一声："陈就？"

没有回答，于是她试探着拧门把手一推，门开了。

略有些明显的酒味钻进鼻腔，冬稚半关上门，站在门边看着窗台边的背影。

陈就坐在那儿，旁边是几个喝剩下的易拉罐。

"你喝酒了？"

他缓缓回头，脸上透着丁点儿的乏意，将手里握着的易拉罐递到嘴边，喝了一口，没说话。

冬稚皱了下眉，反手把门锁上，提步过去。

"喝了多少？"他身边的易拉罐有四五个，估计他开了一整打，冬稚伸手搀他的胳膊，"下来。"

她用力扯了好几下他才动。

陈就脚步不稳稍微踉跄了一小下，冬稚忙扶住他。视线对上一秒，他生硬地移开目光。

"你躲了我这么久，还要躲吗？"冬稚拽着他的衣服不撒手。

他不说话。

"陈就。"

他忽地转过脸来，低睨她："考试前我一直都和赵梨洁一起复习。"

冬稚一愣。

"我们约好了明天一起去看电影，后天去逛街，大后天去邻市参观展览。"

她拽着他衣服的手微微用力。她脸僵硬着，假装没听到："你先坐下……我扶你……"

陈就甩开她："你听到了吗？我说我和赵梨洁天天都待在一起，从明天开始每天都有约。她打算和我读一个学校，我们三个一起去英国，在英国你离我有两个小时的车程，但是她和我在一个学校里——每天我们都会见面。"

冬稚深吸一口气，再呵出来，气息都是滚烫的，灼热地经过呼吸道，喉咙里火烧火燎的。

她站着没动，艰难地咽了口口水，过了好久，退后一小步，转身就走。

陈就拽住她的手腕，把她往回拉。

冬稚没挣开，他捏得她手腕泛白。

他质问："你喜欢我吗？"

"你说呢？"她抬头，尽管竭力压下泪水，眼里还是留下了一层水光，眼角有微微的红意。

"我说？我怎么说？"

"你刚才不是挺能说的吗？说啊，继续说啊，你和赵梨洁下个礼拜打算干什么？看完电影逛完街，再参观完展览以后呢？还有什么安排你都说啊？"

冬稚眼泪唰地一下流下来，抓起一旁的纸袋砸在他身上。

面包从袋中滚出来。

她吸了口气，略略压下情绪，又开始试图甩开他的手。

陈就任她挣扎就是不松手。

"我没有和她见面，没有要跟她看电影逛街，我骗你的，全都没有……"

他话音落下，两个人都不再开口，满屋子只余冬稚的哭声。

冬稚的声音含糊不清："陈就、陈就……"

"我在。"

"没有不喜欢你。"她的嗓音开始沙哑，"我喜欢……"

陈就一迭声地应着，拍着她的背给她顺气，低头从脸颊到唇角一点儿一点儿地擦掉她脸上的眼泪。

"冬稚、冬稚……

"冬稚……"

炎热的太阳炙烤着的夏日，好像一切都烧灼起来了。

凉意从打开的窗户透进来。

"我该回去了。"冬稚的嗓音沙哑。

陈就嗯了一声。她的脸色红得不正常，他也没好到哪儿去。

拧开锁，陈就伸手扶她，一边开门一边道："小心……"

话音未落，他察觉被扶着的人一僵。

陈就抬起眼，刹那间也僵住。

两个人都面色灰白。

"我今天要是没有提早回来，怕是就看不到这出好戏了吧。"萧静然站在门外，缓缓冲他们一笑，目光扫过冬稚，嘲讽之意不加掩盖，"真行啊你。"

偌大的客厅里，鸦雀无声。

闲杂人等都被支开，客厅里只有陈就一家和冬稚一家在。陈家三口全都到齐——陈文席是被一通电话催回来的。

冬勤嫂先是觉得不可置信，登时眼里就蓄起了泪，羞愧、惊讶……数不清的情绪交织在脸上。她拽着冬稚边打边骂，边骂边哭："你怎么这么不要脸？！我打死你……"

"行了，别在这儿唱大戏了，你当这里是什么地方？"萧静然冷眼斥责。

陈文席坐在沙发正中，脸色沉重。他看着白着脸不吭声的冬稚，脸上满是失望之色："我以为你是个好孩子，没想到……你太让我失望了！"

"爸……"

"你闭嘴！"陈文席冲陈就呵斥，"你也脱不了干系，你以为你就有脸了？！"

"你认是不认？"萧静然冲着冬稚质问，"不认的话，现在我们就去医院，我让医生给你检查。"

陈就脸一白："不行——"

"现在没有你说话的份儿！"萧静然斥道，"我跟你爸在这儿，你最好少说两句，你看看你像什么话？是我们没有好好管教你，让你现在就动歪心思，被这不知廉耻的丫头片子拐带成这样！"

萧静然转身看向陈文席："你说怎么办？你还要送她和儿子一起出国，你能放心吗？这次不管你怎么说，我死都不会同意。谁愿意出这个钱谁出，我绝不能让她继续祸害我儿子。"

像是怕还不够似的，她继续添油加醋："我早就说过多少遍了，你偏不听我的，这下知道了吧？她就是没安好心，就是藏着坏心思。这次说什么我都不会再松口。”

“不关她的事，是我。”陈就青着脸站出来，“都是我……”

“你给我闭嘴，闭嘴！”萧静然冲上来狠狠打他的胳膊，“我怎么就养了你这么个不争气的，她到底哪里好？把你迷成这样？你再说我就打死你！你给我闭嘴……”

“够了！”陈文席怒斥一声，深深吸了两口气，看着这满场荒唐的情景，最后将视线停在冬稚身上：“我先前决定要资助你留学，是想着你懂事又听话，念在和你爸的感情上帮你一把。没想到……造成现在这个局面，说什么我也不能让你继续和陈就待在一块儿……”他顿了顿，说，“资助你留学的事情就当没有过。”

萧静然闻言脸色一缓，终于松了口气。

冬勤嫂自觉脸面丢尽，在一旁哭着说不出话。

陈就不接受这个决定：“爸！一码归一码，这件事不是她的错。”

“不是她的错？难道她就没有错吗？！”

“她错在哪儿？”陈就冲到陈文席面前，“我们已经毕业了，早都成年。我实话跟你说，我跟冬稚互相喜欢，我喜欢她她也喜欢我。你要是觉得我们现在不合适可以骂我打我，可是迟早我们……”

“那我就更不能让她跟你待在一起！”陈文席厉声打断他，抬起眼，那双深沉又浑浊的眸子看得陈就一愣。

陈就愣过后回神：“为什么不能？我……”

“你闭嘴。”陈文席骂道，“我说了不许就不许。我让你出国是要你好好读书，将来接过这个家的担子，好好地撑起来，你少给我想其他的事！”

“我读书和这件事有什么冲突？我照样能够读得好，我又不是……”

陈文席忍无可忍，抓起茶杯砸在他的身上，暴跳如雷：“你是我精心培养的儿子，我们家就你一个儿子，以后这个家是要交给你的，你懂不懂？！”

听了这话连萧静然都吓了一跳。

陈就被砸得一愣，衣服被打湿了一块。杯子落在他脚边，因地毯厚实，杯子完好无损。

“哧——”一直没开口的冬稚忽然笑了。

其他四人看向她，感到诧异。

冬稚只盯着陈文席，嘲讽道："你干脆直白一点儿告诉他不就好了，为什么不行？因为我配不上，我们家配不上你们家。你陈文席接受不了一个用人的女儿跟你儿子在一起，为什么不干脆点儿说出来？"

冬勤嫂被她这语气吓到，忙扯她："冬稚！"

冬稚甩开冬勤嫂的手，无畏地看着陈文席："说来说去，你和你老婆其实都是一样的，一样看不起我们。只是她摆在台面上，而你要那个好名声，还在一边假仁假义，其实骨子里有什么差别？"

萧静然眉头一竖，骂道，"谁给你的胆子在这里……"

"你闭嘴——"冬稚突然冲萧静然怒吼。

萧静然蓦地被吓到，愣住。

陈就也因冬稚反常的样子怔怔的："冬稚……"

冬稚只红着眼，瞪着陈文席。

陈文席紧皱眉头，气得脸色微变："好、好，我原先还觉得你是个乖孩子，想不到竟然也……"

"你有什么资格说我？你以为你是什么人？"冬稚笑了，"你还在装啊？你是不是以为我跟他们一样都不知道你那点儿烂事儿？"

陈文席面色一变："你……"

冬勤嫂吓得扑过来，哭着拽她，摁着她的脑袋要她认错："你在说什么胡话，快给先生道歉！你这个死丫头……"

"妈，你清醒点儿！"冬稚冲她吼，"你对他们感恩戴德什么？是他们欠我们的，不是我们！"

冬勤嫂一愣。

萧静然回过神来骂道："你在胡说八道什么？出去，现在就给我滚……"

冬稚转过头来，对沙发上的人冷笑："陈文席，你还有良心吗？你们陈家口口声声说对我们家有恩，到底谁欠谁比较多，你真的不清楚吗？是，我爸是被你们家养大的没有错，可是他哪点做得不好？他从没贪图过你们陈家一分钱，从来没有起过不该有的心思，无时无刻不把你和你爸放在第一位。可你呢？一边嫉妒他，一边忌惮他……"

冬豫少时聪慧，无论是学业还是其他方面都比陈文席这个陈家小少爷强。冬豫不是不清楚陈文席对他的不满，所以时时刻刻谨记要摆正自己的位置。

陈文席跟人打架时他冲在最前面，陈文席挨罚把作业全扔给他抄，冬豫毫无怨言。有的时候陈老爷子买了好东西分给他们，他也只等陈文席吃够了才去碰剩下的东西。

就为着陈文席心里的那点儿疙瘩，那点儿不舒服，冬豫和他一起成长起来的那些年过得比下人还像下人。

“那年高考，你作弊，当时你爸怎么为你努力的，我是不清楚，但你忘了吗？”冬稚帮他回忆，“最后你们让我爸替你顶了罪，他被取消资格，这辈子就那么定了性，你却风风光光地上了大学。是不是要我帮你想，你才想得起来？！”

“你胡说什么？！”陈文席的脸色变了，“你知道什么？”

“我怎么不知道——我爸有写日记的习惯你忘了吗？我小学五年级的时候就翻到他的日记本看到这些，第二天他把所有日记都烧了，为了你们陈家，一个字都不许我提！是啊，没有证据了，你当然不用承认，但是这是不是真的，你肯定比我清楚。”冬稚嘲讽他，笑得悲凉，“我爸是个十足的傻子，为了你们家把一辈子都搭进去了。你读完大学回来接管你家的生意，而我爸呢，彻彻底底成了你的跟班、你的下人。”

“你……一派胡言！”陈文席坐不住，站起来要走。

冬稚掉下眼泪，冲他吼：“陈文席，我爸这样对你，你是怎么对他的？他为什么会死？为什么？你记不记得？我告诉你，我都记得——”

萧静然、陈就和冬勤嫂已经傻了。

冬稚往下掉眼泪，直直地看着他，恨得入骨：“你出去应酬，司机不在，非要我爸去接你。下着那么大的雨，我拉住他，跟他说，爸，雨太大了再等一会儿，等半个小时或一个小时，等等再去……可是你偏不让，一个电话又一个电话地催他骂他。我爸出门前跟我说什么？他出门前还跟我说，你是为了工作在应酬，司机不在，让我不可以生你这个陈叔叔的气。下雨天他出车祸被撞死在去接你的路上，你是不是很痛快？”

陈家上下的所有人，包括冬勤嫂，都以为那天冬豫是开了陈家的车要出去办别的事，但冬稚知道他是为了去接陈文席。陈文席打电话来的时候，她就在旁边。

后来接到冬豫的死讯，所有人都惊了，冬勤嫂哭得差点儿昏死过去。而陈文席回来后也流了几滴泪，却只字不提叫冬豫去接自己的事。

“你……你说的……”冬勤嫂喘不过来气，眼泪簌簌地往下掉，发蒙地拽着冬稚问，“你说的都是真的？你告诉妈妈，你告诉妈妈，这不是真的……这到底是不是真的？”

冬稚顾不上她，站得笔直，泪流满面地看着眼前的陈家三人。

“我们用得着你们可怜吗？谁要你们来可怜！我爸受了你们陈家的恩，可他从来没有对不起你们。他本来可以有更好的前程、更好的人生，全都被你们毁了。”

她最恨陈文席：“我爸因为你，没了前程，连命都搭进去了，你又是怎么做的？你们陈家根本就是满门伪善，表面上满口仁义道德，其实不过是一群伤人利己的小人！”

陈就脸色白得像墙壁，被这些突如其来的旧事惊得一个字都说不出来。

在冬勤嫂的哭声中，冬稚泪眼含恨，目光如钉子一般扎在陈文席的身上——

“陈文席，我等着看你不得好死的那天！”

冬稚母女住的那间平房是陈家的。

说出去谁信呢？冬豫跟在陈文席身边这么多年，看似风光，却连套属于自己的房子都没能攒下。所有人都以为他是陈文席的“心腹”，但冬豫得到的待遇和其他人相比并没有什么差别，且冬豫要做的、已经做的事情，比那些人多得多。

冬稚为什么痛恨陈文席，恨的是陈文席没有良心。冬豫为他奉献一切，用自己的前程做赌注，保全了他。于情分于道义，冬豫和陈家都算扯平了。

而冬豫的车祸，至少有一部分原因要归咎于陈文席，陈文席是造成这个悲剧的因素之一。冬豫丧命，冬勤嫂和冬稚孤儿寡母艰难度日，萧静然和陈家上下的人都认为是冬家占了陈家的便宜，陈文席却对此毫无作为，放任不管。

陈文席哪怕连一丝一毫的愧疚都没有。

这么长一段时间里，若非冬稚在陈文席面前说他想听的话哄他，他哪里会想到要照顾冬豫留下的这个女儿？更别说什么资助她出国留学了。

陈文席的良心就是这么神奇，时隐时现，总是在该存在的时候不见踪影。

冬稚恨的是什么？

她恨的就是陈文席的虚伪和无耻。明明他们的苦难与陈家脱不了关系，陈家却反过头来摆出一副施舍的嘴脸。

一切都解脱了，埋在心里的这些秘密和积怨，她终于不用再隐藏。

冬稚带着冬勤嫂搬出了那间小院，快速地在廉价的民租房里找了一间搬了进去。那些家具，包括床和桌椅板凳之类的，冬稚都没要，只带走了其他方便带走的东西。

冬勤嫂从那天开始就病了，精神很差。短租的房子带两间卧室，说是卧室其实就是用薄板隔开两张床，隔成的两间“房间”。

晚上睡觉，冬勤嫂躲在那边的被子里哭，冬稚在这边听得一清二楚。

搬到短租房的第三天，有个不速之客登门。

萧静然穿着一身精致的套装，踩着尖跟皮鞋，趾高气扬的。

冬稚不客气地道：“你来干什么？”

“你们留的那些东西，我特意给你们送来，顺便看看你——”

是“看看你”，不是“看看你们”。

萧静然一摆手，送她来的司机就把两箱东西搬到门边。

冬稚站着不动，司机进不去，看向萧静然。

“放着，你先下楼等我。”萧静然不在意地说。

司机得了吩咐，点点头走了。

“这就是新家？”萧静然越过冬稚的肩头往里瞥了眼，“还适应吗？”

冬稚淡淡地睨她：“有话就说，没话就滚。”

“脾气真不小。”萧静然笑着，一点儿都不和她计较，“明天我们就要走了，走之前来看看，也算尽了这么多年的情分不是？”

她稍停顿，挑眉：“而且你一个女孩子家，都这样了，我不得关心你一下？”

冬稚冷着脸把门关上。

萧静然伸手挡住她：“怎么，不爱听？”萧静然脸上闪过一丝厉色，隐下去后笑得更欢，“说起那天，我有件事没告诉你。你想知道吗？”

冬稚不语。

萧静然向前一步，脚踩在铁门槛上，紧紧盯着冬稚的眼睛：“那天你和陈就说的话我全部听到了。”

冬稚的脸一僵。

“你好手段，这两年把陈就迷得神魂颠倒。我好好的一个儿子被你挑唆，顶撞我，厌恨我。我真是恨不得撕烂你这个小丫头片子！”萧静然咬着牙，恨恨地笑，“其实那天我早就到家了。既然你搅得我们一家不得安宁，那我干脆顺水推舟，你也别想好过！”

“你看看你——”

萧静然嘲讽地盯着她。

“以后别想再靠近我们一家，一辈子都是上不了台面的货色！”

“滚！”冬勤嫂从屋里冲出来，抄起一个小凳子就朝萧静然砸去。

砰的一声，萧静然惊叫着往后一跳，慌乱地躲开。

“滚出去！你给我滚！”冬勤嫂红着眼叫骂，“滚——”

冬勤嫂从旁边抄起东西就要往前冲。萧静然哼了一声，整整裙子，转身走了。

冬勤嫂冲到门边把萧静然送来的箱子踢到楼梯口，一时没了力气，坐在地上低低地哭。冬稚跪在冰凉的地面上，伸手去抱冬勤嫂。

四下只余哭声。

冬勤嫂抱住冬稚，哭得哀切，死死地抱着她。

傍晚的时候，冬稚去附近的菜市场买菜回来，看见等在楼下的陈就。他那高瘦的背影看起来有些颓废，冬稚在离他几步远的地方停住，半晌后才走过去。

他听见脚步声回头，眼神里出现一丝光亮，但很快又消失。

“冬稚。”

“有事？”

“我明天就要走了。”陈就说。

冬稚与他保持着距离，不靠近：“然后呢？”

“我……”他似是有千言万语，偏偏什么都说不出来，喉头艰难地动了动，“我爸……我们打算搬到沿海那边去，过段时间我就要出国……”

她沉默几秒，说：“祝你前程似锦。”

“你想跟我说的只有这些话？”

“不然该说什么？”她将视线落在别的地方，就是不看他，“你觉得现在这样，我们能说什么？”

“你恨我吗？”陈就问，“你恨我爸妈，恨我们家，是不是也恨我？”

“现在问这个问题有意义吗？”

他停了良久才继续说话，语气轻得像要落进尘埃里：“冬稚，你等我……等我回来，我们……我知道你现在……”

“我等你干什么？我不会等你，我早就说了不是吗？我为什么要等你？”冬稚忽地抬头直视他。

陈就的脸色一变。

“你……”

“你是不是想问我，对你的这份感情是真的还是假的？”

她的心像被捏着，一阵阵绞痛。冬稚强撑着，冲他挑眉：“你说呢？我这么恨你爸，你觉得我对你的感情是真的还是假的？”

陈就面色发白，说不出话。

冬稚往前一步，紧紧盯着他，眼角发红：“你醒醒吧，我只是想挑拨你和你妈的关系，她处处糟践我，糟践我妈，我就是想要她尝尝被自己最在乎的儿子厌恨的感觉。我不是跟你说了吗？我想出国，就差一点儿我就可以靠着你们家达成这个心愿……你听懂了没？我只不过是想抓住你，抓住你们家，好补偿这些年我们一家三口承受的一切。”

冬稚将身侧的手捏成拳，指甲掐进肉里，痛到仿佛没有了知觉。从眼睛里被逼回去的泪在身体里倒流，途经的所有地方好像全被什么东西烧出一道道深刻的疤痕。

“谁知道你这么傻，竟然当真了。你真以为我喜欢你啊？你觉得可能吗？”这副躯体好像已经不属于自己，她像个空壳，脸上堆满嘲讽的笑，其下的每一根神经都在震颤着发痛，“我从头到尾都是骗你的。陈就，你就是个傻子——”

远处残阳如血，天幕火红一片。

每一下呼吸她都觉得痛。

冬稚强忍着痛，指尖开始发颤。

她恨陈文席吗？她恨。

她恨了那样久，却也开始后悔，后悔将陈就卷进自己的怨恨中。

陈就什么都没有做错。

她不该欺骗他，利用他，伤害他。她的仇恨不应该无差别地攻击。

陈家上下，唯独陈就一个人给予了她爱，然而她越是清楚这点就越厌恨自己。

她恨陈文席卑劣，可同样对陈就做了卑劣的事情。

爱一刀，恨一刀，齐齐扎进她的心里，痛得她苦不堪言。

“我说的全部是假的，都是骗你的。我本来打算能抓得住你最好，那么将来陈家的一切都是我的，抓不住我也有的是办法让你家门不宁。”

冬稚强迫自己忍住翻涌的情绪，狠下心一句一句地将陈就的感情绞碎。

就在这里，就在现在。

冬稚知道，陈就骨子里是个骄傲的人。他可能会恨她，但是没关系——越是觉得她想毁掉他，他就越不会让自己堕落。

即使他痛苦、萎靡，也不过只会持续一段时间。

将来他会有新的生命，像破土而出的种子，穿过阴暗的土壤，最终长成大树。

“我不喜欢你，陈就。”

这是她说的最后一句话。冬稚一字一字地掷地有声，错身经过他身旁。他面色惨白，每一个细微的表情都写满了痛苦，这种痛苦像快要溢出来一般。

她不能回头。

冬稚迈开大步，告诉自己不能回头。

她脚下走的远离他的每一步，都是在让一切回到正轨。

他那么好，本就该是一棵参天大树，哪怕这棵树不属于她。

但愿他在从今往后的人生里，遇见的都是希望和光明。

但愿她说的这句话，是他听过的最后一个谎言——

我不喜欢你，陈就。

第九章　重　逢

人来人往的机场外，许博衍等候已久。

他西装革履，一头短发显得整个人简洁精干。见有人款款地朝他走来，他一手插兜，另一手推了推鼻梁上的薄片眼镜，站直身，严肃的脸上勾起笑。

国际航班飞了许久，冬稚脸上不见疲态，远远地扬唇，冲他莞尔一笑。

两个助理负责帮她拉行李，柯雅跟在她的身边，向她汇报："乐团那边抵达下榻的酒店之后我会跟他们联系。您的琴被托运回来了，下午一点我亲自去取。我先让助理把行李送去您的公寓，一点半前会安排人打扫干净。"

来接机的商务车就在附近，柯雅和两个助理替她处理完手头的事务，没打算多留。

"你们好好休息。"冬稚点点头，让她们离去。余下的时间里是私人行程，她们互相不干扰。

许博衍在马路对面站着，他旁边那辆棕色的车很显眼。

她走过去，他先一步拉开车门，绅士得很。

他们一左一右地上了主副驾的座位，车沿着高架桥的出口开去。他边开边道："请你这个大忙人吃饭真不容易，我看也就是我提前约得早，不然见你一面都难。"

"少取笑我。"冬稚揉眉心，淡淡地笑着，一派聊家常的闲散口吻，"坐了一路飞机，还真有点儿饿了，你带我去吃什么好吃的？"

"别的不敢说，什么好吃我可是门儿清。整个华城就没有我不知道的好吃的地方。"许博衍握着方向盘，胸有成竹，"今天带你去我的合作方开的餐厅，你肯定会喜欢。上次我去吃过，那儿味道不错，你刚回来，正好尝尝。"

冬稚捧场地嗯了声，而后只是笑。

两个人说了一路闲话，半小时后，到了订好位子的地方。

这里的环境果真不错。餐厅是开放式的，没有包间，不过每个卡座旁都有绿植，外界的视线被挡得七七八八。

他们坐下翻看菜单，冬稚聊起车上没提及的话题："最近怎么样？公司生意如何？"

许博衍点头："挺好。不过也就那样，华城这地方什么人都有，混口饭吃罢了。"

"你回盛城了吗？我妈和许叔他们怎么样？"

她在国外这些年，虽然时常和她妈通视频电话，可毕竟隔着屏幕，到底不如他在国内眼前就得见。

"他们俩挺好的。你也知道勤姨的厨艺，每天变着花样煮菜煮汤，没事就推着我爸出去晒太阳散步，精神可好了。"许博衍笑着问，"你打算什么时候回盛城？"

冬稚说："暂时还不知道。先等我把工作的事处理好，这回有时间，不着急。"

许博衍瞧着她，有几分不赞同："你刚从瑞典回来，不打算喘口气？这么连轴转，勤姨看见你又要心疼了。你说说你，这趟去欧洲巡演瘦了多少。"

冬稚还真不觉得自己瘦了，这会儿伸了手摸脸："瘦了吗？没有吧，只是吃不习惯，累倒不怎么累。"她笑着自叹，"也是奇怪，在国外待了这么久，吃了这么多年国外的菜，到现在都没习惯吃那一口。"

许博衍惯爱拆她的台："少拿吃不惯当借口。你当然不觉得累，挨着小提琴你什么时候觉得累了？你一个二十七岁的大闺女别整天就知道小提琴，除了演出练习，怎么都不想点儿别的事？上次我回盛城，勤姨可跟我念叨，说你一天天的也不知道找个对象，我看你这回一准儿还得挨训。”

冬稚翻着菜单，难得开玩笑道：“没事，你比我大，有你顶在前头，我再安稳两年也没事。”

“嘿——”许博衍想发作却奈她不何，只得换话题，“这次回来感觉怎么样？脚踩在故乡的土地上，是不是不一样？不过你也没怎么在华城待过，应该没什么熟悉感。等得了空回盛城看勤姨，或者去澜城给冬叔扫墓，到那时候，熟悉的感觉才真是一下就能把你包围。”

冬稚翻看菜单的动作因他无心的话微微停顿。

许博衍未察觉：“要我说，你就不要把工作排那么满，同学啊朋友啊，都可以去见一见，多出门社交。我记得你大学的时候不是有几个好朋友？我还见过的。”他擦着筷子道，“你出去这么多年，这么久了，难道就没有几个想见的人？”

冬稚将目光落在图文精美的菜单上，低着眼，沉默半天也没动作，这沉默来得突然又莫名。她过了好久才翻了一页，这动作划破那静谧的空气，应的一句话极轻极轻。

“嗯，有吧。”

他们刚点完菜，没过多久，走过来一个服务员。

许博衍以为有什么事，却见对方弯下腰，轻声道：“许先生，我们老板今天也在店里。”

“秦总在？”许博衍十分诧异。

“对，我们老板在那边的桌子，3号。”服务员说完，微微点头不多言，返回工作岗位。

冬稚问：“朋友？”

许博衍说：“我公司的合作伙伴，秦承宇。这家店是他的副业之一。”

华微科技的秦总——秦承宇。这人长袖善舞，隔三岔五地会带合作伙伴来自己店里用餐。但凡来过的人店员都记着，为的就是以防招待不周。

许博衍用餐巾擦净手：“走，过去打个招呼。”

冬稚闻言，随之起身。

他们转过一小道弯，到另外一侧的透明橱窗边，发现那里围坐着一群人。

冬稚没细看，微敛眼神跟在许博衍身后。她脚下别扭，走了几步就感觉不舒适，这鞋是上飞机前随便挑的，或许是落地后穿久了。

“许总——”

他们刚走到桌边，一个男人率先站起来和许博衍握手。

“秦总。”许博衍笑着问，“公司聚餐？”

“科研部的大伙儿难得有空，出来聚聚。”秦承宇瞥向他的身后，眸光停住，“这位是……”

冬稚正要打招呼，往前一挪，鞋太挤脚站不稳，忙拽住许博衍的袖子。

“怎么了？”许博衍关切地回头，贴心地扶她站稳。

“没事。”她松开手，抬头看向秦承宇，预备打招呼：“您……”

话卡在半道上，她将视线不经意地扫过旁边的男人，就那么僵在原处。

秦承宇旁边坐着一个人。

“好”字消失在她的喉咙里。冬稚愣着，半晌没有发出声音。

秦承宇微微眯眼，笑着把话接过去：“您好，我是秦承宇。这些是我公司科研部的同事。”

他一一介绍在座几个人的名字，最后才介绍到他身边那位——

“这是陈就，陈教授。科研部的负责人。”

座椅上的男人五官深邃，面色深沉，平静有如深邃的海面，整个人给人的感觉冷冷的，哪怕是丁点儿情绪的起伏也不让人轻易看见。

冬稚的视线和他对上。她像窒息一样，下一秒就避开了。

“您好。”她虚虚地握上秦承宇伸来的手，“我是冬稚。”

冬稚后退一小步，没等秦承宇或许博衍再说什么，压低声音对许博衍说：“博衍哥，我有点儿不舒服。”

“不舒服？”许博衍皱了皱眉，也顾不上别的了，对秦承宇歉意一笑：“抱歉秦总，我们有点儿事要先走，下次再聊。”

秦承宇睨了冬稚一眼，别有意味地笑了下，并未责怪她：“没事，许总请便。”

许博衍担心冬稚的身体，手臂在她背后虚揽着，没真的碰上，护着她走。

这餐厅是闭合的玻璃窗，每一扇窗都被闭得死紧，冬稚觉得呼吸不太顺畅。

“博衍哥，你扶我一下。”她将胳膊往许博衍那边靠了靠。

许博衍伸手托在她手肘的稍前处，让她借力：“这么难受？”

她挤出一个笑：“脚疼。”

脚下的不适和另一股别扭的感觉搅和在一起，使她无从对人言。

“陈就”这个名字光是在她的齿间翻滚一遍都教人喉头生涩。

久远的记忆突然闪现，她想起一大片的金黄色。

那是他们见最后一面的那个下午，夕阳斑驳。

如同这些年里无数个瞬间每一次想起他，又一次令她慌神儿。

她的脚后跟被磨破皮了，隐隐地痛。

冬稚喉咙发涩，咽了咽口水。

她忽然觉得，这双鞋可能真的不合脚。

一餐饭没怎么吃就结束了。虽然冬稚说没事，许博衍不免还是有些担心。他是知道她的，她最要强，遇到什么事又老硬撑着。他自打认识她开始就没见过她在还能自己硬撑的情况下服过一次软。

他再三确认她真的不用去医院，这才开车送她回公寓。

兄妹俩还有好多事没聊。许博衍问她接下来的安排：“这次回来开几场演出？回来应该就不走了吧？”

“六场。”冬稚对着车窗开的小缝吸气，“应该不走了，以后大概率会在国内发展。”

许博衍拣轻松的话逗她开心：“你现在可不得了。刚才那个秦总你看到了吧？我最开始跟他谈项目的时候，那是我的公司第一次跟他们华微合作。我是软磨硬泡使尽了各种招数，但他怎么都不答应合作。我本来以为肯定不成了，你知道后来怎么了吗？

“最后那次他来我办公室谈的时候，一眼就看见我摆在橱窗里的那张你出的 CD（激光唱盘）——我让你给我签了名，你记不记得？秦总当时就把 CD 给我要走了。”

冬稚转头看他，嘴唇微动，想说什么又没说。最后她只是扯了下唇，干笑着道：“是吗？”

“后来合同签得特别顺利。一开始我谈了四五回都没谈下来，那次他拿走 CD 以后，事情就被敲定下来了。之后他还约我去听音乐会来着。”许博衍边开着车边笑，“我猜他肯定是你的乐迷。”

冬稚不知要怎么接这话，只道：“他看起来不像是乐迷。”

“这还有像不像的？”许博衍觉得好笑，“反正他要不是你的乐迷，肯定就是他公司有人是你的乐迷。回头你记得给我留两张票，让我沾沾你的光。”

冬稚靠着车垫，虽然这路平稳，却总觉得坐得难受。她点点头，点头的幅度不大。

许博衍见她仿佛很疲倦，道：“困了？要不你先睡会儿，车到公寓楼下我叫你。座椅要不要调一下？”

“不用调。”冬稚摇头，“我就这样闭眼休息一会儿就好。”

“后面有毯子，我给你拿？”

“不冷，没事，真的。”

许博衍没再说，专注开车。

冬稚缓缓闭上眼。

周围很安静，车在路上疾驰的声音将一切都变得不真实。

在这一片虚幻的感觉中，她的眼前不停地出现陈就的脸。

从 22 岁那年去曼哈顿音乐学院深造开始，她这五年一直在世界各地飞，奔波不停。

她从一个初入顶级艺术院校的普通留学生成长到如今的样子，现在能够被外界盛赞为首屈一指的华人女小提琴家——因为这五年里的每一天都被她撕裂成好几倍来过。

高负荷、强运转，她拼命地练，拼命地学，不能停也不敢停。

五年的时间既长又短。

而从她和陈就分别的夏天开始算，时间早就走过了更长的距离。

九年还是十年？

少年终成长为可以肩负生活的成年人。他青涩的脸退去稚气，他变得成熟坚毅，不复温和，只是冷淡地对周围的一切，似乎对什么都无所谓。她从不曾见过这样的他。

在没有见面的这么长时间里，他们在改变，也在被改变。

她一眼望去，熟悉感好像还在，可细究却陌生得让人不敢停留。

或许是她感到害怕，或许又不是。

这场猝不及防的相见，让她以为已经平静的内心又起了波澜。

原来她一点儿都没忘。

搁浅在心里的某个角落，她不敢拎出来、不能见光的记忆，在她和他见面的刹那，就像一束火光，噌地一下烧得凶猛。

回忆缓慢地在她的脑海里闪过，但铺天盖地的。

十八岁的时候，她爱过一个少年。

后来在外求学的那些年里，她曾好多次在读拜伦的英文诗时停顿。

那首著名的《春逝》这样写道：

> 假若他日重逢，事隔经年。
> 我将如何与你打招呼？
> 用眼泪，用沉默。

二十七岁的春季，他们在这个陌生的城市重逢。

With tears, with silence.（用眼泪，用沉默。）

自那天在餐厅和许博衍一遇，科研部的一帮人连着加班加点，好几天都没能喘口气，累得脚不沾地。

不管别人在不在，秦承宇当着所有人的面，靠着办公桌边缘，对上陈就半点儿都不委婉："和博研的合作一直很愉快，这次突然更换合作方，我还真挺不好和人家交代的。"

"只要是有水平的公司都可以，不一定非要是博研数码。"陈就在另一边的柜前翻找资料，嘴上回应着却看都没看他一眼，"'新感'芯片对周教授主导的整个工程意义重大，1.0 版本是首次打进国际市场的芯片，因为它你才能带着华微在纳斯达克敲钟。2.0 版本的芯片是在原有基础上的改进，你也清楚，要占据市场份额，它的大规模运用是迟早的事。”

陈就找着资料，随意瞥秦承宇一眼，从容地道：“从这个项目开始筹备起，周教授就让我全权负责，这也是他邀我回国的条件。既然我是负责人，自然我说了算。”

秦承宇压根儿没跟他计较这个，听他论这么些，反觉好笑：“我知道……知道这一年多以来你辛苦了。没说不让你决定，我这不是调侃一下嘛，怎么认真起来了？”秦承宇随手拿起桌上笔筒里的一支笔，把它夹在指间旋转，又说，“博研那边打了好几通电话过来问这事，本来差不多都定下了，我这突然变卦，人家背地里不知道怎么骂我呢。”

“你不该被骂？”陈就理好文件，将厚厚的一叠文件拿在手里。他提步出去，懒得继续这个话题，道：“我去实验室了，你走的时候记得关门，把我桌上的东西放回原位。”

秦承宇来不及说别的，无奈地摇头。

下午，彭柳来送文件。办公室的样子大致都差不多，除了大小，唯一的差别就是依不同的人的喜好而有不同的风格。秦承宇这间办公室比陈就的就要花哨得多。

秦承宇正端着杯子喝水，指指桌上，示意他把文件放那儿。

彭柳搁下东西却不走，眼一抬，冷不丁地问：“博研数码的许总和冬稚是什么关系？”

秦承宇没想到他问这句话，但也只是挑眉头：“谁知道。”

彭柳沉默一秒，说：“和博研的合作估计是没有回转的余地了。”

秦承宇没接话，但脸上显露的表情分明是深以为然。

他虽不如彭柳和陈就认识得早，但毕竟有好几载，有些事情，有意无意地多少有所了解。

记不得是哪年，有回秦承宇和陈就一起去谈公事。陈就难得应酬一回，偏凑了一桌爱酒的人，在桌边开了一瓶又一瓶的酒。

陈就平时不大碰酒，除了偶尔和科研圈的大佬们应酬，会略微喝上那么几杯，几乎可以说是滴酒不沾。

那天不知怎么，逢迎上来的人敬酒，陈就应下了大半。

到散席的时候，陈就已然不太清醒。

秦承宇也是半醉，叫来代驾，一道送他回去。陈就进门还没站定，先到卫生间里吐了个昏天黑地。秦承宇不放心丢下他一个人，只好留下借宿。

那是个有点儿冷的冬日的夜晚。

陈就被扶到沙发休息，还不消停。酒劲返上来，陈就醉醺醺的，神志不清，嘴里一直重复着两个字。

第二天他们醒了见着面，秦承宇逮着机会，调侃："昨晚你一直'冬至、冬至'地喊个不停，怎么，想吃饺子还是汤圆了？还是说这不是节气是个人名？你翻来覆去地念那么多遍，我都以为你魔怔了呢……"

秦承宇难得见这样沉稳冷淡的人神魂颠倒、失态，起点儿玩心实属正常。

他问得随意，谁知道听见那话，正喝水的陈就动作一僵，周身的气压都不对了。

秦承宇再迟钝也察觉到异样，料想这话大概是不该说的，就收敛了玩笑的神色。没等把话往回收，他就见半天没言语的陈就低下眼。陈就端起杯子重新喝了口水，平静地说："你听错了。"

陈就说话的语气淡然，但是你仔细听，又觉得这话直往地心沉。

秦承宇当即识趣地打住，没再继续说。

后来又有一次，他们一群人聚在陈就家谈事。秦承宇中途去陈就的书房翻找文件，不是生人，自然熟门熟路的，结果无意间在最里边的抽屉里发现了一个本子。

他没当回事地随手把本子翻开，不想里面贴满了从报纸上剪下来的新闻，全都是关于同一个人。

一个拉小提琴的女音乐家。

本子上被剪下来的关于她的新闻报道，一页页满满当当的，贴得不留空。

那一瞬间他终于知道，醉酒的那晚陈就翻来覆去念叨的两个字，与节气丝毫无关。

不是变换的时节，冬日将至，而是冬稚。

秦承宇也是看着那个本子上被剪下的各种报道以及细致的资料，才把冬稚对上号。

陈就不推拒的饭局，和对喝酒的来者不拒。

陈就反常的那天，是她的生日。

秦承宇觉得自己算不得无聊，只是禁不住地自那天后就开始留心那个叫作“Dawn Dong”的小提琴家。

好久之后，秦承宇在合作方博研数码许总的办公室里看到她的签名CD，巧合得像天意，没多想，顺手便把它要了过来。

那是个走出国门的艺术家。

她的中文名很别致。

冬天的冬，稚气的稚。

这个名字并非预示寒冬要来，可对陈就而言，或许比那还要寒凉几分。

“什么？”冬稚听得愣住，差点儿怀疑自己的耳朵。

电话那边，许博衍的声音还算平静，唯独不复前几日的明朗：“我也不知道出了什么问题，华微那边是这样通知的。”

先头一个电话打去，冬稚原本是想问他什么时候有空一起回一趟盛城，她妈霍小勤很久没见她了。

电话接通，她听他说最近大概没空，一问才知他的公司出了事。

原本决定要和他的公司进行合作的华微科技，突然变卦。

“他们没有说理由吗？”冬稚问，“不管因为什么，总该有个理由吧？”

“我问了，他们就是含糊其词。”

“你们之前不是合作过吗？合作得好好的……”

“对，所以我才更头疼，根本不知道事情哪里出了问题。”许博衍叹气，道，“先不说了，我再联系那边看看。”

这时候他仍记挂着她，停了下，歉然地道：“我暂时没办法陪你回盛城了，得等一阵。你要是想一个人先回去，记得提前跟我说一声。”

“好……”

宽慰无大用，冬稚说不了更多，只能挂了电话，不占着他的时间。

那天冬稚在餐厅见过的华微一行人里面，陈就坐在主座旁的第一个位子上。

大白天的，不知外头的光什么时候转暗的，屋里竟不太亮堂。

她突然觉得沙发不够舒服，坐在座上，只觉心里烦闷。

犹豫半晌，她拨通助理柯雅的电话，直切主题："帮我联系一下华微科技的陈就教授，我想约他见一面。"

"华微科技？"柯雅一愣，诧异的理由相当充分，一个从没听过且和日常工作毫无关联的名字，换谁乍一听都会觉得奇怪。但职业素养在，柯雅很快回过神，细细地问："是中华的华，细微的微，华微科技，陈就教授是吗？"

冬稚说："对，耳东陈，就是的就。"

"好的。"柯雅应得快，是她一贯的利落作风。

冬稚挂了电话，往沙发上靠，沉沉地呼出一口气，但还是烦得紧。

华微这公司的规模不小，柯雅联系了对方几次无果，觉得着实难约。

都说事不过三，她凭借着过人的毅力一直不放弃，第四次联系时那边终于给了答复："陈就教授明天下午有空，三点可以来拜访。"

柯雅和对方沟通好后，不再多说一个字，转头给冬稚答复。

次日，两人提前十分钟抵达华微科技大楼。

柯雅陪着她上去，在旁压低声音提醒："这位教授有点儿不好搞定，我约了四次才约到他。"

冬稚知道她的意思，柯雅提醒自己当心是对的。冬稚嗯了声，却说不出更多的话。

冬稚感觉很微妙。

从以前的熟悉到如今的陌生，她也说不清现在对陈就到底是一种什么样的感情。

到 29 层，接待员带冬稚进了陈就的办公室里，柯雅被领到休息室里等候。

陈就的办公室朝向很好，科研部负责人的地位可见一斑，华微科技他占着股，核心人物的待遇别人到底比不上。

门一开，接待员示意冬稚入内。她停顿瞬间，迈步走进去。

脚步声消失在冬稚的身后，门也一并被关上。

落地窗前的人影高大，他背对着她，文件被他放在手边。他大概刚翻过这些文件，不薄的一沓纸，但边角丁点儿未乱。

他没在看文件，静静地对着玻璃墙外的高楼。

安静的室内，地毯再软也无法消弭她的脚步声，还是出了点儿声音。

冬稚不知道要不要开口。那道身影蓦地先转过来，倒免了她这瞬间的挣扎。

她抬眸看去，心又一窒。陈就的视线平和，带着一丝丝淡漠的审视。她不由得在离他有些距离的地方停下。

沉默一会儿，她主动开口，声音不自觉地低沉："陈就。"

他问得直接："你要见我，有什么事？"

她说："我来是想问问博研数码的事。"

"博研数码？"他格外平静地反问。陈就像在说天气或者无关紧要的任何东西，提及这几个字，一点儿不像与博研数码合作过多次，口吻生硬。

"你们公司和博研数码不是第一次合作。"冬稚稍做斟酌，努力说得得体，"以前合作得很愉快，这一次的项目本来快要成了，为什么……"

陈就没让她把话说完："这是我们公司的事，和你有关吗？你是以什么样的身份来问我？"

冬稚被问住。

他眼一抬，继续不留情面地道："中止合作是我的权利，不需要理由。"

她沉默了下，道："我们能不能谈一下？"

"没什么好谈的。"陈就的态度疏离，他扫了她一眼，情绪有那么刹那的波动。他顿了顿，像极力克制着什么，下一秒转回头去："你回来得迟了，你要是回国早，怕是之前的合作也不会成。"

冬稚动动唇，喉咙发不出声，似有无形的东西卡在那儿。

沉默在办公室里蔓延开。她看着他已然长成的身影，被一股陌生感钉在原地，连迈步的力气都没有了。

“你恨我可以……”她垂下眼，沉重的声音艰难地转了几转，泛着自嘲的味，迅速、细微地划过喉咙，感觉有些疼，“何必要连我身边的人一起恨？”

陈就拿着没点着的一根烟，把它夹在手里，纸卷白色的部分衬得他的手越发好看。

他蓦地一下把烟折断，折成两截，摁在盆栽底下，不管不顾地任它拧巴成一团。他缓缓地转过身，眼底黑沉，冬稚看不太清他的神色。

她忍住往后退的冲动。

冬稚就那么站着不动，陈就直直地看着她，他们之间隔开的距离好像消失了。不知怎的，周围的空气让人紧张。

“连你身边的人一起恨？”他一字一句地问，“这不是你最喜欢的吗？”

他的语气平静，却像把刀子，锐利无比，一下将她的心口彻底贯穿。

他分明离得远，但眼神交会，他们之间又似面贴面般的近，近得不留缝隙。两个人好像都要喘不过气来了。

仿佛当年那个赤诚无畏的少年就这么站着，以前美好的时光好似都碎在他眼里，沉陷于那一片眼底的黑色冷意中——

“恨一个人就连他身边的人一起恨。你对我做的事，难道不是这样吗？”

冬稚和他对视，有几秒的时间，可能更长，发不出丁点儿声音。

那样的深色在陈就眼里停留了片刻，又转瞬消失，他恢复了一贯的冷淡。

他问：“怎么不说话？你不是找我有话要说吗？我听着呢。”

这话像嘲讽，又似乎不是，他脸上的表情平淡，让人分辨不出情绪。唯独他的视线直直地逼向她，非要教人无处可躲。

她的身体里涌起莫名的痛感，这痛感不知从哪儿来，倒是来得汹涌。

冬稚微微吸气，道：“公是公，私归私，我希望你不要因为我们的事……”

她说出这一句话已是费力，却又被他打断。他反问："我们还有什么事？"

她停顿，音调稍扬："陈就……"

"这些年你过得很不错吧？"他淡淡地一瞥她，语气里有说不尽的嘲讽之意，"许博衍对你应该挺好？值得你这样为他奔波，甚至可以拉下脸来找我这个老情人说和。"

冬稚突然有点儿想不起来自己为什么决定来这趟，唇瓣发干，每一道呵出的气息都觉得热。

他悠悠地把话再接上，轻慢中带点儿恶意："你这么喜欢他，他是你第几个男朋友？"

冬稚喉头微涩，咽了咽口水，用了点儿力挤出字音："这好像不关你的事。"低下来的语气里混杂着说不出的情绪，她不知在跟谁较劲，"我交多少个男朋友，都是我自己的自由。"

陈就看了她好久，弯了下嘴角，嗤笑起来。

他转身面向玻璃墙，对这个话题没了兴趣："既然没什么好聊的，慢走不送。"

以玻璃墙外的高楼大厦为前景，他顶天立地，又孑然一身。

冬稚站着没动。她该走的，却挪不动脚。绊住她的是什么，她自己也不知道。

她一眼望去，他的办公室格外空旷，空气中有一点点香，味道刚好，偏有种阴凉的感觉直往皮下沁。办公室里分明照进来一大片光，但落在地上好像就消散了。

等到向前走了两步，冬稚才意识到自己的动作不是向门，而是朝着他的方向走去。她走到他的身后，与他隔着一步半的距离，面前是他的背影。

她低声地喊："陈就。"

他没有回应。

这一方是他背后的阴影，她在其中，被阴影覆盖。

她叫他，不停地叫他，隔几秒就叫一声："陈就。"

陈就站着不动，静止在被玻璃过滤了一层的光影里。

他安静得那样深沉。

她声音细碎，微微发着颤，低下去：“陈就……”

他周围的光似乎更暗了些。

冬稚半启着唇，好不容易鼓起的勇气彻底消失在尾音里。

空气似乎停滞了，她绷紧的肩膀缓缓塌下，终是止了声。

冬稚后退半步，动作很慢。

她要转身的刹那，身前的人忽然开口：“你想给许博衍做说客？”

她突然停下，看向他，视线从他的肩上扫过他的发：“我……”

陈就转过身来：“跟他合作也可以。”他定定地、冷冷地审视她，视线像要深入她的肌肤，话说得没有半点儿温度，“看见背后的玻璃墙了吗？从里面可以看清外面，从外面却看不见里面，这栋楼的底下是最繁华的街区之一。你在这儿陪我睡一觉，我就跟许博衍合作，如何？”

冬稚愣住，因他的眼神和言辞，一股寒意从她的脚底蹿上来。

“怎么？不愿意？”陈就逼近她。

冬稚还没反应过来，他忽然伸手，猛地一拽。她整个人猝不及防地被他抵在玻璃墙上，微凉的触感透过衣物传至身体里。

“我还以为你们有多深的感情，原来不过如此。”他的脸色刹那间阴沉，和外面晴朗的天十分不搭。

大楼底下车水马龙，种种渺如蚁虫。

冬稚被陈就抓着一只胳膊——他用了些力气，她感到有点儿疼。她后知后觉才想起要挣扎，使劲想抽回胳膊却动弹不得。

他逼得越来越近，两人间隔咫尺，她却无法往后挪足跟，贴着墙边退无可退。

“松手。”她抿唇，另一只手推他的胸膛。

他反而贴得更近：“还是没听明白？”他边说边压上来，“用不用我重复一遍？”

冬稚推他，但两只手都被制住。陈就蓦地捏起她的下巴，她被迫昂头，贴着玻璃墙动弹不得。

呼吸喷在她的脸上，他阴鸷的眼神陌生且骇人。他们离得好近，唇和唇的距离只在分毫。他死死地盯着她，像要生吞活剥她的样子，看着十分可怕。

“说啊，你不是为了许博衍来找我？怎么不说了？”他将她捏得生疼，“为你的男人献个身不行吗？还是现在功成名就，就拉不下脸了？”

他越说越难听，冬稚更加用力地挣扎。肢体较量间，她吃痛地喊出声：“博衍哥是我哥……”

他掐着她下颚的手，瞬间停顿。

冬稚用力甩开他的手，背抵住玻璃墙，差点儿就要坐下去。

陈就神色阴沉地站在她的面前。她踉跄间，他抬手想扶住她，下一秒又止住动作。

外面的天，碧蓝如洗。

冬稚自己扶着身后的墙，咽了咽口水，站稳。

那令人窒息的气氛蔓延开，迅速将他们包围。

她什么都没再说，攥着衣袖，过了好久，只说了一句：“算了，”她的声线和低垂的眼睫一起向下，“今天就当我没来过……”

她不再停留，走出去，和他擦肩而过，径直走向门口。

陈就在窗前站了好久好久。

身后的人离开，香气飘远。

关门声响起，脚步声慢慢地消失。寂静重新袭来，将每一寸空气都填满，不留一点儿空隙。

在这个下午，陈就站在透明的落地玻璃窗前，一动不动，不敢回头。

一觉醒来，冬稚头疼欲裂，觉得脑袋某处痛得像要炸开。

她从华微科技离开的样子十分仓皇。柯雅很担心，一天给她打了好几个电话。

当柯雅又给她打来一通电话后，冬稚抬头一看时间，发现已经不早了。冬稚起来时就是中午，平时很少睡到这么晚的时间。

冬稚倒了杯水喝，脑袋稍微清明了些。

她要把这件事告诉许博衍，昨天就是这么打算的。

这件事是如何就是如何，她要照实跟他说。华微不跟博研合作，多半是因为她，陈就恨她，于是牵连了她身边的人。

许博衍活得不容易。早年许家的条件不好，许叔丧妻，一个人将他拉扯大，为了他一直没有再娶。

许博衍白手起家，十分争气，挣出一份家业。冬稚知道他为公司付出了多少心血。

当年她们母女俩在澜城穷途末路的时候，是一个点评过冬稚比赛的评委老师向她伸出橄榄枝，冬稚才有了读大学的机会，后来搬到盛城去念书生活。

她妈霍小勤先是打了几份短工，后来通过家政公司在一户人家找了份保姆的活计，那户人家便是许家。

说起来她们和许家的缘分也奇，霍小勤怕她担心，从不和她过多提起许家的情况。冬稚那时候只晓得许叔的身体不好，瘫在床上。

人失了自尊，脾气差，发妻又早亡，没有人照顾他。多年来负责照顾他起居的人换了又换，许家一度找不到愿意去家里干活儿的人，那些人都嫌他难伺候。

许博衍忙着公司的事，还要操心家里的父亲，无比头痛。许博衍找的帮工不是做不长久，就是趁他不在私下对许叔百般嫌弃。

唯霍小勤心眼儿实，任劳任怨，也做超出自己分内的事。她不贪图便宜，又不碎嘴。不管许叔生气还是砸东西骂人，她都没有不满，只等他发完火，就默默地收拾，体贴至极。

那时候许博衍突然找上门，希望霍小勤能考虑陪许叔过后半生，冬稚听到后整个人都是蒙的。

被拒绝后他接连来了数次，霍小勤烦得干脆躲着不见。

直到后来有一天，霍小勤自己答应了许博衍的要求。冬稚诧异之下追问才知，许博衍以提出帮她负担出国留学的全部费用作为交换。

她和霍小勤为此争执，大吵一架，经过了好一番波折。

虽然一切的开始说难听点儿不过是交换，可人心也是换来的，在后来的日子里，许博衍对她们母女很好。冬稚在国外，除了学费，剩下的花销都是自己挣的，不愿多用他一分钱。可许博衍还是给冬稚钱，每次都给得很多，多到富余很多。

许叔对她妈也好，接纳了霍小勤后，除了需要她照顾，对她的好是一等一的。许博衍逢年过节回去探望时，也将她当自己的长辈一样对待。

日子过得久了，他们慢慢地真的成了一家人。

冬稚不想连累谁，即使办不到也要让许博衍少自我责怪。合作不成功不是他做得不够好，而是她这个外因影响。

冬稚考虑清楚后，拨通电话。她刚叫一声博衍哥，电话那边的人听起来声音里却带着喜意，好像心情很好的样子："怎么一大早就打电话给我？是不是有什么事？"

她顿了下，道："我想跟你说说华微的那件事。"

"华微啊，已经没事了。"许博衍以为她关心自己，"合作案继续，他们改变主意，刚刚打电话联系了我。"

"改变主意了？"冬稚一愣。

"对啊。"许博衍在皮椅上坐下，皮椅发出吱呀一声，"可算成了，这两天差点儿没愁死我，头发都掉了不少。"

接着他又问："你怎么了？想跟我说什么？"

冬稚捋直舌头，掩下情绪："没有。就是关心你，问一下。"

"还是你疼哥。没事了啊。我这边可能要开始忙了，你好好休息，关心演出的事就好了，我不用你担心。"许博衍手头忙，此刻又正是大白天，所以没时间多聊。

于是他念叨几句，结束通话。

手机屏幕跳转回主界面，冬稚发怔地看着，心情说不清地复杂。

冬稚因为工作在临近澜城的城市待了两天。事情结束后，她想了想，干脆先回了澜城。

她已经很多年没有回来过这里了。她每年从头忙到尾，忙里偷不得闲，想回来也难。

以往清明节，她年年都会去拜祭冬豫。但出国后的年月，她自己都数不清有多少年没有为他清扫墓碑。

去年她倒是跟柏林爱乐乐团回国演出过一回，但时间太过匆忙，连霍小勤都没来得及见就又飞去了国外。

冬稚曾经去过很多地方，犹记得许博衍先前说，等她回到熟悉的地方就会被熟悉感包围，其实并不尽然。就像现在，她身处这个城市，可让她有熟悉感的地方已经少得可怜。

车开到公墓陵园外，冬稚付了钱，步行上去。陵园正门口这条道有点儿陡，每逢清明，来祭祀的人家多，车开成长龙，半天都水泄不通。

她还记得冬豫墓碑所在的位置。

冬豫下葬的时候年头早，那时这里还是刚建成的墓地。如今墓地比原先扩大好几倍，他的墓碑已在偏僻的角落。

冬稚没费太多工夫就凭记忆找到了冬豫的墓碑。墓碑是板正的一块，很干净，她本以为上面会落灰，谁知竟还放着一束黄色的小花。

许博衍是不知道这里的，毕竟不是他的亲人。霍小勤要照顾许叔，不能常来这里照看。

冬稚盯着无尘的石板面几秒，不由得四下张望。

不远处有个小棚，刚砌的红色砖墙还没抹完水泥灰。旁边立着块牌写着“工作处”几个字，她提步走过去。

窗户开着，守墓人上了年纪，坐在里面。他见她来，问：“什么事啊？”

“大叔。”冬稚问，“那边那座墓碑为什么那么干净？还放着花，最近是有谁来过吗？”

守墓人眯眼往陵墓瞧了瞧：“你说哪一座？”

冬稚把墓碑的编号告诉他。

“哦，那一座啊。”

守墓人转了转草帽的方向，“有个年轻人经常会来，大概隔个两三个月就来一次。他给了钱，让我们定期打扫，每天扫一回——”他竖起一只手指，“还让放花。我们就每天扫一遍，摆一束花上去。虽然人家不在这儿，但收了钱总得办事对吧？”

冬稚愣愣地问：“从什么时候开始的？”

“从什么时候开始？”大叔想了想，回忆起来，“去年还是前年吧，已经一年多快两年了。”

“您知道是谁吗？有没有名字？”

大叔没直接告诉她，反问：“你问这个是要干什么？”

冬稚见他防备，解释：“那座墓是我爸爸的。”

大叔哦了声，道：“我们也不知道他的名字，我看看……”他这才转身，从里面找出一个本子，眯着眼翻了半天，“哦，在这儿……没名字，登记的时候就留了个姓，姓陈。个子挺高的，年轻人长得还挺好看。”

姓陈的年轻人。

冬稚愣怔了一下。

她跟许博衍聊天儿时，他曾无意间提过，陈就回国也差不多有两年的样子。

姓陈的年轻人……

还能有谁？

她挤出几个字，磕绊地说了声谢谢就往墓区走去。

无云的晴空，日光太盛。

冬稚停在上行的坡道上，眨了眨眼，忽然间感觉眼睛有点儿刺痛。

拜祭完冬豫，冬稚从墓园里走出来，没忍住，索性又回了从前居住过的那条巷子。

陈家的大宅空无一人，后面那间带小院子的平房是她们住了多年的地方，同样空空如也。墙壁上爬满了青苔，远远就透出一股潮气。

两家大门都紧锁。日升日落，曾经的那些恩怨，除了他们，再无人知晓。

冬稚推开院子的门走进去，环顾四周，一切似乎都没有什么变化，若硬要说有或许便是更旧了。

她走到门口，在低矮的台阶边坐下。

从这个位置抬头望向前方，正好能看到陈家的宅子。

或许是太阳正好，又或者是别的缘故，那栋房子似乎不再如从前那样遮天蔽日，能挡下所有的光。

四下亮堂得很。

她心里也早已经没了那种愤懑又怨恨的心情，只剩一片空落落的怅然之情。

小的时候冬豫常常抱着她和陈就，也是坐在这里。他俩坐在冬豫的膝头分零食，冬豫就带着笑看他们。

她把饼干掰成两份分给陈就，陈就会将它再对着掰开，把另一份分给冬豫。

冬豫总是夸陈就：“陈就对叔叔真好。”

她一听就着急了，立刻把自己那半块整个往冬豫嘴里塞，还说：“爸爸吃这个，我的饼干全都给爸爸。”

冬豫便也夸她：“好好好，冬稚也乖。爸爸现在不吃啊，等爸爸老了你再给我吃好不好？”

她点头如捣蒜，好像怕他不信一样，用力地保证：“等爸爸像对面的爷爷一样没有牙齿了，我就把饼干弄碎了喂爸爸吃。”

陈就不甘示弱，跟着大声嚷嚷：“叔叔……叔叔等你像那个老爷爷一样走不动了，我推你，用车拉你，带你去很多很多地方！”

冬稚不服气，他们俩便斗嘴般地就此展开争辩，争论谁会对冬豫更好。

冬豫边听边笑，只一迭声地点着头说好。

那个时候，那个时候——

冬豫何尝不疼陈就，陈就又哪里会不喜欢他。比起陈文席，或许这个经常抱他哄他陪他玩的叔叔，在陈就的童年里占据的份额要重要得多。

他敬重喜爱的叔叔，为自己的父亲让出了改变命运的机会，因为自己的父亲，发生无法挽回的悲剧，从此长眠于地下。

发生这事以前的陈就，是怎样一个无忧无虑、善良纯真的好少年。

一夕之间陈就的信念崩塌，父亲和爷爷伪善，母亲刻薄虚荣……美好的一切不复存在，陈就一下子就直面了最亲近的人的丑恶。

陈就痛苦吗？

他是怎样痛苦地一路走来？他从澜城走到国外，再从国外走回来。他仍然记得回到这个生长的小城，走到曾经疼爱过他的叔叔的墓前，送上他的歉意和惦念。

这事虽已时过境迁，但不止冬稚和霍小勤，陈就也还记得。

除了她们，还有人记得这世界上曾经有过这么一个人。

浓重的潮湿的味道不停地往她的鼻子里钻，冬稚忍着眼里翻涌的酸疼感。

她又想起冬豫离开的那一年。

出殡那天她在灵前跪了很久。

陈就绕开人群，走过来陪在她身边。那时她心里藏着对他爸那通电话的怨恨之情，连看也不肯看他一眼。

他怕她饿，偷偷塞给她包装好的小面包。

她抬手就扔出去。

他什么都没说，起身去捡，又跪回她身边。过会儿，他再往她的手里塞。

她再把它扔开，他便再去捡回来。

来来回回几次之后，他说："你不想吃这个，我去给你拿别的。"

那天她扔了好多好多遍，有的吃的有包装，他就重复捡回来几次，再去换别的。有的没包装，她扔了就脏了，他就二话不说重新去拿其他吃的。

后来不知多少次，她发狠把他塞的东西扔到门外，对他说滚。

陈就不曾言语一个字，默默起身，很久没有再回来。

有多久呢？久到她以为，他永远都不会回来了。

她终于可以一个人好好地在灵前待着。

周围真的很安静，她的心里也真的变得更加地疼。

她沉默地在遗像前掉眼泪，直到脚步声又一次慢慢靠近。

还是那个人。

他带着从外面不知哪里买回来的热腾腾的吃的，重新跪在她身边。

不晓得扔了多少遍，他又一次将吃食塞到她手中。

视线有些模糊，冬稚抬头朝天上看，呼出的气息灼热，灼得自己都觉得喉头发烫。

在后来的这些年里，她总是梦到以前的事。可是每一次，不管什么场景，她都看不清梦里他们的脸。

她看不清陈就的脸，还有冬豫的脸。

曾经的那些人生像突然被蒙上了薄纱，再也看不分明。

很久很久以前，那时候他们是冬豫怀里的两个小宝贝，如今却甚至无法在冬豫的墓前并肩而立。

有什么温热的东西淌过她的脸颊。

冬稚慌乱地擦了把脸，在手机上拨出那个早就烂熟于心的号码。冰冷的水泥地，了无生气的院子，一切早已没了温度，只有电话里冰冷无情的提示音在不停地重复——

“您拨的号码是空号。”

是不是没有人会永远停在原地不动？没有人可以真的一遍又一遍地回来？

他为她捡了好多遍吃食，回来了一次又一次。

最终，他们的关系还是结束在多年前的那个下午。

这一次他真的永远地被她推开了。

甚至久得像是他永远不会再回来。

在她长大的院子里，在她已经回不去的这个地方，冬稚握着没有回应的手机。

这里传出时隔好多年的她的哭声，那份对被她伤害的那个少年的抱歉，再也无法传达至他的耳边。

冬稚从澜城回来。

她用了好几天才缓和了情绪。

她不知道自己哭的是什么。

“陈就”这个名字，几乎等同于她的整个青春时代。

陈就对她父母的敬爱就像她对他父母的恨一样，如今他或许也在恨着她。

他们的感情剪不断，理不清。

冬稚头昏脑涨地睡醒，稍微能让她的心情有所好转的大概只有和旧友聚会这一件事。

苗菁虽然来迟，但绝不缺席。在新闻上看见她要回国开巡演的消息后，苗菁就打电话找上她，三个人的聚餐被提上日程。

“我问过温岑了，他最近刚好有空。你看看你什么时候有时间啊？我们来华城找你。”

这趟回国，冬稚还没和苗菁、温岑两人见过面。

冬稚让柯雅查过工作安排，选了个日子告诉苗菁：“来吧，到时候我请你们吃饭。”

冬稚作为半个“东道主”，提前选好餐厅，请久别的两人吃午餐。

其实冬稚也不是很了解华城有哪些馆子不错，好在有许博衍在。

他在华城多年，是个地道的老饕，最了解哪里好吃，是亲口跟她吹嘘过的。

冬稚打电话询问他，在他给出的名单里选了一家餐厅。

她订好的餐厅一共两层，是开放式的装修。

冬稚几人在二楼要了个安静的位置落座，各自点了两道喜欢吃的菜，便开始闲聊。

一别多年，冬稚在外求学的日子，他们各自分开。直到去年她回国演出，才重新和他们恢复联系。可惜后来她又是一整年的巡演，算起来真是好久没见面了。

他们从过去聊到现在，再到以后，话匣子一开简直没完没了。

那时候他们熟识得就快，人和人之间不得不讲缘分这东西。

他们同行过很长时间，在人生的岔道口分开。而今他们重聚，分享着没有一起走过的日子里各自的见识与经历，彼此之间的距离马上又被拉近。

他们说笑闲聊，一餐食毕，到甜点的时间，这时苗菁有电话来。她举着手机看了半天，这里的信号不太好，让冬稚两人稍微坐会儿，自己下楼出去接听电话。

剩两人坐在位子上。

温岑懒懒地靠着椅子，眯着笑眼打量冬稚，好半天没说话，一开口就猝不及防地来了句："和陈就怎么样？我听苗菁说，你们已经见过了？"

冬稚回来以后偶尔会在通信软件上和苗菁聊聊近况。毕竟她只有苗菁这么一个算得上闺密的朋友，私房话自然说给她听。

"没怎么样。"冬稚抬眸看他，淡淡地扯了下唇，"都已经是过去那么久的事了。"

她脑海里一闪而过在澜城墓园里，冬豫那块干净的墓碑和那束黄色的小花。但她竭力压下这些画面，不让自己去想。

温岑笑而不语，过会儿换了个话题："刚刚我都没敢跟你拥抱，就怕你觉得尴尬。"

冬稚无奈："你这样说出来我就不尴尬了？"

"唉。"温岑佯装伤感地叹了一声，"少年情怀总是诗，好歹我们也曾经在一起过……吧？你给我点儿面子。你说我是不是该去找陈就打一架，这样才比较符合身份？”

他嘴里啧的一声，表现出感兴趣的样子：“其实我高中的时候就想揍他了，他够惹人嫌的，真是看他哪儿哪儿都不顺眼。”

冬稚叫停：“你快别开玩笑了，到时候我和苗菁还得去捞你。”

温岑盯着她打量，忽地笑得欢。

“笑什么？”她疑惑。

“笑你啊。”他说，“你看看，现在多好。出国这么些年，总算是开朗多了。我以前就不喜欢你愁眉苦脸的，笑起来多好看，可你偏不爱笑。”

冬稚看他片刻，没说话，弯起唇只是笑。

“许总常来这家餐厅？”一落座，秦承宇便问。

“对，算是我常来的地方之一。”

许博衍今儿请秦承宇和陈就一起吃饭，从自己常光顾的几家餐厅里选了一间。

三人落座，许博衍和并排的秦承宇、陈就两人面对面地坐着。服务员先上了一壶水，同时递上菜单。几人都不急，随意闲话。

许博衍开玩笑：“都说秦总和陈教授难约，别人想约都约不到，今天两位可算是给我面子。”

“哪里，许总说笑了。”秦承宇道，“最难请的人是陈就，我可一向好说话得很。”

许博衍闻言，大乐。

和这俩相谈甚欢的人不同，陈就坐在秦承宇身侧，安静地听着他们说话，并无过多情绪上的起伏。

秦承宇略微环视一番，很捧场地夸赞许博衍的品位：“这间餐厅的装修很不错，我喜欢这个风格。”

“他们家的菜品更好。”许博衍像煞有介事，“你们别不信，我带我妹来过几次，她也很喜欢这里。”

秦承宇眉头一挑，顺着这个话题不着痕迹地聊起冬稚：“说起冬小姐，她可算是如今最出名的华人女小提琴家。令妹年纪轻轻就有如此成就，很不容易啊。”

许博衍谦虚地道：“秦总谬赞。我这个妹妹就是倔，比别人倔得多，浑身上下一股子韧劲，十分吃得了苦。她是真的很喜欢小提琴，为了喜欢的东西付出再多都可以。我从来没见过她那么拼的女孩子。我们虽然说不是亲兄妹，但是我也确确实实非常佩服她。”

“她这么出色，想必应该有很多人追求她吧？”秦承宇话锋一转，仿若随意地问起感情的问题。

许博衍不疑有他，只当是闲话家常，笑着作答：“也还好。不过不是我吹牛，她在国外演出的时候经常被人搭讪。不仅是认识她的乐迷，还有很多不认识她的人，什么金发碧眼的老外啊，有各种各样的人经常借故和她说话，问她要联系方式。要么就是休息时间在外面时，她会突然收到陌生人送的花啊点心啊饮料啊，还有小礼物什么的。”

秦承宇悄悄看陈就一眼，后者一脸冷淡，仿佛没在听他们说话。

秦承宇笑道：“令妹长得那么漂亮，这是正常的。冒昧问一句，她现在交男朋友了吗？”

许博衍摇摇头，说：“没有。”

“怎么会没有？不应该啊？”

“唉。她呀，追她的人是多，他们学校里有很多留学生，还有她演出时遇到的不同行业的人，但那些追她的人她就是没有喜欢的。她一心都在小提琴上，我倒希望她找个男朋友。她长这么大，就谈过两次恋爱，心思根本都不在这方面。”

他俩聊得正欢。

一直没说话的陈就忽然冷不丁地出声：“两次？”

许博衍瞥陈就一眼，对他接话颇感意外，点头说：“对的。第一次我是不太清楚。我知道的那回，是她在国内上大学的时候。我见过那个男生，好像是她的高中同学，人长得不错，性格也蛮好的。”

秦承宇正欲说话，旁边突然响起一道略带诧异又不确定的声音：“陈就？！”

他们向发出声音的地方看过去，不远处有个女人面带犹疑之色地看着他们这边，叫出陈就的名字后下意识地捂住嘴。

秦承宇问旁边眸色微微沉下来的陈就：“你认识？”

陈就还没来得及开口，许博衍就先一步认出来：“小苗同学？”

苗菁下楼来接电话，刚打完，本打算回楼上，没想到会在这里碰到“熟人”。

许博衍和苗菁早几年就见过，冬稚大学出国前，苗菁特地赶到盛城和冬稚见了一面。那天她们吃饭，就是刚刚成为冬稚兄长没多久的许博衍亲自接送她们的。

去年冬稚回国和柏林爱乐乐团演出，和苗菁又见了一次，许博衍同样在场。许博衍知道这个小姑娘是冬稚为数不多的几个好朋友之一，对她的态度一向不错。

“小苗同学，你怎么在这儿？”许博衍笑着站起身，和她打招呼，又想起她刚才那一声，后知后觉地看向陈就：“陈教授，你们认识？”

苗菁呵呵地笑，打马虎眼，不答他的问题只说：“许哥你也在这儿吃饭啊。”

“是啊。巧了，你跟朋友一块儿来的？”

“我和冬稚一块儿来的。”

许博衍感到诧异：“冬稚也在？”

“嗯。”苗菁指了指上面，“她在楼上，我下来接电话。”

许博衍一听，当即就要起身去见冬稚。苗菁瞥那座上的陈就一眼，怕被他发现又飞快地收回目光，连忙招呼许博衍坐下：“别别别，您坐、您坐，我们差不多吃完了。我上去跟她说一声就是，刚好下来跟您打招呼。您别麻烦了，等等冬稚又要说我。”

许博衍想想也对，便笑：“那行。”

苗菁瞄陈就一眼，转身疾步跑走。

苗菁直奔二楼，冬稚见她回来跑得像飞毛腿一样快，坐直身，开玩笑：“怎么气喘吁吁的？跑这么急干什么？有谁在追你吗？”

追倒是没谁追她，但这事儿跟活见鬼也差不多。

苗菁往座位上一坐，长呼一口气。

谁知道竟然这么巧，她能遇上陈就。

苗菁说不清对他是什么感觉，以前读书的时候自己只觉得这个人遥不可及，对他有点儿怕怕的。后来他和冬稚发生了什么乱七八糟的纠葛她不太清楚，只知道在很长一段时间里，冬稚对这个人唯恐避之而不及，对他只字不提。

如今他们回国碰上，陈就看着更吓人了点儿，还跟冬稚她哥混到一块儿去了。

“等会儿，我先喝口水。”苗菁一边为冬稚担忧，一边抚了几下胸口，端起杯子灌了一大口水。

温岑挑了下眉，不正经地笑话苗菁：“慢点儿，没人跟你抢。”

冬稚没把她的失态放在心上，等她放下杯子，便道：“差不多可以走了吧，我们先去逛一逛，然后再找个地方喝茶？”

“你说说，这人都买单了，愣是不让我插手，我这面子可往哪儿放。”温岑瞄着冬稚，对苗菁吐槽，很有不平的意思。

苗菁却没心情跟他俩开玩笑，忙把话带回来：“那什么，我刚刚在楼下碰见许哥了。”

“我哥？他也在这儿吃饭？”冬稚一听就站起身，“那正好，我们吃完了，下去看看打声招呼。”

温岑随之动身，就听苗菁补了句：“他和另外两个人在一起，如果我没认错的话，其中一个人是陈就。”

冬稚动作一顿，面上闪过一丝僵硬的神色。

苗菁会看眼色：“要不还是算了？”

冬稚很快收敛表情：“没事。我哥跟他们公司正在合作，一起吃饭很正常。”

冬稚顿了顿，又补充了一句，不知在对他们说还是在对自己说：“反正总是要见的。”

苗菁想想不知道该说什么，干巴巴地哦了声。

冬稚拎起包走在前面。

她迈步的姿势看着冷静，可那下楼的背影怎么看怎么发僵。

三人下到一层，苗菁带路到许博衍那桌。冬稚在前，过去和他们打招呼：“哥——”冬稚看向另外两人，礼貌地道：“秦先生、陈……教授。”

说到后一个称呼，她莫名卡顿。

秦承宇同样笑着还以问候：“冬小姐，好巧。”

许博衍看见温岑，脸上闪过一丝微诧的神色，随即笑起来："小温也在？好多年不见，你们……"

许博衍的视线在冬稚和温岑身上来回打量，感兴趣地看着他们。

"哥。"冬稚忙打断他，"只是朋友之间吃个饭。"

温岑适时上前一步，淡淡一笑："许哥，好久不见。"

冬稚看向陈就，他正好也朝她看来，两人视线相撞，他先冷淡地移开目光。

在墓园里看到的那束花，一瞬间浮现在她的眼前。

她抿了抿唇，决定先好好招待苗菁和温岑，暂时压下理不清的思绪，开口道："哥，我们已经吃好了，就先走了。你们慢慢吃。"

"这就走了？不再坐会儿？"许博衍邀请，"一起坐坐嘛。"

"不了。"冬稚和许博衍别过，强迫自己别再多看陈就。

三人朝外走，很快消失在门口。

秦承宇看着他们离开的背影，慢条斯理地问："刚才那位先生姓温？我听许总你叫他小温，是温度的温吗？"

"啊，对，是温度的温。"

"他跟令妹的关系好像……"

"哎呀，都是年轻人。"许博衍笑道，"他就是我妹在大学的时候谈的那个男朋友，我没想到他们还会再见面……挺好的，也不是说谈不成朋友就非要老死不相往来……"

许博衍不以为意，满是对他们还能做朋友感到欣慰。他略说了两句，便岔开话题说起别的事。

秦承宇含笑陪聊，目光不由得瞥向陈就。

后者仍未参与他们的对话。

陈就不知什么时候垂下了眼睛。他一言不发，只是用湿巾一下又一下用力地擦拭着手指。

虽然冬稚有心想理一理和陈就的关系，但回国后的第一场巡演即将开始，只得先搁置下别的事情，专心投入到工作中。

她巡演的首站自然是在首都华城，规模完全不比去年她回国和柏林爱乐乐团合作演出那次小。

女小提琴家 Dawn Dong 的第一次国内巡演座无虚席，除了前排保留的内部票，其余全部售罄。

冬稚给了许博衍两张门票，他带着秦承宇一同出席。博研数码和华微科技正处在合作的蜜月期，许博衍最该接待的客人首先就是这位。

演出结束，许博衍领着秦承宇一起来了后台。

冬稚刚换下演出服，妆还没卸，见许博衍迎上来，大方地和他抱了抱。

"我看到你送的贺仪了，谢谢哥。"

许博衍说："哎呀，谢什么。"他一指身旁，"秦总也送了，要不要谢谢人家？"

冬稚看向秦承宇，笑意敛了些许，矜持着致谢："谢谢秦总送的贺仪。"

"客气了。"秦承宇说，"能近距离看到 Dawn Dong 老师的演出，一份贺仪算什么。"

他笑道："正好，周日我在家里请客，冬小姐和许总一起来啊？"

"我？"冬稚没想到他会邀请自己。

许博衍怕她不好意思："不用跟他客气，秦总不是外人。"

"说的是，冬小姐别跟我见外。"秦承宇点头，仿佛极赞成似的，"要是嫌弃我家里的宴席水平不如外面好，咱们可以上外面吃，地方冬小姐随便选。"

冬稚忙说不是，不好再拒绝："那就叨扰了，到时我跟我哥一块儿来。"

周日，秦承宇的待客聚餐如期来临。

冬稚换上了一身不算隆重的简洁正装，许博衍贴心地来接她，驱车近一个小时，到达秦承宇家。

这一顿饭来的人不多，只有六七个人的样子，基本是华微科技的核心员工。

陈就自然也在。

进门没多久，冬稚和众人一一打过招呼，在客厅拐角和陈就遇见。

陈就拿着白底金纹的茶壶，两人迎面站着，离得有些远。

两人视线相对，他面无表情。不等他走开，冬稚下意识地开口：“我来吧。”

她说着朝他伸手。

陈就垂眸，瞥了瞥她。

他轻轻动唇：“不必。”

冬稚抿了下嘴角，侧身让开：“那你过去吧。”

她不再多留，从他身边经过时闻到他身上淡淡的不知名的木香。

冬稚上了个洗手间，没多久后来到洗手台前洗手。

台上放着两瓶洗手液，颜色各异，一瓶是果香的，一瓶是木香的。

视线顿了一下，她伸出手，最后停在了那瓶木香的洗手液前。

水流冲洗她的手掌各处，她缓慢而细致地洗着。

她洗完手，擦干水走出去。

她鼻端嗅到一股残留的淡淡的木香，像是在寸步不离地跟随着自己。

一群人围在茶几边聊天儿，聊的多是生意上的事，间或谈及一些琐事，冬稚在旁听着并不插话。

陈就先前拿着的茶壶被放在桌上，但人不在。陈就下来露了个脸就上楼了，在书房里处理事情。

他惯常这样，大家都习以为常，没谁有异议。

秦承宇说到一半，突然把话题抛向冬稚：“冬小姐听我们聊这些会不会无聊？”

被点名的冬稚闻言抬眸，礼貌地笑着说：“不会。”

他便问：“那能麻烦你帮我们去厨房里加点儿热水吗？”

反正无事，她没多想，点头道好。

冬稚拿着茶壶站起身，转头一看，就见陈就踩着最后两级楼梯下来。

两人四目相对。只片刻，不知是不是因为她端着东西，手离鼻子近了，那股木香味越发明显。

她咽了咽口水，收了目光，转身朝厨房里走去。

身后的脚步声恍然像是错觉，等她进了厨房里回头，发觉陈就那么大的一个人就在背后。

他们谁都没跟谁说话。

她背后响起橱柜门打开的声音，陈就似乎在拿别的东西。冬稚稍做犹豫，到底还是看向他，轻声说了一句："谢谢。"

那道身影顿了一下。

陈就慢慢转过身来，问她："谢什么？"

她说："不管怎么说，跟博研合作的事，谢谢你。"

先前没有适合交谈的机会，所以她一直没机会说。

陈就缓缓地道："你倒是挺为别人着想的。"

冬稚垂眸："我哥对我很好，我不想让他为难。"

他沉默了片刻，说："是不是谁的好你都记得，只除了我？"

冬稚一瞬间顿住。

他用了一种很平静的语气。

他不是在苛责，也不是在要求什么答案。他像是已经接受了这个事实，只是在阐述。

他的语气淡得令她抑制不住地生出一丝难过之情。

他没有再询问，于是理所当然地没有期待她回答，很快转过身去找到要的东西，关上门就要走。

冬稚握着茶壶的把手，在一瞬间突然生出些许力气。

"不是的。"

几个字落地不轻。

她身后的脚步声停下。

冬稚没有回头，他也没有动。

厨房里很安静，窗外日光澄清。不知是他身上的味道，还是她手上残留的洗手液的气息，两种不一样又相似的木香在这一刻交错混杂。

"如果我说，我也记得……你的好。"

冬稚听到自己的声音从来没有这样清晰。

"你信不信？"

冬稚在厨房里说的话，陈就没有回应。

聚餐在一片欢乐中结束。冬稚被许博衍送回家，不知哪个瞬间，突然开始觉得很累。

她什么都不想去思考。

她的下一场演出地点在容城，暂时没有那么快到来，她还有充足的时间可以自己安排私事。她决定先回盛城见一见霍小勤。

许博衍为新的合作案奔波劳累，抽不出空，她不想打扰他，于是一个人动身。

许家的房子在盛城不错的地段，是许博衍前两年新买的，原先他们住的那套卖出去了。住在新房子里，老两口儿觉得什么都好，就是太空了些，心心念念地总希望他们俩可以有多点儿时间回去陪他们。

许叔对冬稚很和蔼，他慈祥的样子让她根本想象不到他们说他以前脾气不好是什么样。他知道她们母女有话聊，更是非常体贴，没多说什么就把时间留给了她和霍小勤。

霍小勤见了她，一个劲儿地念叨她瘦了，左看右看，心疼得不得了。

“你是不是在外面没有好好吃饭？回来多待一阵，妈给你炖汤喝，你这样风大点儿都能把你刮跑。”

冬稚听得发笑：“哪儿能啊，妈你也太夸张了。”

霍小勤脸上的皱纹不少，岁月不饶人，一点一滴都在她脸上留下了痕迹。这几年她的日子过得轻松，许叔和许博衍对她也好，所以比起从前，她的气色好了很多。

“你晚上想吃什么？妈给你做。家里冰箱里有些菜，我等会儿再去买点儿。”

“不是有做饭的阿姨吗？”

“哎呀，那哪儿有自己做的好吃？我的手艺你又不是不知道。”霍小勤眉一拧，“我就说不要请人不要请人，多浪费。博衍就是不肯，非说怕我累……我有什么累的。现在倒好，只能每天给他爸煮点儿汤，菜都不能自己做。”

冬稚说：“博衍哥是让你休息，你还说人家。”

“我知道他有这个心……”霍小勤叹气，到底还是节俭惯了。

冬稚细细地打量她，忍不住伸手摸她的脸。

霍小勤难得不好意思："我的脸有什么好摸的？满脸的皱纹。"

"哪儿有，你可年轻着呢。"

"少来哄我，我自己不会照镜子啊？"

冬稚伏到她的肩上，轻软地喊："妈……"

重聚的时光温馨又过得飞快。

晚间在餐桌上，冬稚被霍小勤喂得快吃撑着了。冬稚连喝了好几碗汤，一个劲儿地说够了，还是拦不住霍小勤给她夹菜。

天下的父母或许都是这样，霍小勤更是如此："够什么，你看看你，都瘦成什么样了？"

许叔在桌子的对面坐着，跟着帮腔："确实太瘦了。回来好好补补，再谈个对象什么的，把肉都长回来。"

霍小勤话锋一转，接话："没错。你现在也不小了，找对象了没？"

她们一下午没谈到的话题就这么在餐桌上被抛了出来。

冬稚试图岔开话题："妈……"

"别叫妈，问你话呢。"

冬稚闷头不说话。

"得找了。你见的人多，条件好的肯定不少吧。该谈。"霍小勤苦口婆心地劝她，"妈不是非要你干什么，就是想有个人照顾你，对你好。"

她说着开始细数："不要看家世如何，咱们找那种人品好的人，知道心疼你的，千万要记得找对你好的人知不知道？……"

冬稚一边喝着汤，一边点头。

霍小勤一遍又一遍地念着"对你好"这个重点。汤的味道鲜香，声音从耳朵里传过，嗡嗡的，冬稚突然恍神。

对我好啊……

冬稚的脑海里飞快地闪过一张熟悉的脸。

她垂下眼，用汤匙搅动着碗里的汤，心里莫名发堵。

冬稚从盛城回来后，许博衍约她出去吃饭，也是为顺便和她聊聊两位老人，问问他们近来可好。

冬稚有点儿犯懒，想了想说："那不如来家里吃吧，我自己做。"

"自己做？"许博衍听她提议，觉得也行，同意下来。

景丽小区附近新开了一家特别大的超市。冬稚这段时间心里总感觉闷，和许博衍约好的当天，自己便早早换上常服，出门去超市采购食材，顺便透透气。

超市很大，开在这样繁华的地段，客流都是收入不低的人。顾客希望所有商品都是高品质的，所以相应的这些商品的价格也高。

许是因为她回了国，接连回到以前的地方，见了旧景又见了母亲，走进超市的入口，对上商超营业员过分热情的笑脸，还有片刻恍惚。

她早没了经济负担，以前买东西时小心翼翼地看价钱，过日子分分厘厘地精打细算，那样的日子似乎已经非常久远了。这份工作以及随之而来的名气让现在的她过上了从前遥不可及的，像梦一般的日子。

她对上别人的眼睛才恍惚间发觉，时间过得好快，自己已成了普通人眼里的人生佼佼者。

冬稚垂眼，在超市里推着推车走了半天，思绪乱飘。

她的情绪不高，自己都不知道脑子里在想什么。她经过货架，半看半不看，随手就拿起东西往车篮里放。

在食材区逛了半圈儿，冬稚蓦地停下一看，车篮里不知什么时候已经装了一堆东西，头疼地捏了捏眉心，推车出去结账，也不理还有什么东西没买，没心情再逛下去。

她回到住所，许博衍在她整理食材前到了。

冬稚让楼下的保安给他放行，不一会儿，他就坐着电梯上来。

“买了这么多东西？”

“嗯。”冬稚边整理边说，“怕你不够吃。”

“瞧你这话说的，你哥是有多能吃。”许博衍失笑，很自觉地走到桌边，和她一起分拣食材。

他们把水产一类的放进冷冻柜，将马上要下锅的水产单独分开，用容器盛了水装好放在水池中，然后把其他的肉类一一拿出来，蔬菜码放整齐。

她还买了香料、配菜等，一应俱全。

“这肉不错。”许博衍拿起一盒牛肉，看了看类别和品级。

冬稚说：“在附近新开的超市里买的，东西还蛮多。”

“正好，我给你做个牛排。”许博衍边说边活动筋骨，准备大展身手。

处理好所有食材，兄妹两个走进厨房里。

两个人各自分工，冬稚收拾海鲜，许博衍收拾肉类。

许博衍好久没回盛城，问起父母的事，冬稚说一切都好，让他别担心。这样的话之前她在电话里就说过，但为人子女的，难免挂心，他总要多问几次。

冬稚正清除鱿鱼的骨头，许博衍聊着公司的事，忽然道：“我本来想去找秦承宇聊聊合作案的细节，结果他抽不开身。”

冬稚顺嘴问：“他很忙吗？”

“是啊。说是陈教授家里有事，几天没去公司，他一个人忙得脚不沾地。”

突然听到这话，冬稚停下手上的动作，问：“陈就……陈教授怎么了？”

“不清楚。好像是跟他家里的事情有关。”许博衍没多想，只当她是好奇，“因为生意的关系我跟他们科研圈的人打交道挺多的，听说了一些他的事情。陈就好像和他家里的关系很差，他上大学时的一些同学，尤其是在同个学校留过学回来的人似乎都知道。”

冬稚的动作不由得放慢：“家里？”

“嗯。”许博衍说，“主要是他妈，好像是吧。”

萧静然？

一瞬间冬稚又想起那张刻薄讨人厌的脸，抿了抿唇。

冬稚永远都不会忘。有的东西，之于她是成长的经历，是刻进她生命里的一部分。哪怕这些东西丑陋又令她痛恨。

“别看陈就年纪轻轻的，成就居然这么高。只是虽然他看起来人人艳羡，但家里也有这些那些理不清的事情。”许博衍摇头，感慨道，“看来谁都不能免俗，哪怕是智商再高的也都是人哪。”

许博衍没有停止说话，从陈就说到秦承宇，又从秦承宇说到别的，话题渐渐被说远。他说着，还不忘叮嘱冬稚：“你注意点儿，别被骨头划伤手。”

冬稚抬眼，嘴上仓促地应了一声：“噢。”

她心不在焉的，手下清理骨头的速度倒是真的不知不觉地变慢。

冬稚坐在安静的客厅里，看着刚从许博衍那里要来的陈就的电话号码，犹豫不决。

她编了一通借口，说是有朋友有事要科研圈的人帮忙。许博衍本来说陈就这人不好应付，想给她秦承宇的电话，让她通过秦承宇谈。但她坚持要陈就的号码，惹得许博衍奇怪地看了她好几眼。

冬稚考虑再三，吐了口气，拨出电话。

她本以为要等很久，没想到只过了两秒那边就接了。

她沉默下来，电话通了，却不知道该说什么。

陈就的声音让人听不出情绪，带着淡淡的疏离感："哪位？"

"陈就。"冬稚开口开得艰难，"是我。"

他停了好几秒，才道："什么事？"

冬稚问得小心："我听说，你家里出了点儿事？"

他半天没回答，过后道："你找我就是问这个？"

"嗯。"

陈就的语气似乎更冷了："你想听什么回答？很好？或者很糟？"

冬稚动了动唇："我不是这个意思。"

那边的人不说话了。

是的，她打这通电话，似乎有些好笑又多余。

她是最恨他的家人的。

他们分别的那一年，她亲口说过的，和他在一起就是要破坏他和父母的关系。

冬稚微微用力地握住手机，没有挂："我不是幸灾乐祸，也不是八卦。我只是……"

她没有说完。

那边的人似乎在静静地听。

"只是什么？"过了好一会儿，他才问。

冬稚咽了咽口水："那天在秦承宇家的厨房，我说的那些话……都是真的。"

她是真的记得他对她的好，没有忘记。

所以，她也是真的想要关心他。

电话那端就这样安静下来。他没做回应，像那天在厨房里一样。

冬稚听得到自己的呼吸声，似乎连他的呼吸声也听得到。

在她身后的不远处，许博衍在做着饭。

那边好像是一个世界，而她和陈就又处于另一个世界里。

时间无声地流淌而过。

冬稚慢慢放松握着手机的手，有些苦涩地笑了下："算了，那……"

"我妈来了。"他忽然把她要结束的话接过去。

冬稚先是因他的回应顿了一秒，随后为他话里的内容生出担忧："她……"

许博衍说，陈就和他妈的关系不太好。有多不好？在科研圈似乎他们的事情尽人皆知，所以他们的关系有多不好可想而知。

陈就叙述得很平静，像在说别人的事情："既然你打来电话，那想必也听说了我和我父母的关系很差。"

他没有再讲更多的话，只有这么了然直接的一句。

冬稚突然不知该说什么。

"你……"她斟酌着，缓缓地问，"你想见她吗？"

她说："不想见她，我可以帮你气走她。"

"又是因为我愿意和博研合作？"他问。

"不是。"冬稚下意识地反驳，只用了一秒甚至更快就回答了。

那边的人没有吭声。

比起先前，她的语气里多了一分认真："我刚刚跟你说的话，在秦承宇家里说的那些话，真的没有骗你。"

那边的人又不吭声了，沉默漫长得像是永无止境一般。

冬稚嘴角苦涩，想笑却笑不出来。

她也会有这样一天哪。

她再三地说这些话，他却仍然对她的话抱有怀疑。

安静间有些东西更加磨人了。

她哑着声音叫了一句："陈就……"

接着是长时间的沉默，她等得久到她以为他会挂掉电话，陈就终于缓缓开口。

“江原小区，13 号公寓 1103。”

冬稚站在江原公寓的接待大厅里，不由得出神了一小会儿。

这片高档小区和其他的高级住宅区一样门禁森严，保安不会放陌生人进去。

但见她穿着得体，保安猜测她大概是来拜访户主的，便温声询问：“小姐，请问您找谁？”

冬稚回过神，道：“哦，你好。13 号公寓，1103。”

“请问您贵姓？”

“我姓冬，冬天的冬。”

保安让她稍等，道：“我们帮您问一下。”

冬稚在装修豪华的正门大厅里站着，思绪再度发散。

不多时，问她话的保安过来告诉她：“我们联系了户主，他请您上去。”保安说着，递给冬稚一张访客条，“到 13 栋，把这个给看守公寓楼的保安，他会帮您刷电梯卡。”

冬稚轻声言谢，穿过大厅进入小区。

她走到 13 号楼，搭乘电梯上了十一层。叮的一声，电梯门打开，她提步行至房门口，抬手摁下门铃。

不到五秒，门从里面打开，陈就穿一身居家服，脚下趿着深蓝色的棉拖，身材修长。

他什么都没说，冬稚和他无言地对视。

一瞬间，她突然有种错觉。

此刻像是回到了从前，他对她丝毫不设防的时候。

“我带了两杯热茶。”冬稚缓缓拎起手中的纸袋，语气变得很轻，像是怕惊扰了这难得的时刻。

踏入客厅，她在茶色的沙发上坐下。冬稚环顾四周，陈就的公寓装修风格十分简洁，摆设也少，没有一处放置着多余的东西——是极简的风格。

萧静然还没来，他们相顾无言，在客厅里坐了一会儿。

很快就是晚饭的点，公寓响起门铃声。

门一开，萧静然颇有点儿气势汹汹的。

这些年，她和陈就之间的关系紧张——当然，陈文席和陈就的关系也好不到哪儿去。

久而久之，她早年那股矫饰的“温柔”劲儿也不复存在。

她早就不是那个拥有贴心的儿子、日子过得舒畅的阔太太，陈就更不是对她言听计从的乖儿子。

当初出国留学，陈就说什么都不肯学商，选了与商业完全无关的专业。他们夫妇俩劝说了一年，无果，气得一度切断了陈就在国外的所有学费和生活费。

他们本想以这种冷酷的方式逼他就范，奈何架不住他本事大，第二年学校就对他全免了学费，还发放奖学金。他在国外俭朴度日，一年一年地就这么熬过来了。

再加上其他细微的事情间的分歧，一桩桩事情将他们之间的情分消磨得无比单薄。

唯有她日复一日不曾改变的控制欲仍在作祟。

“你怎么搞的？一句话都不听我的。我让你跟我出去吃个饭怎么就这么费劲？不就是吃个饭，能少块肉吗？”萧静然一边往里走一边抱怨，“你说说你，一个人待在家里干什么？家里有什么宝贝？多出去见见朋友不好吗？”

陈就的语气冷淡又敷衍：“我没那么多朋友。”

“你没有朋友？那我给你介绍朋友认识，你又不喜欢。你说说，人家姑娘的条件哪里不好？上次那个张阿姨家的女儿多温柔？还有去年我让你见的那个刘叔叔家的女儿……你就是推三阻四，这样不肯，那样也不肯……”

萧静然转头和他说着，越是看他面无表情越来气。明知道陈就不会听她的话，这些话他过耳就忘，但她还是想说。

一个人越是没有什么，越是想抓住。

他们之间的关系仿佛陷入了一个僵局，是死循环，永远无解。

“你这次跟我去，听见没？我还会害你不成？好话歹话都听不出来……”萧静然数落着，一回头，一抹白色的身影撞进眼里。萧静然步子突地一顿，话音也卡在喉咙中。

“陈就，我饿了。”

轻软的声音撩得人耳朵发痒，披着长发从陈就的卧室里走出来的女人，上身穿着一件白色的长衬衫，衬衫遮住大腿，下边两条光着的腿纤细匀称，修长至极。她揉着脖子，抬起头看见萧静然，顿了片刻。

而后，冬稚缓缓挑眉：“陈太太？好久不见。”

“她……她……”萧静然指着冬稚，几乎是一眼就认出她来。指尖微颤，萧静然半天才回过神：“她怎么会在这儿？！”

这张脸，萧静然做梦都不会忘。

她曾经无比讨厌，无数次想撕烂的面孔！

萧静然看着根本不应该出现在这里的人，心中生出一股久违的郁结之情。

尤其是冬稚的那副姿态，更让她觉得刺眼。

冬稚把衬衫穿得那么随意，满是居家的模样。这里是陈就的公寓，她在这里做什么？

萧静然猛地回头，看向陈就：“你和她……”

“刚刚忘了告诉您，我家有人。”陈就一副平静的口吻，仿佛这不是多么了不得的事情，而是自然而然完全应当发生的事。

“你们……”萧静然接受不了这突如其来的现实，情绪突然激动起来，胸口起伏，忍不住尖声地质问，“她怎么会在这里？她为什么会在这儿？她为什么会在你的房子里？！”

她忍不住揪起陈就的衣服：“她为什么会在这儿？你又跟她搞到一起去了是不是？”

陈就拧了下眉，捏住萧静然的手腕，轻轻扯开她。

“麻烦您说话放尊重点儿。”冬稚在他要说话之前先开口，嘴角含着笑却一副不好惹的样子，“您是知道的，我这个人脾气不太好。一个说不好，您哪句话我不爱听了动起手来，场面上那可就真的不好看了。”

“你还敢威胁我？你以为我会怕你？”萧静然的话还没说完，她身后的陈就已然提步走向冬稚。

“我威胁你？不，我只是告诉你有可能发生的事实。”冬稚一边说，一边往行至她身边的陈就身上一靠。

他顿了一下，面色平静地单手揽住她的腰。

两个人姿态亲昵，就像每个情侣之间，一同生活该有的样子那般亲昵。

萧静然看他们当着自己的面这般样子，一口气上不来，差点儿背过气去。

她已经顾不上任何风度，哪怕其中一个人是自己的儿子：“陈就，你是不是被猪油蒙了心？她哪里好？到底哪里好？你又要跟她厮混在一起——”

陈就沉了沉眸子：“您是长辈，请说话注意分寸。”

“好，好得很。你现在是要为了她跟我对着干是吗？你又要为了她气我是不是？！”

一切好像都回到了那一年。那一年他开始叛逆，开始不听话，开始对她产生各种各样的不理解。

萧静然仍然不觉得自己有错。她有什么错？她把陈就生下来，养育他，把他培养得那么好，他就应该听她的话。

她讨厌的人，她儿子为什么要喜欢？他就是不应该和那种人搞在一起！

萧静然恨陈就不理解自己，恨他开始和自己离心，更恨这一切的源头——冬稚，全都怪这个狐狸精。

“这难道不是正常的吗？我以为你早就知道了。”此刻，“狐狸精”冬稚懒懒地靠着陈就站着，笑着问她，“还需要问？”

萧静然气极了：“你这个天生不要脸的东西！”

“你可以骂得再大声一点儿，毕竟除此之外，你也没别的本事了。”冬稚嘲讽地笑着，离开陈就身旁，往旁边的沙发扶手上一坐，俨然如主人般的随意姿态，“陈太太，今时不同往日，说够了就请出去。这是我男朋友的房子，我不想在这里看到你。”

萧静然气结：“你凭什么赶我出去？”

“就凭我想。”冬稚挑眉，“在我和你之间，陈就选谁还用问吗？你给我听好了——只要我和他在一起一天，你就别想踏进这里一步。”

她面带嘲讽之色：“在陈就心里谁更重要，你还不明白吗？无论再过多少年，都一样。”

萧静然被她的趾高气扬气得呼吸不畅，扶着桌子差点儿昏倒过去。

“你……”萧静然指着冬稚，说不出话。

忽地，萧静然抬手将桌上的一个瓷盘重重地扫到地上。

瓷片碎裂，碎片向四周飞去，有两块朝着冬稚的脸飞去。她吓了一跳，来不及躲避，下意识地抬手挡脸。

冬稚的身前突然多了道阴影。

没有预想中瓷片砸到手臂上的痛感，冬稚放下胳膊一看，身前站着的人是陈就。

下一秒，她注意到他的手攥成了拳。

没等她说话，有血从他的指缝里淌下，一滴、两滴……红艳艳的血滴在地板上。

冬稚脸色一白，唰地站起身。

陈就一动不动，只是看着同样惊讶的萧静然，少见的语气沉重：“你现在可以走了，我不想看到你。”

萧静然着实被气了一通，想必很长一段时间应该都不会再出现。

可陈就的手也伤着，冬稚心里有些不是滋味。

她本来是想，有些话陈就这做儿子的不好说，否则就要被戳脊梁骨，自己这个外人却没什么不能说的，替他争点儿清净也好。

谁知道……

萧静然一走，冬稚身上那股故意做出的讨人厌的劲儿立时没了，满心都记挂着陈就淌血的手。

瓷片在他的手上扎得不深，但看着怪吓人的。

陈就自己不怎么在意，冬稚却不能不管，连忙想找出医药箱，甚至没问他就在橱柜里翻到了它。

他坐在沙发上，她拎着箱子蹲在他面前。

她伸手执起他的手，还没开始处理，忽然听他问：“什么时候脱的外套和裙子？”

冬稚一愣，抬头对上他的视线，又很快低下头，有点儿尴尬：“刚刚进洗手间里准备的时候。”

她来时里面穿的就是白衬衫，只是把下面的裙装脱了。她脱掉外套和裙子，将衬衫展平了足够长，能遮到大腿，再者说里面还有打底的裤子。

她故意营造一种居家随意的感觉，从萧静然的反应来看，结果确实挺成功的。

冬稚这时候也感觉不妥："临时想的，没来得及和你说……"

蹲着的姿势更谨慎了点儿，她干脆半跪着，免得走光。她低着头不看他，又闻到那股木香，凑得近了，又多了点儿干净清爽的气息。

"还不穿上？"陈就的脸色不明朗，"地板不凉吗？"

冬稚差点儿忘记，经他这么一说便想站起来，又顾及他的手，最终还是捂着衬衫的衣摆蹲下："我先处理好你的手，等会儿再穿。"

她拿起棉签，蘸上药，细致地给他的伤口消毒。

陈就的手掌很大，她看得认真，生怕有碎裂的小块瓷片留在他的手掌里面。

他们安静了好几秒。

他忽地说："你今天来，温岑知道吗？"

冬稚的动作一顿："温……"

她想说关温岑什么事，对上他的视线，突然就理解了他的意思。

"博衍哥跟你说过什么？"

陈就没答。

冬稚给他处理伤口，抿了抿唇，长长地呼出一口气，缓缓地道："我和温岑只谈过一天。"

他没有接话，也没有打断她。

冬稚不确定他是想听还是不想听，但还是继续说了。

她垂下眼，说："是我大二的时候。"

那时候的事，距离现在已然很久远。

温岑和冬稚没有谈过恋爱，或者准确地说，没有过真正意义上的交往。

高中毕业之后，温岑和冬稚、苗菁就断了联系。他们再遇见是冬稚在国内读大二的时候，温岑找了高中的一些同学，要到苗菁的联系方式，从而联系上了冬稚。

他去了冬稚在的盛城找她。温岑没有念大学，那时候正在创业，自己经商，于是干脆就在盛城住下。

有的时候温岑会去她的学校，闲了两个人约着吃吃饭，聊聊天儿。冬稚的朋友少，在陌生的盛城里就更少，但温岑的邀约十次里她只会应五六次。大多数时候她在忙着兼职，没有那么多空闲可以消磨。

后来，温岑便会去冬稚兼职的地方找她，还帮她解过几次围。

只要是她的事情，他没有不管的。只要她找他，不管什么时候，不管在哪里，他都一定会到。

温岑对她太好，好到找不出任何别的理由。即使冬稚再迟钝，时间一长也感觉得出来，温岑或许有一点儿喜欢自己。

他的喜欢就像他这个人一样，散漫、温暾，没有半点儿攻击性。可是一旦察觉，她就忽视不了。

她觉得尴尬，试着避开他，结果被他找上门来直接向她摊牌。

他说："我不希望你有负担。我对你那些所谓的好，只是对朋友的程度。我确实喜欢你，但这不表示我们不能做朋友，如果你觉得我对你好只是因为我抱有别的心思，你未免也太看不起我了。"

他们"在一起"的那天，是冬稚决定去留学约他出来吃饭的当晚。她告诉他，自己即将去曼哈顿深造。

他沉默了很久，那晚在送她回去的车上和她聊了很多。

冬稚记得最深的事情，是他不仅没有反对她去留学，反而鼓励她："你好好去留学，这是好机会，应该要抓住。"

然后他突然毫无征兆地正式跟她表白。

"我没有要你答复我，也不是要你给我什么几年的承诺。我一直觉得我的感情是自己的事，跟你无关，本来想说等以后再聊……但我现在也明白，你不会喜欢我。我们注定只能是朋友，这件事不会有结果，那就趁这个机会在这里画上句点结束它好了。我喜欢你，告诉你这件事只是不想让自己留下遗憾，你别多想。"

那时候温岑这样说，冬稚不知道该如何接话。不管他是作为朋友还是别的什么人，他的感情平和而温柔。

毫无所求且认真地对她好的人，他是其中之一。

后来的一路上，温岑开玩笑地缓解气氛："要不然你就接受一下，在我送你回去之前就当我们在一起了。等下了车就算我们分手，这样好歹我也没那么丢人……"

冬稚对他感到很抱歉，抱歉自己无法接受他的感情，只能将他当成朋友，但也没有明确地拒绝他。

她说“好”，是对他的认真和郑重的一种回应。

后来在和许博衍聊到感情的话题的时候，她犹豫了一下。他问她交过几个男朋友，她想了想，说：“两个……吧。”

她什么都给不了温岑，唯独能给的就是对他这份感情的尊重和认可。

而他们所谓的在一起的这“一天”，仅仅就只是发生在温岑送她回家的那一路上。

那晚下车告别的时候，冬稚第一次在他面前哭。她跟温岑说谢谢，温岑知道她在谢什么。她谢温岑温柔又体贴，没有强求，没有为难自己，也没有为难她。

因为他和她都清楚，她把所有的感情都在少年时给了陈就。

从此哪怕她遇见多好的人，她的心再也无法为谁泛起波澜。

客厅里的两个人沉默了很久。

冬稚说完，陈就的伤口也已经不出血，消毒消得差不多了。

冬稚轻轻捏着他的指尖，轻声开口：“陈就。”

她没有抬头看他，但能感觉到他的视线落在了她的身上。

“你是不是……很恨我？”

空气滞了一刹。

她低着头，用棉签在他掌心的伤口处又擦拭了几下，然而过了很久都没有等到他的回答。

冬稚暗暗舒了口气，半晌后，到底还是抬眸看向他。

陈就不作答，避开她的视线，垂下眼，要把手抽回去：“我自己包。”

冬稚握住他的手指。

他朝她看来。

“别动。”她说，“我来包。”

她用的是不容置疑的、坚定又有力的语气。

他真的没再动。

冬稚一手拿绷带，另一手始终捏着他的手指。

“我恨不恨你，很重要吗？”几秒后，陈就莫名又接上了前面的话。

冬稚看着他的掌心，一下一下，细致又缓慢地帮他把伤口包扎起来。

她的视线落在被握在自己手里的他的手上，好像再没有比这更有耐心的时刻。

“我只是想知道，你恨我恨到什么程度。”喉咙哽了一下，她说，“是不是——”

她将一股热气慢慢地呼出来。

“再没有，一点儿余地。”

去过陈就公寓后的第三天，冬稚飞去了容城。

那天她给他包完了伤口，她问出的话却并没有得到回应。

他没有说是也没有说不是，一切就那么悬而未决地停在了那里。

冬稚从他的公寓离开，沉默地与他分别。

然而车驶出小区的时候，她回国后——甚至更早以前一直压在心头的东西，一下子像是忽然清晰明朗了起来。

她回家长长地睡了一觉，睡得很沉。

她在梦里又回到了从前。

那层蒙住旧日回忆的纱变得薄了一点儿，她模模糊糊地看到好久前的笑脸，是她、冬豫，还有陈就。醒来以后她又全身心地投入工作中，仿佛一切如常。

冬稚到达容城比演出时间提早了两天，沉浸在预先的排练之中。

演出按时开始，十分顺利。

前后相加，她在容城一共待了一周左右。

她再回到华城，许博衍第一时间约她吃饭，说她刚刚结束一场“大战”，应当好好犒劳她一下。

冬稚自己开车到约好的餐厅，许博衍早就在那里等候。

她在桌边落座。他们点好菜，上餐之前，且有一会儿可聊。许博衍问起她工作的事：“这次容城之行还顺利吗？”

“挺好的，事情都蛮顺利的。”

“你这回巡演打算开多少场？”

“暂时就按目前公布的场次来，不过也不确定。要是票卖得不好，说不定下一场就不开了。”冬稚开玩笑地道。

许博衍当然不信她这话：“票卖得不好？你现在都一票难求了还想怎么样？”

聊完她工作的事，许博衍说起自己公司的近况，提了两句，忽然话头一转说起陈就。

“对了，华微的那位陈教授你还记得吧？”

“啊，记得。”

“他好像谈恋爱了。”

冬稚一愣，抬头，以为自己听错了：“你说什么？”

“陈教授好像交了个女朋友。”许博衍说，“上次我去华微谈事情，走的时候他们正好下班，我见他载着一个女人一起走的。后来，前天的时候我们一起吃饭，陈教授还带着那个女人一起来了。”

“他……谈恋爱了？”冬稚不知道自己怎么从喉咙里发出的声音。

她恍惚着，有些不知所措地伸手去拿杯子，然而刚碰到杯子边沿，便整个把它弄翻了。她慌忙站起来，水淌了一桌。

服务员立刻过来收拾。

“你怎么了？好好的，平时没这么粗心大意……”许博衍抽出张纸巾给她。

冬稚接过来，低头不说话，一下一下机械地擦拭衣服上被弄湿的一小块地方。

衣服上有一块地方被浸透了水迹，触感冰冰凉凉的，像她心口的某处一样。

和许博衍吃完饭回到家，冬稚仍有一点儿恍惚。

她起身在客厅和餐厅间来回走动，一口气足足喝完两大杯水，在沙发上闷闷地发了会儿呆。

她拿出手机给陈就发短信。

“你今天忙吗？”

消息发出去大概几分钟后，她收到回复。

陈就："？"

冬稚垂下眼，慢慢地打字。

"是这样的，我朋友给我推荐了一款药，对治疗手伤很有效。你不忙的话我给你送过去？"

陈就："……"

此时距离他那天受伤，好像已经过去一周了。

她用力抿紧嘴唇，想了想，又开始打字。

"伤口是我包扎的，不看见它长好总不放心。"

等消息发出去，她才意识到不妥。

冬稚闭眼，头疼地摁了摁太阳穴。

那边半天没有动静，她迟迟不见他回复。她拿起手机看了好几遍，心里生出一股无法形容的忐忑之情。

如果他不回复，或者拒绝，那该如何？

他是不是真的有了女朋友，真的找到了另外一个人在身边，已经彻底地和过去道别？

他是吗？

冬稚咽了咽口水，吞咽间忽然有点儿生涩的痛感。

对于这些假设，对于他翻开生活新篇章的可能性，她心里一片茫然。只是隐隐约约的，她的心里像被成片尖锐的东西一下一下地划过。

手机屏幕在她的手中亮了又暗，暗了又亮。

就在她眼里的眸光也要跟着暗下去的时候，终于——

手机里响起了消息提示音。

他回得很简短，只有两个字，却不是拒绝。

"随你。"

冬稚将他回复的这条消息看完，就立刻让柯雅帮自己去买药膏。不到一小时，东西便被送到她家。

没让柯雅再转手把药给陈就，冬稚开车去了陈就的公司。

冬稚一到华微，前台就来人接待——她其实认得路，上次来过记得。但她还是让对方领着，一路将自己带到陈就的办公室里。

她轻敲门两下，里头的人让她进去。

前台接待推开门，待她进去后便关门离去。

冬稚入内，走了几步停下。

陈就站在办公桌旁边，抬眼朝她看来。

两人对视几秒，冬稚拎起手里的东西给他看："药膏。"她走过去，把装着药膏的塑料袋放到他的桌上，告知他药膏的用法，"一天擦两次。"

陈就嗯了声，声音轻得几乎听不到，其余的没再说什么。

他眉眼低垂，站着整理东西。

"你不忙吧？"冬稚轻声问，"可以坐一下吗？"

陈就朝沙发一瞥："请便。"

冬稚走到会客沙发上坐下。

沙发在玻璃墙边。她一看见这面透明的墙就想到上一次来的情景，现在距离那天才过去不久，但情况已经大不相同。

陈就在桌边翻了会儿文件，拿起一份文件走到会客沙发另一边的小桌后坐下，开始翻看。坐在沙发上的冬稚刚好和他隔空相对。

他戴起了透明边框的眼镜，翻文件的动作不急不缓，仿佛在手里拿的不是文件，而是正在研究的数据，很有搞科研的气质。

可能是因为他不是完全负责商业的部分，整个人给人的感觉不像秦承宇，有一种一眼就能看出的商人范儿。

冬稚不知不觉看了他好半天。陈就抬眼，将她逮了个正着："看我干什么？"

她慌忙移开目光："没有。"

恰好敲门声响起，先前那个前台接待推门进来，问："您好，要上茶吗？"

冬稚没回答，下意识地看向陈就，就听他在桌子对面说："上吧。"

接待询问她的喜好："铁观音可以吗？或者别的什么？"

冬稚想说随便，陈就抢在她前头回答："不要铁观音，红茶就好。"

她一愣。

接待的姑娘不觉有他，道了声好，朝她一笑，关门出去了。

冬稚看着面色淡漠的陈就，怔怔地想起小时候的事情。

冬豫很喜欢喝茶，最常喝的茶就是铁观音。

那时她年纪小，看大人总喝，难免好奇茶的味道。有一回她实在忍耐不住，偷尝了一次，才入口就苦得吐出来，连呸了好几下。

陈就问她怎么了，她说："难喝，有点儿酸。"

她现在其实也不怎么喝茶，更品不出那些茶的味道有什么细微的不同。只是因为很多年前嘴馋的那次，她是真的被铁观音苦到过，也说了再也不喝。

陈就说得寻常，不知只是随口一说，还是真的记了这么久。

他记得比她还清楚。

冬稚坐在沙发上，唇瓣微动，没发出声，默然地低了低眼。

几分钟后，接待的人泡好红茶送进来。

冬稚端起杯浅饮，对面小桌后的陈就翻了几下文件，不久后就停下动作。

他问："你特地来有什么事？"

冬稚说："送药膏。"

这个答复好像不太立得住。

她顿了下，又说："也没什么，就是……你今天忙吗？不忙的话，一起吃个饭？"

她试探的话音落下，陈就好一会儿没说话。

冬稚喝着茶，是略烫的口感。

"等会儿有个视频会议要开。"过了半晌，陈就捏着笔，眉眼沉沉，缓缓地道，"要几个小时。"

冬稚出门的时候已经不早，现下快五点了，再过几个小时着实就晚了。他这话听起来像是婉转的拒绝之意。

冬稚抿了下唇："哦，这样啊。那没事。"

他也没强求她走，连抿了两口茶。

两边都沉默。杯子已见底，冬稚放下茶盏，想了想拿包起身告辞："那你忙吧，我先走了。"

陈就看见她起身，从椅子上站起来。

她阻拦："不用送。"

她迅速地瞥了他一眼，顿了下，旋即若无其事般接上话："我刚刚的话有些欠妥当。等下次有机会……见了你女朋友，大家再一起吃吧。"

陈就一顿，微微蹙了下眉，语气不那么明朗，有一丝丝的不明所以："谁跟你说我有女朋友？"

冬稚轻咽口水，反问："没有吗？"

陈就看着她眸色微深："你今天来，就是为了问这个？"

她眼神闪躲，别开头，撩了下头发，否认："没有，我只是听说了，所以随便问问。"

陈就有好几秒再也没讲话，把文件都合上，说："我送你出去。"

两个人彼此无言，一路向外走。

走廊上遇到公司的其他员工，不时地点头和他们问好，冬稚一一礼貌地扯唇回应。

他们还没走出廊外的玻璃门，秦承宇带着一位客户模样的人进来。两边的人迎面碰上，站住脚说话。

秦承宇看看冬稚，又看向陈就："你们这是……？"

冬稚解释："他手受伤，我朋友推荐了好用的药，我就顺路送过来。"

秦承宇哦了声，挑眉："手伤啊，也是，你再不来他的伤都快好了。"

她垂眸，没接他的调侃。

那位客户似是也认识陈就，笑吟吟地开口："这位是陈教授的女朋友？"

陈就说："不是。"

冬稚在他身侧站着，身子微微有些僵。

那客户忙道："哎哟，不好意思。我这不是听说陈教授有女朋友了，前两天饭局还带去了吗？今天一看，还以为……认错了，怪我怪我。什么时候有机会，陈教授带你女朋友一起，我请客咱们吃个饭！"

身旁有片刻没声音，冬稚听他们寒暄，眼神向下，落在空气中。这一瞬间她很想走，突然想快点儿离开这个场合。

她还没提步，紧接而来的下一秒身边响起陈就的回答声。

"您误会了，那是谣传。那天一起去吃饭的人是秦承宇的姐姐。"

冬稚顿住，下意识地侧眸看向他。

他用余光朝她扫来，她定睛一看似乎又没有，只是她的错觉。

陈就对着面前的客户，脸上不见多少热络之色，声音却沉稳，一字一句解释得比方才还更清晰。

“我现在没有女朋友，还是单身。”

冬稚从华微回家的第二天，柯雅又来了公寓一趟，和冬稚沟通下一场演出的相关事项。

正事聊得差不多了，柯雅忽地说：“您心情好像不错？”

冬稚反问：“有吗？”

柯雅点头，一脸认真之色：“昨天下午我送药膏过来，还以为您不开心呢。”她说，“没不开心就好，接下来还有不少工作。”

冬稚不自在地清了清嗓子，端起杯子喝水。

柯雅倒没揪着她多问，商讨完便离开了。

冬稚正想练会儿琴，接到一通电话，来电的人是她的老师——在国内时的那位。冬稚在国内的本科老师是位女士，姓关名琇莹。冬稚回来时本就打算要见她，只是之前有事一直没得空。

冬稚接到关琇莹的电话，得知老师来了华城，连忙把人请到家里来。

冬稚第一次在澜城参加小提琴比赛时，当时那位点评她，说她的琴声让人想起了贝多芬的评委就是关琇莹。

后来首都有比赛，也是关琇莹觉得适合她，应当去锻炼锻炼，就打电话联系她让她去，那次还贴心地帮忙申请了住宿。

那年冬稚和陈家决裂，面临困境。关琇莹伸出援手，帮她把琐碎的问题料理好，邀请她到自己任职的盛城大学音乐学院学习小提琴，还给她免了第一年的学杂费。

在关琇莹的帮助下，冬稚带着霍小勤搬到南部的盛城，进入盛大音乐学院就读。

两人也是在那时成为师徒。

她曾经给关琇莹带去一曲《春天奏鸣曲》，时逢人生的低谷，关琇莹也给她带来了一片春天。

冬稚在曼哈顿音乐学院学习时有赏识她的导师，教授了她很多知识。但如果没有关琇莹，或许就不会有后来的一切，包括如今的她。

许久没见，冬稚把人请到了家里。两人在客厅里坐下聊开，不只是老师和学生的关系，更有比这深得多的情分。

“我这次是来看我儿子的。”关琇莹生孩子的时间晚，她儿子现在才上大四，正是要毕业的时候。

冬稚读大学时常去她家，对这些情况都很了解：“荣轩他快毕业了吧？他怎么打算的？”

关琇莹正头疼：“他虽然正上大四，但还没确定读研的方向，说是对他们学校的一个老教授的项目很感兴趣，想进组跟着学习。但是那位教授德高望重，平时不怎么在学校里，所以他连想面试都找不到法子。你也知道荣轩性格老实，那两年你常来我家，他闷在房间里都不爱见人，在学校里连朋友都没交两个，哪儿有人能帮他搭话？”

“荣轩现在是哪个学校的？”

“华大。”

华大是首都首屈一指的大学，央科院有些教授也在那里教课。

央科院……

冬稚一瞬想到华微科技。

华微科技就是因央科院里的一位老教授主理的项目而成立的合资公司。陈就他们科研部里的一群人，多多少少都和央科院有些关系。

首都的学术圈子就那么大，兜来转去，彼此之间估计都认识。

关琇莹见冬稚出神，问：“怎么了？你在想什么？”

“我……”冬稚犹豫了一下，不敢把话说得太满，斟酌着说，“我哥可能认识，那位教授叫什么？我让他帮忙问问？”

关琇莹一喜，又担心会麻烦她：“这……你方便吗？会不会太费周折？”

冬稚宽慰老师：“没事。行就行，不行的话到时候我也跟您说实话。”

关琇莹知道她不是那种办事不牢靠的人，叹了口气，点了点头，说：“那位教授叫杜学重。”

冬稚复述一遍，记下这个名字。

两人聊了近一个小时，冬稚和关琇莹说起在国外的事。那些事超出了关琇莹的专业水平，远远在另一个层面。关琇莹给不了什么有用的帮助，听得却很耐心。

她对冬稚的感情，不单单是老师对学生的感情。关琇莹就像怀着一颗慈母心的长辈，通过点点滴滴关心久别在外的孩子。

话题告一段落，冬稚想留关琇莹在家里吃饭，关琇莹还有事，婉拒了她的盛情邀请。

冬稚把人送到门口，两人拥抱告别。

关琇莹走出门外，停下步子回身看她，颇为感慨：“好孩子，你是老师的骄傲。你要记得，我永远以你为荣。”

送走关琇莹，冬稚在客厅里待了一会儿。放完两首曲子，她心情慢慢平静。她不是爱拖沓的人，给许博衍发信息询问教授的事，一刻也不敢耽误。

冬稚：“博衍哥，你认识华大的教授吗？”

她等了一会儿，那边没回。

时间临近饭点，冬稚近来多是自己下厨，冰箱里的东西剩得不多。她收拾一番，去小区附近的大型商超买食材。

她买齐东西，到家时正好收到许博衍的回复。

“华大？”

“对。我有点儿事。”

“你说的是华大的哪一位？”

“叫杜学重的那位教授。”

“好像听说过，但是没打过交道。我的公司确实跟搞科研的人来往比较多，但最熟的还是华微科技的那些人。不然我帮你问问华微的人，秦承宇他们？”

冬稚想了想，觉得麻烦。

她回复道：“没事，不用了。”

许博衍知道她有分寸，如此便没多问，只说让她有事尽管和自己开口。

冬稚应下，没几句便不再说话。

冬稚把晚上要吃的食材拿出来准备好，洗了盘水果坐下歇息，趁空给陈就发消息。华微的内部人员中陈就当属核心中的核心，她与其劳烦许博衍去找华微的其他人，不如直接去找陈就，省了多余的步骤。

“你认识华大的杜学重教授吗？”

他回得不算慢，至少比许博衍快得多。

“有事？”

“嗯。”

她先发了一句，然后紧跟着又是一句。

“方不方便出来谈一下？”

消息发出去之后，她一直没得到回复。

冬稚等候半天，始终不见动静，没有办法，只好先去煮饭。

她将食材刚洗干净，口袋里的手机突然响起，来电是陈就的号码。

冬稚擦干手，拿起手机递到耳边：“喂？”

“是我。”

“我知道。”手机上有来电显示，就算没有，她永远都不可能认不出他的声音。

冬稚压低声音：“你……”

她还没说完，陈就先道：“把地址发来。”

冬稚愣了下，道：“啊？”

“你不是要问杜教授的事吗？”他又说，“我十五分钟后过去。”

第十章　近在咫尺

菜还没开始弄，冬稚只好先把要干的活儿撂到一边，把地址发给他。她脱掉围裙，回房换了身可以出门的衣服，不到二十分钟就收拾妥当，拿上随身的东西下楼。

陈就将车停在小区外，冬稚坐进副驾驶座里，有好一会儿的时间两人都没说话。

车缓缓地开动，陈就才问："你找杜学重教授有什么事？"

冬稚不知道怎么讲，犹豫了一会儿，道："也没有……"

陈就用余光睨她。

冬稚想了想，说："我老师的儿子想进他的项目组跟着学习，之后再决定读研的方向。"

窗外的风吹得人有点儿冷，冬稚说完身子微微颤了颤。

陈就不应声，过了会儿，却把车窗升了上去。

车停在跨河大桥下，他的语气冷淡："我知道了。"

他只说了这么一句，就再无其他的话。

冬稚朝四周看了看。这片安静的河岸，即使关着车窗，也让人觉得莫名萧索。

没等她问为什么停下，忽听他说："你上次说要请我吃饭，还算数吗？"

冬稚一愣，感到有些意外地点头：“嗯。”

他没再言语，重新发动汽车引擎。

车拐过一个路口，冬稚瞥他几次，斟酌着要开口。

直视前方的陈就似有所觉，先道：“杜教授的事我会解决。”

冬稚看着他的侧脸有好一会儿，意识到自己的目光停留得太久，将目光移开后轻轻地回应：“嗯。”

冬稚回过神来，拿出手机搜了几个许博衍跟她说过的地方，看过评分和距离后，选了个音乐餐厅。

他们到地方后，她让服务员开了个小包间。双双落座后，两份菜单被送到他们面前。

冬稚点了海鲜焗饭和小菜，陈就随意翻了翻菜单，也很快点了几个菜。

服务员出去，包间门被关上。

冬稚开口，寒暄的话题有些生硬：“你今天下班这么早？”

陈就眼皮轻抬，应得随意：“嗯。”

冬稚沉默了一下，说：“我还以为你不会想跟我吃饭。”

他的语气更冷淡了：“为什么不？”

玻璃杯的水里，一大片柠檬沉了底。

冬稚用手摩挲着杯身：“让人替我爸扫墓的人是你吧？经常去看望的人也是你，对不对？”

之前她有一直没说的话，这会儿算是再好不过的时机了。

陈就说：“我们之间如何跟我对豫叔怎样无关。”

他这句话一出口教冬稚心里越发难过。

哪怕他们之间经过那么多事，如今走到这种地步，他对冬豫的敬重好像并没有因此有任何一丝改变。

冬稚不想承认——她从没有一刻如此清楚地感受到自己的卑劣。

她恨陈文席和萧静然，也恨陈家，于是利用了他的真心连带着陈就一起伤害。

她找过无数个理由，给了自己许许多多的借口，可这都不足以让她利用这些借口来面对陈就。

虽然那份感情里她也带着真心，可掺了假的感情就是掺了假。

在这一点上，比起她，陈就似乎才是那个更像冬豫的人。

手指微微用力，冬稚无言地端起杯子，带着恰好温度的水冲润着喉咙，微涩感反而更加明显。

很快，前菜被送进来，冬稚把杯子放回桌上。待服务员再度出去，她压下心里的那口气，缓缓地开口："陈就。"

他抬眼，等她下面要说的话。

"你如果有空……"她咽了下口水，仿佛水喝得还不够，两秒后说，"方便的话，我们一起去看看我爸吧？"

他的视线在她身上停留了许久。随后，陈就垂下眼，一边用湿巾擦手一边说："不确定有没有时间。"

他并没有给出具体的答复。

冬稚对他的反应并不意外，一个字都没再问，执起餐具。

菜一道道地上来，两人安静地动筷。他们本就都不是在餐桌上话多的人，更何况是这样的境况。

饭吃到中途，陈就有电话响起，好像是工作相关的电话，于是起身出去接。

冬稚自己坐在桌边，放慢了动筷的速度。她吃着吃着，一时没拿稳筷子，蔬菜掉到盘中，些微的香料汁溅起，弄进眼睛里。

她拿起一旁干净的湿巾擦眼睛。湿巾带有一股薄荷的香味，正不适的眼睛反而被刺激，她越擦越不舒服。

眼睛酸涩，也可能泛红，她正要放下湿巾，接完电话的陈就回来了。他坐回她的对面，看向她的刹那，那拿筷子的动作停了一停。

冬稚顾不上和他说什么，还好弄到的香料汁不多，眼睛里的不适感渐渐消下去。

她低着头眨眼，试图缓解那股难受的感觉。她刚要伸手拿杯子，一张纸巾从对面被递过来。

冬稚抬头，有点儿愣怔地看向他。

"哭什么？"

陈就眉头皱了些许，微抿唇瓣，不太高兴。他的视线有些别扭地并不完全向着她，语气生硬，又有一点儿说不清的温和。

"我没有说不去。"

这餐饭，两人吃得还算安静。

陈就把纸巾递给她后就没怎么再说话，冬稚也哑言了好一会儿。用餐的后半段，他们聊了几句不咸不淡的话，谁都没再提回去祭拜冬豫的事。

饭毕，甜点上桌，陈就不太感兴趣，冬稚略尝了尝，结束用餐。

两人一起下楼，一前一后地相隔小半步。他们走到一楼的拐角，忽地听到一阵吵嚷的动静。

前面堵着好几个人，最中心似是一男一女，争执的动静不小，其中不时夹杂着其他人劝说的声音。

服务员察觉到身后有人，回过头，忙不迭地跟他们道歉："不好意思！一楼有点儿小状况，两位这边走，小心点儿别被伤到。"

陈就脸上依旧没有表情，只朝冬稚扫了一眼。

冬稚不是喜八卦的性子，往动静传来的方向看了看，没有凑热闹的心思，按着服务员示意的地方走。

两人脚步都不算快，隐约听见那边大概是一对情侣在争吵。

他们正往外走，一个来用餐的客人围观了好一会儿，在旁边和同伴议论："那男的好可怜哪，他女朋友骗他，脚踩好多条船。那男的当场逮到她和别人在一起，吵了半天一直问为什么骗他。瞧着他一米八多的大个子，委屈得都快哭了……"

那听八卦的同伴啊了声，道："怎么这样玩弄人家的感情啊？好过分……"

冬稚滞了半瞬，身边的气压低了几分。

不知是不是他们快到门边的缘故，光线明亮得刺眼。她用余光去瞥陈就，过亮的光照在他的脸上，他的身边突然晦暗起来。

她抿唇，步子更快。两个人无言地走出正门，陈就开车送她回去，一路上无人开口说话。

直至车子快到她小区那一片，沉默了几乎全程的冬稚试探着开始说迟来的话题："那里的菜还挺好吃的。"

陈就握着方向盘，目不斜视地看着前方，语气淡淡的："还行吧。"

他摆出一副不是太想交流的样子。

冬稚识趣地打住话头。

在这像是不会流通的空气里，她清楚地察觉到他确实不太高兴。

回到家，冬稚一进门便放了张碟听曲。悠扬的音乐声充斥整个室内，她往沙发上一靠，歇了会儿，然后上楼练琴。

时间在她的消磨之下过得很快。到晚上要入睡时，她却辗转着睡不着。

她觉得心里有点儿别扭，脑子里不停地想到餐厅里的事情。

冬稚翻来覆去好一会儿，盯着天花板，好像要在那一片白上看出花来，终于决定给陈就打电话。

拨号声响过三声，他接了。

冬稚轻声问："还没睡？"

陈就说："嗯。"

他的回复简短，没有丝毫多余的话。

冬稚平躺着，眼望着天花板，像是过了很久才用极慢的语气问："吃饭的时候在餐厅里看到那对情侣吵架，你是不是心里不舒服？"

那边沉默了。

片刻后，他回答："你想多了。"

冬稚握着手机也沉默几秒，语调平静却怅然："我真的想多了吗？"

他不说话了。

两边都没人开口，夜里静悄悄的，时间无声地被拉得很长。

冬稚缓缓地闭上眼睛。她听到自己心跳的声音，如鼓点般响着，一下比一下擂得重。

他的呼吸声在那边隔着遥远的距离，无声地纠缠。

"陈就。"

在她胸口如擂鼓的节奏中，有些沉寂了很久的东西在这一刻重新苏醒，汹涌得快要冲破限制。

"相信我。"她说。

她声音很轻，可又将每个字都咬得无比清晰。那是跨越了距离与时间的，多年前她没有说出口的迟来的许诺——

"这一次，我不会再骗你了。"

上次和苗菁、温岑一块儿吃过饭后就没再见，冬稚接到温岑的电话稍感意外。

他不是爱说废话的性子，寒暄几句便直切正题："周日有安排没？"

"周日？怎么了？"

"周日我来首都参加一个商务酒会，有个外国的客户要接待，需要一个女伴。我这边找不到合适的人选，本来问了苗菁，她说自己外语不好，不肯去。你说说这要怎么办？"温岑似是无奈，"正好嘛，打听到那客户平时挺喜欢听音乐会什么的，所以我来问问你。"

原来是为正事，冬稚听出他的意思，没立刻答应："我先看下行程吧。"

温岑道声好。

冬稚让柯雅发来行程表，周末没有工作，也没有排练的安排。

冬稚想了想，发消息问陈就："周日忙吗？"

几分钟后她收到那边的回复。

"周日有工作。什么事？"

冬稚回了两个字。

"没事。"

冬稚没和陈就多聊，依言给温岑回电话，答复："周日没有安排，可以的。"

温岑在电话里谢过她，道："衣服用我给你准备不？还是你自己去挑，花了多少钱从我卡上刷。"

冬稚听他一本正经的话，笑道："不用，出席这种场合的正装我这里有不少。"

"那敢情好。"他谢了又谢。

玩笑几句，他才挂电话。

到周日，温岑开车来接她。他提前一天就到首都，有另外的工作要忙，前一日没和冬稚见面。

开车去酒会的一路，他还在谢她的帮忙。

到了现场，见到那客户金发碧眼的，冬稚在国外比较久，交流起来完全没问题。对方也认识她，听到温岑介绍，越发确定，眼里露出几分惊喜之色。

温岑在一片大好的气氛中朝她挤眼。

在国外时，冬稚偶尔会参加一些活动，商业性质的和公益性质的都有。她对于这种场合并不陌生，况且只是作陪，十分游刃有余。

他们聊了好一会儿。温岑陪那位外国客户去见别的熟人，怕冬稚太闷，问："要不要休息一下？"

冬稚笑得有些累，点头："我去那边吃点儿东西。"

温岑说了声好，道："有事叫我。"

于是他们暂时分开。

到餐区，冬稚取了些点心和一杯度数不高的酒垫肚子。来之前没怎么吃东西，她略微有些饿，就意思意思吃了几块点心。她端着酒杯往别处走，刚转了小半个圈，迎面遇到两个熟人。

秦承宇和陈就并肩行来。

冬稚一愣。

秦承宇也有些意外，笑着迎上前和她打招呼："冬小姐？"

冬稚没说话，先看向陈就，他的目光也朝她扫来。然而不等她接过秦承宇的那一句话，温岑就从另一侧走过来。

"冬稚，你……"温岑在看到她面前的两个人时把话顿住。

秦承宇微笑，问她："你朋友？"

他们之前在餐厅里的那回，其实打过照面，彼此不算眼生。

温岑大方地颔首，自我介绍道："温岑。"

"秦承宇。"

两人伸手握了握。

站在秦承宇身边的陈就没有动，丝毫不打算握手，那本就不明朗的脸色隐约变得更冷淡了几分。

温岑读书时就不是很在意陈就的反应，当下更是如此，见他不动，视线一扫便收回，和冬稚继续先前的对话："那边有正餐，要是饿了，点心不够，就先到那边吃点儿。"

冬稚的声音略低："好。"

他笑笑，回去陪客户。

冬稚看向陈就，有点儿说不明的尴尬，唇瓣微动。下一秒，他端着酒杯提步走开。

她未出口的话卡在喉咙里。不知秦承宇看没看出他们的异样，朝她淡笑颔首示意，也走了。

刚吃下的几块点心突然在胃里翻腾，冬稚一下觉得胃有些胀。她看向那两人离开的方向，沉默着喝了几口酒把不适感压下去。

片刻后她回到温岑那边。温岑瞧她的脸色，压低声音："怎么了？你们说什么了？陈就的表情好像不太好看，没事吧？"

冬稚被他问得无言，半晌后摇了摇头："没事。"

陪温岑又说了会儿话，冬稚强打精神，却莫名一直心不定。

趁空，她从一群人中脱身，去找陈就。

她转了大半圈才在厅里的一角找到那个熟悉的身影，秦承宇大概是去应酬了，陈就正一个人喝酒。

冬稚迟疑一瞬，提步到他身边，小声说："我记得你酒量不太好。"

陈就端着酒杯，垂眸看她。

冬稚抿唇，提醒："还是少喝一点儿。"

陈就脸沉下来，半晌后只说："你不去陪着温岑，有空跟我说话？"

冬稚抬头，对上他的眼神。

陈就眼睫轻颤，眸色浓郁："这就是你说的，让我相信你？"

她一怔。

没给她开口的机会，他已经转身走开。

直到酒会结束，冬稚没能再和陈就说上一句话。期间她匆匆瞥见陈就几眼，他不是在秦承宇身边和人应酬，要么就是干脆不见踪影。

冬稚本想找秦承宇问问，可到最后连他也找不到，只得作罢。

回了家，冬稚洗漱完毕，照旧放起曲子听，然而舒缓的音乐不大能安抚情绪。她拿出手机看了几次，没想好要不要联系陈就。

她纠结间，忽然接到他的电话。

冬稚看着来电显示上他的名字愣了愣，接听后，那端是他微凉如水的声音。

"周三晚上有个饭局。"

"啊？"冬稚微怔，没反应过来。

"你不是要我信你吗？不接触怎么信？"他说，"我现在给你机会。"

不待她多言，陈就说："到时候我来接你。"

他言毕挂了电话。

这一通电话来得突兀，结束得更突兀，冬稚看着手机，无言好半天。

转眼到了周三。

冬稚结束上午的排练，差不多到下午四点半的时候，陈就如约而至。

他们坐上车，系好安全带，车子方向一转，径直朝目的地驶去。

冬稚忽然想起自己的装扮："我没换衣服……"

这身衣服她已经穿了一天。

陈就瞥她一眼："这样就可以。只是饭局，不是特别正式的场合，没有那么多着装要求。"

既然他都不挑理，冬稚也不自找麻烦，于是没再多说。车窗开了条小缝，她靠着椅背侧头对着车窗的方向，看着外面的车水马龙。

车内很安静，车子平稳地开了几分钟，在前方路口处被漫长的车队堵住，他们只能停下等红灯。

天将黑的时候，车终于开到目的地，在酒店门前完美地驶入车位。

下了车，陈就走在前面。他腿长，步子也大，冬稚在他身后匀速地跟着，慢慢落下距离。

上台阶的时候，他忽然停下，回过头。

冬稚抬眸，不解："怎么？"

他朝她伸来手。

冬稚愣在原地，一时没了动作。

陈就脸上依然没有多余的表情，眼里很短暂地沉下去一瞬，语气还是那般平静："上来。"

有几秒钟的安静，周遭的嘈杂声被隔绝。

冬稚回过神来，带着点儿发怔，缓缓将手放进他的掌中。

他握着她的手，并不过分用力，只是稳妥地牵着她，一步步向上走。

久违的触感，他的掌心温热，又多了一种厚重的感觉。

陈就带着女伴一起参加饭局，这情况少见。席上的一众宾客都感到惊讶，一时间对这个和陈就走得近的姑娘万分感兴趣。

几番交谈下来，不乏听过她名号的人。著名女小提琴家这个身份含金量十足，顿时令一众年纪比她大的长辈生出几分欣赏之情。

有位叔叔辈的男士，一边看着他们俩笑，一边不住地夸赞："长江后浪推前浪啊，都是青年才俊，不错，真不错。"

而对于他们的关系，在座的人都有些好奇。只是谁都没问，一个个笑着，仿佛"心知肚明"。

冬稚是见过大场面的人。曼哈顿音乐学院能人如云，出过多少能够载入艺术史册的大家，随便一个校友就是普通人眼中的"音乐天才"或"艺术神童"，更何况如今她亦是能够将世界巡演开得如火如荼的小提琴家。

无论在正式场合还是私人场合里应酬，她根本不怵，哪怕是在这种气氛中应对依然得体。

他们聊着聊着，话题说到相识。被问及他们是怎么认识的，陈就答道："我们高中的时候是同学。"

在座的人诧异："是吗？"

他嗯了声。

"看样子你们挺聊得来，很少见你带朋友一起出来吃饭。"一位前辈笑吟吟地开口，将"朋友"两个字的字音略微加重。

冬稚看向陈就。

他不急不缓，端起水杯喝了一口，说："还好吧。"他的语气不咸不淡，下一句却突然一拐，"高中的时候，我们彼此是对方的初恋。"

这话一出，不仅他们惊讶，连冬稚也愣了下。

他们没有想到他会这样……坦率。

旁边的一位前辈惊讶："还有这事儿？你要不说，我们都以为你没谈过对象呢，还想着给你介绍……"或许是觉得这话在冬稚的面前说不好，这位前辈马上打住，而后问，"是初恋啊，后来又是因为什么分开啦？"

冬稚表情微僵，默然垂下眼。

她身旁的陈就面不改色，淡淡地道："那时候我一心准备学业，她打算在音乐方面深造，所以就分开了。"

"原来是这样。"满桌的前辈们纷纷感慨，半点儿没多想就接受了这个理由。

冬稚看他平静的神色，喉咙发干，沉默地端起杯子喝水。

他的假话说得像真话一样。但谁又敢说，他或者她没有真的这样希望过。

这样的假话如果不是假的，是真的该有多好。

“我们陈就可是大好青年，追他的人多着呢。”陈就身旁一位和他关系不错的中年教授拍了拍他的肩，对冬稚道，“他的性子可能有些过于冷淡，对什么都不上心，话也少，看着是无趣。可人是真的挺不错的，非常出色。”

这话一开，其他人也开始夸起陈就来，一副推销的口吻。

冬稚脸微微带笑，只是听着，没有说话。

她想说他其实不冷淡，以前的他温柔又有教养，那么多同学和家长很少有人不喜欢他。他对她的事情更是上心，哪怕她不给他好脸色，他也不计较地一次又一次主动走到她身边。

但是这些跟现在的他已经相去甚远，她说出来怕是都没人信。

冬稚淡笑着，过了半晌，顺着他们的话，轻声应道：“我知道。”

他是很好的。

她怎么可能不晓得？

这一场饭局散得早，他们在回去的路上依然是习惯性的沉默。

关系奇怪地缓和下来后，他们总是这样，时常有很多时刻谁都不说话，任时间慢慢地走过。

因气氛太过安静，冬稚开始犯困，迷蒙间睡了一觉又仿佛没有，清醒过来只觉得车里的温度舒适得正好。

车开进她住的小区，冬稚没在陈就的车上多留，搭乘电梯上楼。电梯门缓缓闭合，他的车停在那儿，开着的车窗里陈就沉默地坐在其中，点起了一根烟。

他平时在她面前是不抽烟的。在电梯门关上前冬稚看着那闪烁的火星，直至最后一刻她的视线被彻底隔绝，车仍停在原地一动不动。

她回到公寓，疲乏劲上来。虽然饭局上都是科研界的教授，和陈就的关系好，对她态度客气，拿她当小辈礼貌相待。但到底还是应酬，一晚上下来，她多少会感觉累。

冬稚早早洗漱完，上床休息。

第二天上午，她吃早饭时收到陈就的消息。

他发来的是他的手机号码加几个英文字母。

她拿起手机回复："这是？"

陈就："我的微信，加一下。"

冬稚执着汤匙，没说什么，将他添加为好友。

她舀了一口粥吃下去，黏黏稠稠的，味道清淡，胃里很舒服。

"手机联系就好了，不是一样的吗？"

她是回国后才开始频繁使用微信的。对她来说，打电话和微信的差别不大。

她发完这句，后知后觉这样发显得自己有点儿不太情愿。

冬稚咬着汤匙停住，正想再补充一句解释一下，陈就发来新的一条信息，没有多余的言语。

他只是说——

"不一样。"

华微科技公司。

办公室里，陈就坐在办公桌后，视线紧紧盯着微信界面。

他不厌其烦地一遍又一遍放大她的头像，像是永远也看不倦。

头像是随意的一张图，不是她的照片。她一向不喜欢张扬，依然不改骨子里的内敛。

陈就看着那张浅色的图，眉眼低垂。

以前的她为了生计，加上周遭的环境，心里积压了太多的东西，思虑重得不像那个年纪的人，想得比别人多。她为了生活，就要有心计，要会盘算，更要拼了命去争取，于是很多时候控制不住伤人又伤己。

比起当年，现在的她更加明朗。一直以来蒙在她身上的那层暗淡不见了，那种轻松肉眼可见。

这是应该的，他甚至觉得这份明朗来得有点儿迟。

她二十七岁了，才开始真正地去享受这种无忧无虑的生活。这个事实品起来多少带着点儿苦，但总算是好事，她终于苦尽甘来。

陈就无法确定，他们这样再度走进对方的生活里究竟是好还是坏。

可他清楚自己的私心。

陈就点起一根烟，淡淡的苦味，嘴里有发涩的感觉。

他所有的顽固、偏执，好像都在她身上显露无遗。

无人知晓，但他唯独骗不了自己。

他早就把心掏了出去，这么多年只留下一个血淋淋的窟窿。除了她，没有任何人能填满这个空缺。

安静的午后，陈就沉默地望着窗外抽烟。

许久后，他点进微信，把冬稚置顶，放在第一的位置。

就像以前，他总是能一眼就找到她那样。

冬稚和陈就去完饭局的后遗症大概就是许博衍也知道了他们走得近的事。不怪别的，只能怪陈就在他们这个圈子里太有存在感。

作为正在和华微合作的其中一方，许博衍算半个圈儿里人。听闻陈就和一位女性关系匪浅，他本来还好奇，谁知道一打听竟然是知名小提琴家 Dawn Dong，顿时有点儿蒙。

作为兄长，这种事竟然还得从别人嘴里听说。一通电话打过来，冬稚被他佯怒着数落半天。

末了，许博衍说要请他们俩吃饭。

冬稚不想答应："不用特意费这个功夫……"

"你们现在什么进展？"许博衍八卦起来也够吓人，"我说呢，难怪你之前找我要他的号码。你可真行，别的就罢了，这种事也不告诉我。"

"又没有什么，只是吃个饭而已。"

许博衍哪儿会信："男未婚女未嫁，他一向是什么性格，我不是没听说过。你呢，一说起给你介绍对象躲都躲不及，连吃个饭都像要你的命。你当你哥傻？非得真成了才肯告诉我？"

"博衍哥——"冬稚无奈。

许博衍佯装发怒："别叫我，不高兴着呢。"不给她搪塞自己的机会，他直接拍板，"这周六晚上一起吃饭，我让助理订好地方告诉你。"

对于冬稚和陈就忽然扯上关系这事儿，许博衍心情不仅不微妙，反而乐见其成。

冬稚一直忙于工作不找对象，霍小勤嘴上不说，心里肯定是希望她的感情能够有所归属。

许博衍又十分欣赏陈就，年纪轻轻的，论岁数比自己小得多，但事业有成，且没有什么不良爱好。他除了偶尔抽抽烟，旁的半点儿不沾，在周遭的交际圈里风评极好。

这样许博衍还有什么不满意的？

周六到了。等前菜的空当，三人就已聊起来。

“你怎么没告诉我，你跟陈教授以前是同学？”许博衍想起前几次接触，一点儿端倪都无，根本看不出来他们早就相识。

冬稚闻言，含糊地道：“有点儿尴尬，所以没提。”

“你呀。”许博衍嗔她，端起酒杯敬陈就：“来，陈教授，咱俩喝一杯。”

“我等会儿要开车。”陈就的高脚杯里盛着温水，“以水代酒，见谅。”

许博衍毫不介意：“没事，客气什么。”

冬稚不知说什么，只得低头用餐。

许博衍说要请他们吃饭，她犹豫半天才约陈就，过了好久他才回复她的信息。

冬稚说不清那时的心情，仿佛预料到他的不拒绝，偷偷地泛着一股隐秘的喜悦之情，但又不敢继续往下深想。

许博衍预订的菜色十分好。她安静地吃着，全程就听他们两个男人在聊，聊华微的“新感”2.0系列芯片，聊博研数码的发展方向，聊华微的商业进程。她几乎插不上话。

中途许博衍起身去接电话，她才终于得空与陈就说话。

冬稚放下筷子，说：“你们还挺聊得来。”

陈就慢条斯理地喝着汤：“是你说的，让我多担待。”

她在微信里好像是说过，怕许博衍太热情，陈就又太冷淡，大家尴尬，只是没想到陈就真的听进去了。

冬稚对他的配合不好加以评价，扯了下唇角重新执筷。

不多时，许博衍接完电话回来，道了声抱歉。

陈就礼貌地说没事，许博衍笑吟吟的，只觉得他比起从前更加客气。

擦净手，许博衍看向今天话不多的冬稚，话题一拐："等什么时候勤姨来了，我带你们去吃那家味道特别好的烧鹅馆。他们家做的烧鹅一绝，勤姨特别喜欢吃。到时候陈教授也一块儿来吧，我阿姨看见你肯定高兴。"

冬稚早在他提及霍小勤时就一僵，下意识和陈就对上视线，空气似乎在他们两人之间无声地滞住。

她连夹了几下碗里的米，一粒都没夹起来："哥。"

许博衍不明所以："嗯？"

"别跟我妈瞎说，我不想她操心。你也知道，她想得多，问得也多……"冬稚声音渐小，"该说的事情我自己会跟她讲。"

许博衍以为她怕他跟霍小勤说她有来往密切的异性她会被追问，怕增加压力。当下他一副了然的模样，不疑有他："知道了，你担心什么。"

他边说边朝陈就一笑。

陈就一句话都没说，那微抿的嘴唇和低垂的眉眼流露出低沉的寒气。

她的话仿佛把他们之间的距离重新推开了好远。

冬稚低头进食，吃进嘴里的东西却突然难以下咽。

一餐饭毕，三人在店外分开。

往日许博衍会送她，今天却极其自觉，顶着一副"不做电灯泡"的表情将冬稚交托给陈就。

冬稚不好跟许博衍过多解释，只得上了陈就的车，所幸他们本就顺路。

一路无言，他们没有半个字的交流。

陈就沉默地将车开到冬稚楼下，车驶入地下车库里，冷不丁开口："过几天有个同学聚会，在华城。"

冬稚解安全带的手停住："同学会？"

"想问问你去不去。"他淡淡地道。

"什么时候？我……"

冬稚想说她看看有没有工作，陈就打断她："不用了，我自己去。"

她的话音顿住。

她不需多想，只一霎就明白了。刚刚在餐厅里她让许博衍不要向霍小勤提起她和他，他怕是因为这个在和她置气。

车内气氛僵下来，冬稚沉默片刻，说不出别的更好的话。

解了安全带，她打开车门，低声道："那我上去了。"

门在身后被关上，她迈开步，直到电梯门彻底关上，谁都没直视对方。

因为第三场巡演，冬稚投入到紧张的排练之中。她一整天都在剧院度过，中午和晚上两顿吃得随意，练到乐团众人都累了才各自回去休息。

被柯雅送回公寓，冬稚把包挂在衣帽架上，趿着拖鞋入内，轻轻将拎在手中的琴盒放好。

她还没来得及喘口气，突然接到陈就的电话。

"喂？"

对面没声音。

"陈就？"

"我喝醉了。"那边响起喑哑的声音，是她熟悉的那个人。

冬稚站在亮着灯的客厅里，顿了顿。

他没有说下一句，但她像是了然般无言地垂下眼。

几秒后，她问："你在哪儿？"

陈就一字一顿地把地址告诉她。

正好衣服还没换下，冬稚挂掉电话，拿上车钥匙，反身出门。

逸海大酒店门口停满了车，冬稚将座驾开到合适的位置。夜风不冷，但她还是裹紧了长外套，穿着小高跟鞋踩在地上，鞋跟和地面相磕发出细微的脆响。这么多年她已经穿着高跟鞋驾轻就熟，加快步伐朝里走去。

服务员问清她要去的包间后在前面领路，走过一段长廊，将她带到一楼左侧的一个厅里。

门一开，冬稚提步进去。饭局已经收尾，桌边没几个人，都坐在沙发上聊天儿。见她进来，有男人站起身，似乎是负责组织聚会这次聚会的人。

"你找谁？"

一堆人齐刷刷地看向她。冬稚瞥见陈就，快步过去。

"不好意思，我来接他。"她走到陈就身旁，俯身搀起他的胳膊，见他脸有些红，低声问："没事吧？"

陈就眼神还清明，但也有些让人看不清。他微张着腿，两只胳膊横撑在膝头上。她过来之前，他低着头似乎在缓神。

陈就看向她，摇了摇头，身上的酒味不轻："没事。"

冬稚正准备扶着他走，有人认出她来："冬稚？你是冬稚吧？！"

她朝声源看去，是旁边聊天儿的人中的一个。这一声发出后，一下子所有人都开始朝她仔细打量。

"冬稚？你是冬稚？你还记不记得我？我是3班的……"

"我们一起上过体育课，你有印象没？"

"高二的时候我们天天一起扫教学楼前面那块空地！你记得我吗？"

冬稚握着陈就的胳膊，手没松，站直身："你们是……"

"我们都是澜城一中的。"负责组织聚会的男生说，语气难掩兴奋，"陈就，我跟陈就，我们当时是一个班的。"

眼前的这一群人都是当年他们高中的同学。

冬稚看着他们，只有为数不多几个有印象的人。她隐约能从他们改变的面貌中，找到一丝丝往昔的痕迹，但更多的还是感到陌生和茫然。

没有拂人面子，她礼貌一笑："好久不见。"

"你……你是来接陈就的？"不知是谁问的。一群旧同学从重逢的诧异中回神，听闻她此行来的目的更惊讶了。

一位曾经的男同学笑说："今天真是惊喜，陈就以前从来不参加同学聚会，这次来了，没想到还能见到冬稚。"

另一个女同学立刻接话："哎呀，这有什么没想到的。以前他们在学校里就成双成对，陈就一直都对冬稚挺好。"

"是啊，那个时候他们的关系就不一样，特别般配……"

他们七嘴八舌的，俨然把他俩当成了情侣。

被这突如其来的奉承包围，冬稚起初不太适应，但很快平静下来。

负责组织聚会的男生说："好久没有你的消息，这么多年了大家都没再见过你。要不是这两年电视上、网络上有新闻，我们还不知道你出国留学，成了小提琴家。我前几天还看到报道说你开巡演的事情，恭喜啊！对了，我们公司老总也是你的乐迷，特别喜欢你！"

冬稚轻声道："谢谢。"

像是比赛似的，其他人不甘示弱，一个接一个地夸她。他们说她有气质，说她越来越漂亮，说她年轻……总之，什么样的恭维都有。

今时不同往日，以前在学校里她是别人话里针对的对象。他们笑话她的出身，讽刺她仗着漂亮不把别人放在眼里，骂她假清高。

他们这些人，不乏曾经的重点班学生，但并非各个都功成名就。

陈就从前是这些人中的佼佼者，如今依然是。再过个几年他或许就能成为央科院院士，三十几岁的年纪，虽然不是院士史上年纪最轻的人，但已足够教人咋舌。

而她，如今是可以上艺术教科书的人，身边接触的都是各个行业的顶级人物。

他们同属一个世界。

这些人在他们面前——在他们曾经看不上的她面前，已经没有了从前的底气。

这场同学聚会里，有的人确实没有和冬稚有过龃龉，可对她释放过恶意的人这时候也仿佛失忆。

那些过往不复存在，一个两个争着表现，好似真的和她十分亲热。

一切都显得那么嘈杂。

好在这场热络的叙旧没能持续很久，陈就借着最后的清醒打断他们，站起身："我们先走了。"

一刻都不做停留，他抓起冬稚的手大步朝外走。

"哎，再坐会儿啊！"

"怎么就走了？"

后面一群人跟了几步想留他们，奈何陈就牵着冬稚走得太快，他们没能追上。远远地，陈就和冬稚把他们落在了身后。

副驾驶座上，陈就微微昂头靠着椅背，醉酒后越发安静。

路灯飞快闪过，灯光从车窗外照进来落在他的脸上。光影明明灭灭，冬稚转头看了几次，不知道他闭着眼到底是睡了还是没睡。

四十多分钟后，冬稚把车开到他住的公寓楼下，在地下车库找位置停好，叫醒他，扶着他进电梯。她一路搀着他到门前，拿起他的手输入指纹，入内开灯，随后将门在身后关上。她甚至顾不上脱鞋，费了好大的劲好不容易把他扶到床上。

冬稚把陈就的鞋脱掉，替他盖上薄被，这才得空去门口换鞋。

等再度趿着棉拖进来，她又急匆匆去浴室拧了条毛巾给他擦脸，而后找出醒酒药，倒来一杯温水。

“陈就。

“陈就？

“陈就你起来，喝点儿水再睡……”

冬稚轻声唤了半天，怎么叫他都不醒。她无奈只好把杯子放下，屈膝蹲下，趴在床边喊他：“陈就——”

他忽地一下睁开眼睛。

冬稚吓了一跳，他却没有动作，只是用那双不清明的眼直勾勾地看着她。

“起来喝杯水……”

冬稚话还没说完，他忽然伸手拉住她一拽。她猝不及防，整个人倒在他身上。他就着薄被抱住她，朝另一侧翻身将她压在身下。

他身上的酒气和热意让冬稚全身紧绷。

“陈就——”

他盯着她看了一会儿，在她的紧张中慢慢俯首，将脸埋在她的脖颈间用力地将她抱紧。

“陈就？”冬稚试探地叫他，他没有回答。

他不动，似乎睡了过去。

过了半晌，冬稚试图推开他，然而他的胳膊围得她非常紧，就像铁铸就的监牢，纹丝不动。

冬稚被迫僵硬地躺着。被他压住，她一开始有些喘不过气，久了才好些。她的视线越过他的肩膀，盯着那盏灯，盯着天花板。

公寓里弥漫着夜的寂静。

“陈就。”

她也不知道自己叫他干什么，只是突然一瞬间很想喊他的名字。

她一遍又一遍地叫他的名字。

“陈就……”

他的心跳和呼吸近在咫尺。

冬稚在他怀抱的热意中，仿佛要被他纳为一体。她抬起手，缓慢地轻轻搭在他的腰背上。

她好久没有这样抱过他了。

时间过得真快啊。

这一时这一刻，她觉得好像阔别已久。

她不知道什么时候迷迷糊糊睡着，一夜就那么过去。半夜她不甚清醒，似乎感觉到灯被关了，期间竟然也没有醒转。

等冬稚睁眼，已是第二天清晨，天光大亮。阳光透过陈就卧室灰色的窗帘照进来，亮意被拦下几层，稍微没那么刺眼。

冬稚用了几秒醒神，思绪恢复正常运转，撑着坐起。床上只有她一个人，本该在这儿的主人不见踪影。她身上还穿着昨天的衣服，拖鞋不知道何时被蹬在床尾之下，就这么凑合睡了一宿。

冬稚掀掉薄被下地，趿着拖鞋缓步出去。清冷的公寓里，从厨房传来声响，她小心地靠近，到餐厅前就见陈就正好端着一碟拌过的小菜出来，抬眼和她打了个照面。

他什么都没说，微合眼皮，走到桌边，将碟子放到桌上。

"洗漱用具在洗手台上，可以吃早饭了。"他转身再入厨房去拿碗筷。

冬稚站了站，慢半拍才有动作："哦，好。"

她到浴室一看，东西果真都备好了。干净的毛巾，全新的牙刷、杯子，一应俱全。

待冬稚洗漱过，临要出去时，对着用过的东西忽然不知该怎么处理。对着镜子里刚洗过的脸，白嫩细腻，她闪过一丝短暂的茫然。

卫生间左边的那一侧，陈就的那份洗漱用品被规规整整地放在镜子下，毛巾整洁地挂在一边。

她要是把东西放到他的旁边……冬稚总觉得好像没有这样的客人。

想了想，她把毛巾对折放在洗手台上，杯子里放上牙刷，然后将这些东西放到一旁。

两个人安静地在餐厅里吃早饭。

他们好久不曾像这样一起待着。以前他时常来她家，明明他自家餐桌上什么都有，菜色丰富得多，他却喜欢跟她挤在一块儿，吃那些她觉得味道糟糕得不得了的东西。

他还总说："好吃。你家的菜比我家的菜好吃多了。"

现在陈就喝着粥，忽然开口："在国外那几年，即使是买东西自己煮，感觉好像也不是那个味道。"

冬稚明白，深以为然。

他们都在国外待过，背井离乡，无论吃什么总感觉不一样。

她又想起萧静然来的那天。

许博衍和冬稚说过，陈就早年留学时被父母逼着就范，这些事在这个圈子里都不是秘密。

那时候，他们要他放弃想学的专业去做不想做的事时，他心里肯定很痛苦吧？就像那些年她的梦想不被霍小勤理解一样。

可她和霍小勤早就相互和解，而他和他的父母呢？以他们行事的做派，怕是可能永远都难有和解的那么一天。

冬稚心里微微陷下去一块，正胡思乱想，陈就又道："昨晚在哪儿找到的醒酒药？"

"那个啊。"冬稚换了个坐姿，说，"我在橱柜里翻了一下。"

她找是找到了，但他没吃，水也没喝。她把东西都放在床边的柜子上，放了一夜。

昨晚他们莫名其妙一起睡在一张床上，多少有些尴尬。

她转移话题："我以为你不会喜欢参加同学聚会。"

"他们打来电话，正好那天没事就答应了。"陈就语气随意，仿佛真的只是一时兴起的念头。

想起昨天的场景，冬稚不免有几分感慨："好多人我都认不出来了，不过也是，本来就不熟……"

陈就像是在听又像是没在听，突然来了句完全无关的话："这周有空吗？我正好要回澜城一趟，你上次不是说想回去看豫叔？"

冬稚一愣："回澜城？"

"有点儿事要回去处理。"他不废话，抬眼盯着她，"去吗？"

冬稚慢慢地点头："啊，好。"

他们说好一同回澜城祭拜冬豫，行程突然增加，冬稚没忘第一时间通知柯雅。

离下一场巡演还有段日子，冬稚不能耽误工作，只是不在华城的那几天，排练要暂时耽搁。柯雅得知，表示会和其他人协调好时间。

定下的时间是周末，冬稚在公寓里歇了半晌，下午刚要收拾一份简单的小行李出来，却接到柯雅的电话。

与工作事宜无关，柯雅说："有一个陌生号码打进来，对方找您，说是您的旧友。"

"旧友？"冬稚理着东西，没往心里去，"叫什么？"

"那位女士说她叫崔沁。"

"崔沁？"

"她说您如果记不得这个名字，就让我跟您说她是以前在琴行工作的阿沁。"

冬稚停下动作："阿沁？"

柯雅道："对。"

"她说什么？"冬稚怎么会不记得，只是那时候琴行来往的人都叫她"阿沁"，真名喊得少。所以冬稚对这个全名只有浅淡的印象，一时没想起。

"那位女士没说得太具体，只说有事想找您聊一下。"

柯雅那儿的电话是工作号，专门对接一些商业性质的合作，崔沁大概费了不少周折才查到她的号码，但估计也就只能找到这个号码，再查不到别的了。

冬稚没犹豫："她留了联系方式吗？你把她的联系方式给我。"

柯雅应了声好，挂了电话，便把崔沁留下的号码发来。

快到傍晚，下班的点，陈就接到冬稚的来电。

他以为她有什么事，不想她一开口却是说："我周末可能没办法和你一起回澜城了。"

整理文件的手一顿，陈就微蹙眉头。在安静的室内，这短暂流露的情绪丝毫不明显，他那张冷淡的脸很快又恢复平静："为什么？"

"我这边有点儿事……"

他追问到底："什么事？"

冬稚只好如实道："我有个朋友在景城开小提琴教室，她遇到点儿麻烦，我得去一趟。"

“朋友？”陈就对这两个字很有疑问。

“对。”

“你什么时候去景城？”

“周六早上。”她说，“正好我让助理把那两大的排练取消了……”

“去几天？”他顿了一下，似不在意地补充，“我看看我的工作安排，来得及的话可以后面再会合。”

“这个不确定，可能要几天吧。”

陈就沉默了下，没再问什么，道：“知道了。”

他不再继续多说，结束通话。

陈就对着面前的一堆文件看了一会儿，办公室的门突然被敲响。

秦承宇把这儿当自己的地盘，笑嘻嘻地进来：“走啊，下班了，今天一块儿吃饭？”

陈就兴趣缺缺：“你自己吃吧。”

察觉些微异样，秦承宇来了兴趣：“哟，这是怎么了？”

秦承宇向来不怕死。别人不敢招惹陈就，偏偏他最起劲。走到陈就桌前，他随手从笔筒里拿起一支笔，夹在指间打转，饶有兴趣地问：“谁惹你不高兴了？”

“没谁。”

“我猜猜啊，咱们公司风生水起，项目研究也顺利收尾，你又没有赌博的嗜好，那只能是情场……”

陈就懒得理会他，眼都没抬：“门在那边。”

“这就赶我走？”

“快滚。”

秦承宇摇头，放下笔：“行行行，我走还不成。”

人没到门口，陈就叫住他：“对了。”

“嗯？”

“下周我不一定什么时候来公司，科研部的事你让别人负责。”

“你干吗去？”

“回澜城。”

秦承宇奇怪地道：“你不是周六回去吗？”

陈就说：“之后有别的事，可能会耽误几天。”

冬稚第一次参加小提琴比赛那次，初试用的那把琴就是阿沁借给她的。好长一段时间里，也是阿沁给她开方便之门，把琴行无人用的教室和老师教学的琴借给她，让她有碰琴和练习的机会。

陈就说冬稚谁的好都记，唯独不记得他的。其实她不仅记得陈就的好，所有对她好的人她都记得清清楚楚。

鲜花着锦容易，雪中送炭最难。

这次阿沁想见她，冬稚想都没想就答应。别说不是大事，就算真是棘手的事情，只要在她能力范围内，她也义不容辞。

周六上午，冬稚飞抵景城，中午十二点飞机落地。阿沁提前三个小时在机场等候，接到她，激动得脸颊泛红。

人多的地方不方便说话，阿沁的车停在机场外，阿沁伸手就要帮冬稚拉她的小箱子。冬稚说不用，她死活不肯，不由分说就揽过去："我找你来的，我把你请来你是客人。"

冬稚拗不过她，好在她们出门走了不远，很快就到车边。

她们上了车，阿沁负责驾驶。冬稚系上安全带，问她的心情："还不开心吗？有没有好点儿？"

阿沁说："现在好多了。前两天哭了几场，哭完就舒服了。"

"没事。"冬稚宽慰，"只要是我力所能及的……"

阿沁脸上闪过歉意："那什么……其实我挺不好意思的，这件事是我冲动了。今天出门我爸妈问我去干什么，知道我把你叫来骂了我好一顿。"

冬稚不解："嗯？"

"当时我打电话找你的时候，我家里人不知情。其实给你打完那通电话，我就冷静下来了。是我自己没本事，经营不过人家，男人又看不住……原本第二天我想说算了别麻烦你，结果你已经把机票都订好了。你这么热心，我真的觉得自己挺那个的。你都这么忙了，我还拿这点儿小事麻烦你。"阿沁脸上的表情沉下来，一边开车一边自责，"但是我想蛮久没见你，见一面也好，要不这回你就当来玩一趟吧？我爸妈现在在家做饭呢，应该差不多做好了。我出门那会儿我妈赶着去买了好多菜，刚刚一直问我接到你没有……"

冬稚听阿沁一会儿怪自己，一会儿又怕她生气，听得都发愣，无奈之下打断阿沁："停一下，停一下，你好歹让我说一句。"

阿沁不好意思地止言，瞥她一眼："嗯，你说。"

"我忙是忙，但是距离下一场巡演还早，人总得喘气休息不是？"冬稚笑了下，"你也知道我，真要是麻烦，我会直接跟你说。而且你别把这想得多了不得，我又不是什么大人物，只是帮点儿小忙而已，你别往心里去。"

阿沁犹豫："可……"

冬稚说："朋友的事，事无大小。以前我那样的时候，你也没嫌我麻烦啊，不是吗？"

阿沁一时感动，说不出话了。

冬稚又安慰几句，总算让她宽心。

阿沁情绪好起来，表情跟着明朗："等会儿到我家，你别被我爸妈的热情吓到。你不知道，这两年我说我认识你，他们都当我开玩笑，吹牛。前面出门那会儿，听我说要去机场接你，还以为我魔怔了。知道是真的以后，我爸妈都愣了。骂完我，两个人一边催我赶紧出发，一边风一样赶去菜场买菜。"

这下换冬稚不好意思："不至于吧。"

"以前那会儿我在亲戚家琴行工作，后来搬到景城这儿。我们家本身就干这一行，我爸妈开个琴行，我弄了个小提琴教室请老师开班授课。我爸妈都是懂行的，觉得你可了不得了……"

冬稚靠着椅背淡笑，一路轻言慢语，车很快开到了阿沁家。

刚歇过晌午，冬稚正在阿沁家感受崔家父母的热情，陈就突然打来电话。

正和他们一家三口坐在客厅里聊天儿，冬稚道了声不好意思，侧过身去接电话。

电话一通，她就听那边问："你在哪儿？"

早跟他说过她在哪儿，她被问得莫名其妙："我在景城啊。"

他道："我在高铁站。"

冬稚没反应过来。

陈就重复："我到景城了。"

"你在景城？"

她一时没控制住音量，旁边等她接电话的一家三口纷纷向她看来。

冬稚朝他们抱歉地笑笑。

阿沁八卦，凑过来一点儿，问："谁啊？你男朋友吗？"

"嗯，不……"

没等她否认，陈就又说："你告诉我你的地址，我要在这里待几天，就近找个地方住。等你忙完，我们刚好一起回澜城。"

"地址？"冬稚也不知道具体的地址，转头看阿沁，"等下，我问下……"

在旁听的崔母显露出十分热情的样子："男朋友来了是不是？还问什么地址，现在过去接他，家里车都停着呢。"

冬稚稍稍遮住手机听筒："不是的，阿姨……"

崔母忙不迭地指挥崔父，根本没顾上听她解释。

冬稚只好大声些问："这附近有没有酒店？他可能要住几天，过些天有点儿事，他在这边等我……"

"住什么酒店，家里又不是没有房间。"崔母这下听见了，不赞同，"人到了是不是？阿沁赶紧去接，直接回家来，浪费钱住什么酒店。快快，拿车钥匙，要不然叫你爸去。"

冬稚想说不用，崔母已然开始忙活："哎哟，时间差不多了，我现在就去准备晚饭！"

崔父也道："飞机场还是高铁站？我开车过去。"

他说着起身就要去找车钥匙。

冬稚忙道："不用了，阿姨叔叔，真的不用……"

崔沁怕她客气，让她放宽心："行了行了，别不用了，我去接。你要不答应，我爸妈晚上饭都吃不香。都劳烦你特地跑来一趟，你的朋友就是我朋友。"

冬稚一时无言。她拗不过崔家三人三倍的热情，过了几秒，只得对那边的陈就说："你在那里等我。"

还是不敢劳动老人家，她好说歹说把崔父劝住。崔父见阿沁揽下活儿要载冬稚去，便暂时放心，和崔母一块儿进了厨房。还不到下午四点，他们便研究起晚饭的菜色。

去高铁站的路上，冬稚想想惭愧地道："中午做了那么一大桌菜，都没怎么吃……”

阿沁笑说：“我爸妈喜欢你呀。你这么能干，又这么厉害，我能把你请回家，接下去一个月我爸妈估计都不会教训我了。”

冬稚被她逗笑，想到陈就，提前和她打预防针。陈就如今不太爱说话，尤其面对不熟的人。

阿沁没放在心上，满口道：“没事、没事。”

冬稚在车站正门侧边接到陈就。他等了大概半个小时，没带什么东西，轻装简行。这种短途，他和她一样拉着一个小箱子，只不过多带一台电脑。

冬稚给两人做介绍，没多寒暄，大家径直上车准备返回。

陈就放好箱子，阿沁才上驾驶座坐好。冬稚下意识想坐副驾驶的位子，陈就开了后座的车门，站着没上，似是在等她。

冬稚还以一个疑惑的眼神。

陈就稍稍侧头，朝里示意：“你先。”

她动唇，到底还是没说什么，从前面的车门旁走过来，坐进后座里，和他并排而坐。

车开动，冬稚问：“你先去了澜城？”

“嗯。”

“忙什么？”

陈就说：“一些工作上的事。”

他不愿多讲，冬稚便不多问，哦了声放过这个话题。

阿沁开着车，在前排兴冲冲地道：“陈先生你有什么特别喜欢吃或者不吃的东西吗？我打电话跟我妈说一声。你们难得来一次，我爸妈可高兴了……”

陈就的语气尚算温和：“我不挑食，阿姨做什么都行。突然打扰麻烦你们了，不好意思。”

“不会不会，你跟冬稚不是外人，不用这么见外。”

阿沁说着，在堵车的时候腾出手和她爸妈发微信。一路上经过红灯的时候，她不是在打字就是在用他们的方言和她爸妈交流，冬稚和陈就两人完全听不懂。

他们到了崔家，一进门崔父崔母就极其热情地招呼他们就座。

崔母满脸都是笑："阿沁微信跟我们说接到人了，还说小陈长得高，这一看是挺高。哎哟，真是一表人才。你是小冬的男朋友吧？来来来，快坐下！"

冬稚一愣，脸微热。她正要解释，陈就开口问候，恰好打断她："阿姨别客气。"

崔母笑得更是开心，把人迎进去，又是倒茶又是端水果，忙活不停。

冬稚只能把没机会说的话咽回去。

一行人在茶几旁坐下，厨房里传来浓浓的香味，炉子上早早炖上了汤。

冬稚和陈就并排坐着，接过崔母塞的果子，小声对他道："你来之前我跟他们解释过了……"

陈就眉眼淡淡，对此不置可否。

看他好像不在意，她垂眸也就不再说话。

阿沁家是一座两层的小别墅。早年崔父崔母辛勤工作，阿沁在亲戚家琴行上班那会儿他们就开始跟着涉足这个行业。后来他们赚了点儿钱，一家在景城定居。他们经营琴行，阿沁办的小提琴教室够她自己的开销，条件算是很不错。

先前冬稚在车上和阿沁打过招呼，说陈就话少冷淡，但他对崔父崔母态度很温和，至少有问必答。没几句话，两位老人家已经十分喜欢他。

闲话间他们得知陈就在牛津留过学，如今在央科院主导的合资企业里工作，年纪轻轻就事业有成，还长得一表人才，自然对他的喜爱又翻了百倍。

崔母看看冬稚，再看看陈就，眼神里的满意快要溢出来。崔母一转头看见阿沁，虎着脸教训："你看看你，一点儿正形都没有，认识这么优秀的朋友，你怎么不跟着学一学？一天天就知道气我。"

阿沁吐吐舌头，对这种训话早就免疫，端着水果去厨房晃悠。

五点过半，崔家早早开席。

饭桌上一片和谐喜乐，崔父兴致高昂，连带着平时不喝酒的陈就也很给面子地陪他小酌。

饭毕，睡觉的问题摆在大家眼前。

吃饭倒罢了，带朋友在人家家里留宿不太好，冬稚问陈就："你订酒店了吗？"

她话说得够小声，但还是被崔母听到：“住什么酒店，都说了住家里就好了啊。我们家虽然不大，但是两层楼房的房间也是够的。这么远来一趟，干什么跑去住酒店，住家里，住家里！”

冬稚犹豫：“这样不太好……”

“有什么不好的，别跟阿姨客气。”崔母扭头就问阿沁：“小陈带行李了吗？”

阿沁说：“带了。在我车上，后备厢里。”

“那赶紧去拿上来，别吃了，等会儿再吃。”崔母拍阿沁一下催道，生怕冬稚把人送到酒店去。

阿沁抽了张纸巾，一边擦手一边趿着拖鞋跑出去。

“阿姨。”

陈就见状站起身，被崔父一把摁住：“让她去，让她去，她从小就跟皮猴子一样，力气大着呢。你今晚就留下，千万不能走啊，这几天多陪我喝两杯。平时都没人跟我喝酒，说什么你也不能走……来来来。”

陈就被拉住，冬稚越发无奈，想起身，不料也被崔母握住手。崔母跟她说起话来，她抽身不得，回头远远看了在门边换鞋的阿沁一眼。

似是感觉到冬稚的目光，阿沁朝她看来，冲她挥挥手，随即就只扔下个潇洒的背影。

冬稚这下没头绪了，偷眼看向陈就。

陈就那边也分身乏术。崔父端着酒杯和他聊天儿，兴致高昂。

陈就喝了一杯，趁崔父开酒的时候，放下酒杯道：“我在您家里住怕是不太好，太打扰了。我去酒店住就行。”

冬稚附和：“是啊，阿姨，我们……”

“打扰什么？不会不会！”崔母握紧冬稚的手，“难得来客，家里热热闹闹的多好！是不是嫌阿姨家小？别嫌小，虽然不大，但客房还是有的。”

冬稚忙说不是。

“在家吃饭也方便，外面用的油啊盐啊都不干净，哪儿有家里做的饭好吃。”崔母又说，“明天让阿沁她爸露两手，我们老崔家的秘方菜特别好吃！”

冬稚实在拗不过她，沉默着接受了。

很快，阿沁拎着陈就的小行李箱回来。陈就起身去接，礼貌道了谢，箱子暂时立在玄关处。

饭吃得差不多，一桌人小坐一会儿，崔父包下洗碗的任务，崔母则去张罗房间。

她把房间收拾好，冬稚一看就愣了。

崔母把给她准备的那间房又整理一遍。本来就是双人宽的大床，她把原来床上单人的配置，如枕头、薄被全都从单人份改成了双人份。

陈就的箱子不知什么时候被崔父拎进来，和冬稚的箱子放在一块儿，两个小行李箱差不多大小，竟还挺“般配”。

崔父崔母又去给他们找洗漱用具，冬稚忙趁空揪住阿沁：“你家还有客房吗？”

阿沁说：“有啊”，不等冬稚开口，她又道，“不过去年我爸楼下的客房窗户漏水，被我妈拿去放杂物了，楼上还有另一间客房现在是我爸的书房。”

见冬稚表情不对，她问：“怎么了？”

冬稚沉默了下，想说他们不是情侣，没办法睡在一起……然而窗外天色已晚，他们惊动崔家二老只怕又是一阵折腾。她或者陈就再动身去酒店，崔父崔母估计要觉得自已没有招待好他们。

“没事。”过了半晌，冬稚不得不把本来要说的话往回咽，“只是问问。”

和阿沁说完，冬稚回到房间里，没过多久，陈就也进来了。

两个人对着一张双人床，各自无言。

她道：“要不我去和阿沁睡？”

“不用了。你不必避嫌，本来就是我没打招呼跑来。”陈就说，“我去客厅或者酒店。你睡吧。”

他言毕就要走。

他这么干脆，冬稚反而不自在，张口叫住他。

陈就回头，她轻咽口水，半晌后挤出话音：“太晚了，要不然就……挤挤吧。”

不长的一句话，她尴尬地抿了好几次唇。

洗完澡，冬稚步子缓慢地走向房间。

陈就穿着一身没见过的睡衣坐在床边，正开着箱子简单整理。

她一愣：“你穿的谁的睡衣？”

“叔叔找出来的新睡衣。”陈就睨她，虽没问什么，但目光落在她身上带着一样的疑问。

冬稚低头瞥了自己的睡衣一眼：“阿姨给我找的。”

“哦。”

崔父崔母差不多也要歇息了，就差一个客厅灯没关。冬稚从浴室里出来时，崔母让她去休息，剩下的事情他们会处理。

进了房间，冬稚反锁门，发出清脆明显的咔嗒一声。陈就淡淡地抬眸，朝她看了一眼。

她一顿，又将门锁拧回来，解锁。

拧完觉得不妥，她想了想，又将锁反锁上。

来来回回，没等她想清楚到底是锁还是不锁，陈就冷冷地开口：“再拧锁就坏了。”

她尴尬地停住，终于松开手。

冬稚走到床边，不看陈就，径自进被窝，背对着他。她不是因为别的，一张床就这么大，他们平躺着都近。那天晚上在他家，他喝醉了，他们含糊地过了一夜。可眼下面对的是清醒的陈就，她突然不知道该如何是好。

就像这一刻，她甚至觉得属于他的气息已经将她包围，周身空气都打上了他的烙印。

冬稚强迫自己忽略那若隐若现的淡香，闭着眼催促自己入眠。

陈就没和她聊天儿，理好箱子就安静地躺下。灯在他那边，他抬手关了，屋子里霎时一黑。

她的旁边陷下去一块，被子被掀起来，漏了点儿风，所有缝隙很快又被温暖的身躯填满。

他好像是平躺着的。

冬稚闭着眼。有热意从隔开的空间里隐隐约约传来，黑暗中她开始听见自己的心跳声。

她侧躺了一会儿有点儿累，换姿势的时候不经意踢到他的腿，赶紧收回，又变回侧躺的姿势，还稍微弯曲了下膝盖。

她压低声音说：“要是不小心压到你，你叫醒我。”

陈就那边没有声响。

半晌她才听他应了一句:“嗯。”

漫长的沉寂，久到时间混沌，她的意识逐渐不清。

这一觉她睡得安稳。又长又沉的梦里，她像是踩在云端，觉得很温暖，一切都让她心安。

她梦见很久很久以前，和陈就在一起的那个时候。

清晨雾气未散，他等在路边，带着给她的牛奶，清瘦挺拔，像一棵白杨树。他们牵着手，沿上学的路一直走，走过安静的地段，遇见人多，依依不舍地松开手。

他手指修长，掌心温热，心情好的时候他总会下意识握着她的手晃啊晃。路那么短又那么长，他们步子缓慢，谁也不嫌无聊。每一寸时光都被掰开，细碎而令人满足。

这样的日子就好像永远不会有尽头。

次日清晨醒来，冬稚抬手遮住脸，习惯光芒后才睁开眼。又跟那天在他公寓里一样，她身边空空无人。

她洗漱好下楼，还在楼梯上就听到一层传来的笑声。她到餐厅前一瞥，厨房里有三个背影，气氛融洽。陈就正给二老打下手，为早饭做准备。

崔母像是小孩儿瞧见新奇的事物般，乐得直夸:“这个汁儿颜色多鲜亮啊，真好看。”

“什么汁儿，那叫酱。”崔父反驳她，“外国人都爱吃酱，什么果子都能被做成酱。”

冬稚缓步近前，竟然有种打搅他们的心虚感:“叔叔阿姨——”

三人同时转头。见她起了，二老脸上扬起笑。

崔母道:“醒啦？睡得好不好？早饭马上就好啊，先去坐着。”她说着催促丈夫:“你赶紧把粥盛出去，我跟小陈做果酱，你瞎张望什么！”

崔父一边念叨“知道了知道了”，一边去盛粥。

“我来吧。”冬稚入内，想帮忙。

崔母拦住她:“不用不用，让你叔叔去弄。”

冬稚被拦下，无所事事，一时不知该干什么。她抬头和陈就的视线对上，不知怎么有点儿别扭，飞快移开眼。

她往崔母身边靠了靠，问："阿姨你们在弄什么啊？"

"小陈教我做果酱呢。"崔母笑吟吟地说，"这不前两天从朋友园子里摘了点儿果子，堆了一筐放在那儿。我寻思吃不完要坏了，小陈说他会做果酱，我这不就赶紧学点儿，没事抹面包片吃，弄个小罐搁冰箱里能放好久。"

"你会做果酱？"冬稚诧异地望向陈就。

以前他是不会的，她从没见他弄过这些，大概他是后来学会的吧。分开的那段时间里他学会的东西还真不少。

她意识到这点，忽然觉得没意思，又不想知道答案了。她往热腾腾的锅里瞧，岔开话题："好吃吗？"

颜色鲜艳的果肉被熬烂，浓浓的，鲜亮好看，冒着甜丝丝的香气。

崔母夸道："好吃。我尝了一勺，味道调得刚刚好。"

陈就没说话，从旁边拿起干净的勺子，舀了一小勺果酱递向她。

冬稚看着，正要凑近，他伸过来的手又往回收了些许。冬稚看向他，他的表情还是那般淡淡的，但他不让她立刻靠近的动作丝毫不含糊："烫。"

等了好几秒，陈就才把勺子伸到她面前。冬稚想自己接过来，他却半点儿没有要松手的意思。她也不好再开口，瞥他一眼，垂眸就着他的手尝了一口。

崔母在旁笑得见牙不见眼："还是小陈知道心疼人。"

冬稚笑也不是，不笑也不是，尴尬地含着嘴里的果酱。

这果酱确实甜，甜得恰到好处，不腻人。

"挺好吃的。"她小声夸道。

陈就将勺子放到一旁，没说话。

崔父把粥盛得差不多了，桌上有买回来的包子和馒头，再拌两个小菜就行。

冬稚去叫阿沁，她正在阳台收衣服。冬稚见她还没忙完，上前帮忙。

太阳很好，从窗外的不锈钢栏杆照进来，落在她的身上暖洋洋的。

空气里有晨间特有的味道，似乎还带着别家早饭的香气。冬稚收了一堆衣服抱在怀里，抬头望着窗外仿佛在感受什么。

"怎么了？"阿沁好奇。

"没什么。"冬稚说，"只是觉得这种感觉特别好。"

平凡，又是那么无与伦比的美妙。

简单吃过早饭，冬稚和阿沁一起出门，先去阿沁的小提琴教室看看，再去老两口儿的琴行。

“你一起去吗？”冬稚问陈就。

陈就说“不”，又道：“这边正好有个科技信息交流展会，我去看看。”

如此他们便分了两路走。

阿沁的小提琴教室办得有模有样，环境和师资在当地都属于非常不错的水平。

见冬稚给予了不低的评价，阿沁雀跃不已。

其实阿沁找冬稚来，这事儿说来也简单。

早先她的小提琴教室刚开不到半年，街附近拐角就跟着开了一家。那家的老板也是女的，姓杨，和阿沁年纪差不多大。两间教室难免较劲，但杨老板生意一直不如阿沁，隐隐被压了一头。

商业竞争本属正常，哪儿想最近阿沁一直合作的厂商突然不给她供货了。后来厂商那边有个常接待她的员工离职，跟她一说她才晓得那位杨老板私下走了经销的门路，承诺按件给厂家回扣，似乎又与厂家沾着点儿亲戚关系。几方面相加，厂家才断了她这边的供货。

阿沁只好更换厂商，虽然路费增加，成本也增加，好歹还是解决了问题。

谁知紧接着，她的小提琴教室就走了两位最资深的小提琴老师。杨老板高薪挖墙脚，那两位老师走前悄悄和自己带的学员家长联系，带走了十二三个学生。

屋漏偏逢连夜雨，阿沁正为生意上的事火大，转眼又发现刚交不到三个月的男朋友跟那位杨老板搞到了一起，登时气得大哭一场。

冬稚回国这么久，阿沁早在新闻上看到消息，怕耽误冬稚工作，又自觉多年没有联系，感情生疏，所以一直没敢联系她。

阿沁是被这一连串发生的几件事气急，一时没忍住，才找上冬稚。

原本阿沁只是抱着试一试的想法，毕竟冬稚今非昔比。即使冬稚不答应，阿沁也理解，没想用早年的交情绑架谁。哪儿想她一开口冬稚就应下，真的来了。

阿沁不能不感慨，自己曾在冬稚落魄时提供的善意帮助她记了这么多年没忘。如今冬稚功成名就，自己被欺负，她二话不说便赶来为自己撑腰。

就像受委屈的小孩儿找到可以依靠的肩膀，和冬稚打完电话那天，阿沁自知很没出息，但实在没忍住，偷偷躲在房间里哭了一场。

冬稚给阿沁的小提琴教室提了一些意见，聊了聊有关琴的专业事宜。参观一圈，两人拐道又去崔父崔母的琴行。

几个人在办公室里聊，二老给冬稚倒了茶，问阿沁打算怎么解决这件事。

阿沁没主意，看向冬稚。

“换厂商倒是没什么。我看了琴，原先的供货中价格高的那一档确实还行，别的不怎么样。”冬稚说，“现在新换的这个，反而水分没那么大。”

阿沁点头，耐心地听。

至于别的事，冬稚也有应对方法：“挖走老师为的就是抢生意，这个不难办。”

阿沁坐直：“怎么说？”

冬稚看向她：“被挖走的老师只能再重新招。除此之外，你今天就对外宣传，我给你们教室里的所有学员免费上课三天。”

阿沁愣了：“啊？！”

崔父崔母也有些发怔。

“我没法变出两个老师给你，想来想去只能自己上了。”冬稚笑道，“但是考虑到我时间不多，之后还得准备巡演的事，只能安排三天。”

她有点儿不好意思：“而且我也没教过学生，说实话还挺怕搞砸……”

“不会不会，怎么可能。”崔母忙摆手，“你这么厉害的小提琴家哪儿能搞砸。去现场听你演出买门票还买不到，你肯到阿沁那小教室上课，那可真是……”

崔母激动得都不知道该怎么表达了。

阿沁半天没说话，知道冬稚这是要用自己的名气替她扳回一城。近年国内唯一一位在国际舞台发光发热的华人小提琴家，对于望子成龙、望女成凤的学生家长们来说，这就是活生生的金字招牌。

被挖走的两位老师不过是资历深点儿，经验丰富。说得现实一点儿，国内有无数这样的小提琴老师，但 Dawn Dong 只有一个。

“我以后应该经常会在国内。”冬稚又道，“要不然这样，从今年开始，以后每年我抽出三天时间来给阿沁教室里的学生上课。”

“这……”阿沁有点儿想哭，“不用了吧，一次就好，真的。多耽误你呀……”

“没事。”冬稚看向二老，“就当来休息度假，阿姨做的菜这么好吃，我刚好有理由来蹭吃。”

崔母心里熨帖，不由得搂住她的肩：“好闺女！你想吃什么阿姨天天给你做，龙肝凤胆我也给你变出来。”

崔母打电话让旁边的饭店做了些菜送来。平时中午他们都随便吃，冬稚在这儿，说什么她都不肯随便招待。

下午来琴行上课的学生渐多。

阿沁忽地想起什么，让人把一个小姑娘叫来特意领给冬稚见。这是个有点儿黑，精瘦精瘦的女孩儿，唯独一双眼睛黑得发亮。

阿沁给冬稚介绍：“她是我那边的学生，最近事情多，这周我让她到我妈这边来上课。”她低头问：“老师还没来？”

小女孩儿点点头。

冬稚见小女孩儿拎着琴盒，听阿沁的话和自己打过招呼后就抿着嘴巴不吭声，蹲下问她：“你怎么不把琴放下？”

“不要。”小女孩儿摇了摇头，“我自己可以拿。”

阿沁从抽屉里拿出一张冬稚的CD，对小女孩儿道：“茜茜你看，这是你最喜欢的CD，你不是最喜欢这个老师了吗？”

小女孩儿用力点了点头。

阿沁笑着，指指封面，再指冬稚：“那你看她是谁呀？你仔细看看。”

小女孩儿疑惑地辨认一会儿，发现两者长得一样，看冬稚的眼神立刻变了。小女孩儿的眼神带点儿诧异、惊喜，和隐隐约约难以抑制的兴奋。

阿沁见她认出来，乐道：“她可喜欢你了，每次上课都提早半小时来。教她的老师没到，她就一个人坐在教室里，让我们放你的那几张CD，也不要人陪，自己一个人坐在凳子上听，一动不动。”

“真的？”冬稚朝小姑娘伸出手，“你叫什么名字啊？”

小姑娘微黑的脸颊浮现红色，轻声轻气地回答：“单茜。”

单茜看着冬稚，小心翼翼地把手放进她掌中。冬稚轻轻握住她的手晃了晃，她的脸一霎变得更红。

这时，迎客铃叮咚一响。

冬稚朝门口看去，陈就边步进来。她眉头微挑，摸了摸单茜的头，站起身。

“你忙好了？”

“嗯。”陈就点头，行至她们面前。

阿沁给陈就倒水。

陈就垂眸，看向冬稚身前的小女孩儿。

“学小提琴的学生。”冬稚主动介绍，话里难掩喜爱之意，“很可爱。”

单茜眼里只有冬稚，昂着脑袋，盯住她不放。

阿沁笑着把先前的话重复一遍，告诉陈就：“她可喜欢冬稚了，是冬稚的小粉丝，每天都听冬稚的 CD，特别崇拜冬稚。”阿沁摸摸她的头，又问：“过两周就比赛了，打算拉哪首曲子呀？”

单茜朝冬稚看了一眼，有点儿害羞地报出她 CD 里其中一首曲子的名字。

不同曲目有不同的篇章，适合不同的程度，以单茜现在的水平也有一些曲子能驾驭。

陈就看着冬稚和小女孩儿互动，没说话。

不一会儿，老师来了，单茜被叫进去上课。等单茜进了里面，阿沁才叹了口气，对他们说：“这孩子不容易，家里条件不太好，但是有天赋，她爸爸妈妈咬牙供她学琴。她手里那把琴你看到没？还是上次比赛赢了，我借口奖励送给她的。之前练习用的那把琴价格便宜，声音却老是不对。”

冬稚听得一愣。

没等冬稚和陈就说什么，出去办事儿的崔父崔母回来，见陈就来了，一边推门一边道：“小陈来了，正好。”

崔母喜滋滋地说：“我跟阿沁他爸商量了一下，过几天等上完课，我们一起去温泉山庄玩两天，难得你们来一趟。”

冬稚问：“温泉山庄？”

“对。”崔母拉着冬稚的手，让她放心，“我和你叔叔都会安排好，到那儿咱们就放松玩几天。你这么上心帮阿沁的忙，阿姨心里真过意不去……”

“阿姨，不用这么客气，真的。”

冬稚想让她宽心，顺带婉拒她，然而话没能说完，崔父崔母丝毫不给他们半点儿机会。

“就这么说定了，等会儿我就让阿沁他爸订酒店。小陈也一块儿去啊，谁都不能走。你们可别怪叔叔阿姨小气，只能带你们去温泉山庄。”

冬稚怕他们以为自己嫌弃，忙道：“哪里会，不小气——”

冬稚盛情难却，上课三天，去温泉山庄一趟，回澜城的时间只能再往后推。陈就这才刚进门一会儿，他们又被安排了新的行程。

冬稚悄悄看他一眼，默然无言。

傍晚时分，崔父订好饭店，晚上在外面吃，说要招待他们尝尝景城特色。二老上楼去跟老师们交代事情，阿沁先去取车。

冬稚正要去店门外等阿沁，见陈就看着小提琴专柜，站着不动。

“怎么不走？”

陈就没说话，反而走到柜台前问：“那把琴多少钱？”

负责看店的店员看了看，报出一个数。

见陈就拿出手机付账，冬稚回身走进来：“你？”

他道：“和你们老板说一声，等下次比赛结束，把这把琴送给那个叫单茜的小姑娘。”

冬稚看着他的背影，有些愣怔。

陈就付过钱，恍若未察觉她的目光，提步朝她走来，平静地低声说：“走吧。”

他开了门朝外走去。

冬稚迟钝地跟上。

他们之间隔着一步的距离。

街上车水马龙，冬稚沉默地迈着步，喉咙干涩。

他从前也选过一把琴，要送的那个小女孩儿如今成了别人的梦想，拥有了好多好多从前根本不敢想的东西——名誉、地位、自由，所有别人梦寐以求的一切。

开花结果，这是很好的季节。

冬稚却突然很想掉眼泪。

她想起来，也一直记得。

在那一年，她有一把没能收到的小提琴，她和他的回不去的十七岁。

第十一章　我不走

小提琴教室的问题很快被解决，过程相当顺利。

阿沁把冬稚这个吸引力十足的活招牌往外一打，登时如投石入浪，激起千层反应。

杨老板那边起初还不相信，待冬稚真人一现身，当天家长们就亲自送孩子来上课，几间教室被围得水泄不通。不到一天时间，景城艺术圈子里就传遍了著名小提琴家 Dawn Dong 现身一间小提琴教学机构免费上课三天的消息。

“沁音”这个名字立刻在景城学艺的一帮孩子的家长之间火了。

冬稚授课前也对家长们说了，这次并非商业合作，不收钱，不为打广告，只是友情支持一下朋友。听到她说以后每年会抽空来沁音为这里的学员上几次课，家长们兴奋的表情溢于言表。

当代著名华人小提琴家，除非有人极有钱，极有人脉，否则哪里攀得上？更别提她亲自给他们的孩子上课。

跟着那两位老师走的家长们后悔得肠子都青了。第一天晚上，阿沁就不停地接到电话，他们一个个赔着小心说要把孩子送回来。

阿沁只说名额满了，暂时不予回复。师资问题得到解决，是因为沾了冬稚的光。听闻她和 Dawn Dong 有交情，好几位独立授课的小提琴老师找上阿沁，想在她的沁音教课。

一时间门庭若市，生意好得不能再好。

杨老板气得砸了好几个杯子，仍是挡不住生意下滑的趋势。如今沁音是入学名额难求，简直就像一脚踩在了她的脸上。

柯雅那边冬稚打过招呼。冬稚为帮朋友的忙，这是私事，柯雅自然不会多言。这三天冬稚过得很舒服，崔母变着花样给她煮好吃的。尤其崔父，下厨好生展示了一把“崔家菜”的绝妙之处，果真不是吹牛，好吃得冬稚的胃口都比平常大了许多。

陈就不用在电脑前处理工作的时候，得空就会去厨房里帮忙打下手。

过午时分，陈就和崔母在厨房里研究炖汤。冬稚缓步过去，步子太轻，厨房里的两人没注意。

崔母本就喜欢他，尝了尝他做饭的味道，连声夸陈就厨艺好。

陈就自谦：“我做得一般。冬稚做的东西比我好，她煮东西很好吃。”

她读中学时就会煮饭了。

崔母闻言调侃：“小冬做的你当然都觉得好吃。她是不是经常做给你吃啊？”

厨房里头静了两秒，冬稚听到陈就说“没有”，下一句声音更是微微低下去：“很少。”

高中那会儿他尝过她的手艺，但是机会不多，就那么几次，后来就更没有了。

冬稚迈出的脚步一顿，停在餐厅外，莫名黯然。

崔家二老预订的温泉山庄，在离景城车程一个小时十分钟左右的地方。被开发出来专门作为旅游地的度假景点，价格不低，一应设施也齐全。

他们给冬稚和陈就订的还是一个房间。在崔家他们共用一张床睡了那么几天，冬稚都快要习惯了，一开始是不好意思给崔家二老添麻烦，结果迷迷糊糊竟也就凑合了下来。

房间是全木质的，非常古朴自然的风格，麻雀虽小五脏俱全，内里十分现代化。

看着那张双人大床，冬稚不发一言，将行李拉到一侧开箱整理，默认选了睡这边，另一半自然留给陈就。

她其实可以开口让阿沁父母多加一间房，已经在温泉酒店了，这点儿事并不麻烦。

可不知怎么，她没有开口，陈就也像是忘了这回事。

两个人就这样缄口不言，谁都不去提。

冬稚放好东西，在房间里转了转，发现附赠的另一个空间——这屋里有温泉。她推开角落的木门，里面有个大小适中的池子，硬件设施十分到位。

过了会儿，她问陈就："你收拾好了吗？"

她预备出去和阿沁一家碰面。

陈就将矿泉水瓶的盖子拧好放下，在柜前慢慢回身，点头。

正在这时有人敲门，阿沁一家先找来了。

一行人便一道去参观，第一站是品尝当地山里的特色菜。其中有一道叫"好合饺"，崔父崔母忙招呼冬稚和陈就尝尝。

"这个要吃，寓意百年好合，人家小两口儿来这里一定都得尝尝。吃过了感情好，一辈子长长久久，好合不分！"

经过这么多天，崔家二老已经默认他们是一对。连阿沁都忘了正经去问一问，他们到底是不是。

冬稚错过一开始的解释机会，到如今已经说不清了。

饺子被推到面前，她愣愣的，看了站在旁边的陈就一眼，表情有些僵硬。

崔母热情得仿佛是当地导游："这里面有好多种馅料，除了肉啊，蔬菜啊，还有什么茴香啊……"她拿起一双干净筷子递给冬稚，催她去招待人员端着的木簸箕里夹饺子，"你夹一个给小陈尝尝。"

"他不爱吃茴香……"冬稚说的是实话。

崔母微诧异，刚抬眼还没说话，就听陈就淡声道："没事，叔叔阿姨一片心意。"

冬稚动了动唇却没说什么，夹起一个饺子朝他喂去。

她还没喂到他嘴边，被崔母拦住："哎哎，这个要一人一半，你吃一半再给他吃，好合好合，一人一半才叫合。"

冬稚僵了几秒，硬着头皮咬下一口，将剩下的半个饺子伸到陈就面前。他不吃别人吃过的东西，以前对她从来没有这个忌讳，但如今……

旁的想法还没完整在她的脑子里过一遍，筷子末端一轻，陈就面色平静地将饺子吃进了嘴里。

旁边的老两口儿很满意，阿沁也笑嘻嘻地看他们"恩爱"。

一行人继续去下一处。

冬稚说不清是什么心情，半个饺子吃进肚里愣是没吃出什么味儿来。她放慢脚步，比阿沁一家稍稍落后一些，轻声对他道："要是吃不惯就吐了吧。"

陈就慢条斯理地咽下，只说："不用。"

冬稚动了动唇，没能发出声音。

他们玩了一天，夜幕降临。

冬稚感到身上疲惫，越发想泡温泉，但碍于陈就还在房间里，感觉不妥，便一直没动作。

山庄里有独立的温泉池，她看了看天色，思索着要不叫上阿沁，两个人一块儿结伴去泡泡，还能聊聊天儿。

她翻了翻酒店准备的浴袍，还没打定主意，陈就忽地起身："我出去一会儿。"

她诧异："你去哪儿？"

"去找崔叔叔下棋。他带了棋盘来，说要跟我下几局。"陈就提步往外走，顿了一下，补了句，"可能要一个小时，早的话四十分钟。你一个人在房间里要是无聊就泡泡温泉。"

他言毕提步继续往外走。

见他出去，冬稚也懒得再多费事，朝木门后看了几眼，决定就在房间里泡。

来之前阿沁早有准备，带了熏香蜡烛和精油，还有一堆适合泡澡时候用的小东西。冬稚一样一样找出来，事前准备工作太过细致，不留神二十分钟就过去了。

冬稚顺手把木门闩上，小间里光线昏暗，池子周围都是山石色的石壁，气氛极好。毛孔舒缓，所有的疲劳在热水之中被消除，她的神经得以放松。

她惬意地靠着池壁，脸在水汽之中被蒸腾得越来越红，越来越热。

可能是太久没有好好休息，她难得整个人都放空，一开始还吃吃水果，到后来趴在池子边慢慢睡了过去。

陈就掐准时间给冬稚打电话，没人接，一连打了几个，那边都是忙音。他没心情再下棋，找了个借口辞别崔父回了房间。

开门进屋，他叫了声："冬稚？"

没人应。

入内反手关门，见她的手机扔在床头柜上，陈就微蹙眉头，一转头就见木门紧紧闭合。

他过去敲门："冬稚？冬稚……"

他连叫几声无人回答，门拉不开，似是从里面被闩上。

里面有人，她肯定在池子里。

陈就用了力，门打不开。情急之下，他抬腿踹了几下，木闩棍子掉在地上，哐当一声。他一推开门，就见冬稚趴在池子边一动不动。

陈就扶起她的肩，一探她的鼻息还有气，就是脸热得不正常——昏过去了，他立刻把人从水里捞出来。

湿漉漉的衣服泡完水沉了几倍，陈就沉着脸把她的浴袍脱了，一把扯下墙上挂的浴巾，将人裹好抱回床上。

等冬稚从昏沉中醒来，已经是几分钟后的事了。

思绪滞顿几秒，她察觉自己不在池子边而是床上，身上的浴袍也已经被换成了睡袍。扭头见陈就坐在床边脸色沉沉地盯着自己，冬稚愣了一下。

"木门闩得那么紧，生怕防不了我？"

陈就蓦地开口，她愣住。

回国后，他和从前相比仿佛不是一个人，对什么事都不上心，对她也话少，大多数时候都淡漠平静。

她好久没见他生气。

他面无表情地压抑着怒气，问她："你知不知道你在干什么？二十多岁，不是十多岁。只是泡个温泉，你也能在池子里泡晕？要不是我及时回来，你死在水里都没人知道。"

冬稚被说得有点儿后怕。刚才她太过放松，一时没注意睡了过去，着实危险。

"我不是故意的……"

陈就懒得听她辩解，起身从床边走开。

冬稚下意识叫他："陈就——"

他在床边停了一下："干什么？"

那双眼里好像有薄薄的冰，他的语气比平时还淡："房间里没锁，要是有的话你是不是也要挂在木门上锁起来？既然防贼一样防我，现在又何必惺惺作态？"

他不再看她，头也不回地出门。

冬稚想说自己只是顺手把门闩上的，张了张嘴，话音却追不上他远去的身影。

陈就过了很久才回来。冬稚原本开着灯等他，后来侧躺下，索性关了其他灯只留下一盏小小的床头灯。

光线昏暗，她听到开门声，背脊登时绷紧，却不敢动，怕一有动作他就走了，只得假装睡着。

陈就洗漱的动作很轻，进被窝时带着一股凉气。晚上夜风冷，他在外头怕是吹了很久。

冬稚说不清心里是什么滋味，困意全无，竖着耳朵仔细地听身边的动静，一丝响动也不想放过。等感受到他背对自己躺下，她不禁有种苦涩的感觉。

在崔家那几天，他从来都是正面平躺，两人之间也因为他的身躯占足了地方，只剩下一点点距离。

而今他们中间空出一大块，空气灌进来，莫名让人觉得冷。

陈就关了床头灯，冬稚却怎么都睡不着。她轻轻转身，面朝上，头往他那边偏了偏，盯着他的背影看。

"陈就。"

他没有应答。

她心里不是滋味，正伤怀，他沉沉的声音突然响起，冷淡又疏离：“干什么？”

冬稚往他那边挪了一点点，眼睫轻颤：“我在国外这几年太忙了，一直没有放松过。这次回来，在阿沁家这几天过得很自在，真的很高兴。今天在池子里太轻松了，难得能这样什么事都不用想地放空，所以才会晕过去。对不起，我……”

“命不是我的，用不着跟我道歉。”陈就打断她的话，“什么都不用想，但还是记得防着我。”

她哑口无言。

沉默弥漫。

冬稚看着他的背影，伸了伸手，半途还是放下。她垂下眼，眼睛在漆黑中半合未合，声音低而沉，像是在叫他，又似乎不是：“陈就……”

房间里静悄悄的，双人床上再无声响。

以前他们也总吵架。

有段时间他经常生她的气，觉得她这里不对那里也不对。她当时脾气正倔，根本不可能低头，两个人就那样耗着。

每次到后面都是他先低头。

这样安静的夜里，那个一动不动的身影离她那么近又那么远。

冬稚缓慢地伸出手，轻轻触碰他的手指。被窝明明温热，可他的指尖却和她的一样冰凉。

短暂的触碰，只有一瞬间。

冬稚咽了咽口水，到底还是收回手，向着另一边的方向僵硬地侧过身。

隔天，前夜的事被睡眠冲淡不少，但冬稚面对陈就多少还是带着不自在。陈就的态度似恢复如常，起床后直至在早餐餐桌上对她和以往没有不同。

原本他们计划好今天去体验一些民俗活动，不想崔父突然接到电话，有位亲戚因病过世。他们的关系还算亲，两家平时多有走动，他们得立刻赶过去吊唁。

崔家二老听冬稚说要不然一起走，非常抱歉，连忙拦下她：“不了不了，你们继续在这儿玩，预订了三天三夜的行程，突然发生这种事，我们……唉，别因为我们坏了心情，你们好好玩。过阵子得空了再来景城，来家里做客，阿姨好好招待你们！”

其实他们已经招待得够好了，阿沁偏也跟着劝。冬稚没有办法，到底和他们去的不是一路，自己和陈就之后要回澜城。他们同行过后还是得分道，也不必非赶着一块儿走，她便应下。

陈就和冬稚送他们出去，崔父崔母叮嘱半晌，依依不舍地上车。临行前，阿沁给了她一个大大的拥抱。

送走阿沁一家，只留下他们两人，没有了旁的人在，气氛霎时尴尬不少。

陈就在房间里处理事情，冬稚问他：“我们什么时候回澜城？”

他说：“随你。”

“那就明天或者后天？”

他没意见。

冬稚其实还是有点儿困的，于是一个人出去转悠。陈就有些工作没做完，在屋里对着电脑，她躺在床上歇午觉总觉得别扭，索性还是算了。

傍晚时分，她从附近一个院子绕回大厅。她见前台有些刚到的旅客在办理入住，脚步稍稍放慢，被一旁接待的人员塞了本册子。

“双房优惠哦，限时打折。”许是把她当成了刚到的旅客，接待人员热情地推销入住折扣。

冬稚翻开册子简略看了几眼。她和陈就一间屋，确实不太方便，况且昨晚那样不愉快……

给册子的工作人员见她对着册子发呆，半天没动，就又走过来：“小姐，有需要吗？有什么可以帮你的？”

冬稚看看她，垂眼，视线落在宣传册封面的“两间房优惠”几个字上。

临近吃晚饭的点，陈就从工作中暂时脱身，给冬稚打了个电话，但没人接。

他离开房间出去找她，绕了几圈，在大厅里看见她正和一个穿着工作制服的人说话，手里翻看着一本册子。

远远见他走来，冬稚朝他看了眼，把册子塞还给工作人员，又侧头和对方说了几句什么，工作人员便走开去忙别的。

陈就走到她面前，因为前一天的事，她略不自在地微微移开眼。

“你忙完了？”她问。

他点头。

没对刚才的事做出解释，她只说：“那先吃饭吧。”

陈就阴沉的脸上看不出情绪，淡淡睨过她的面庞，视线停了片刻，语气微沉：“嗯。”

两个人到酒店的餐厅，找了个不吵闹的角落坐下。他们吃东西的时候都不怎么爱说话，简单吃完，冬稚又吃了点儿水果，差不多结束用餐。

从餐厅出来，两人步子缓慢地朝来时的方向走。

他们行经大厅，这个时间已经没有什么入住的客人，只有零星几个来得迟的客人。仍在岗位的工作人员指着刚立起的立牌，边说边把手册发给他们——是先前她拿在手里看的那种手册。

“现在加房有优惠哦，一间改两间，两间改三间或升级大套间，都有折扣……”

陈就和冬稚从不拥挤的厅里穿过，谁都没说话。

到廊下，冬稚不再往前走：“我先不回房间。”她看了看另一侧，“我再去逛逛，你先回去吧。”

她朝他抿唇，嘴角有像笑又不像笑的弧度。

陈就默然片刻，淡淡地道：“知道了。”

安静的房间里，明明亮起了所有的灯，还是莫名让人觉得不够亮。

打开电脑，屏幕亮起蓝光，陈就冲了杯茶，热气袅袅。有那么一瞬，他的眉眼显出几许不可察觉的疲倦之色。

除了他工作时发出的细微声响，四下安静得再无其他声音，只有另一股属于冬稚的浅浅的冷香在萦绕。

不知过了多久，有人敲门。

陈就起身开门一看，是山庄的两个服务员。

“先生您好，这间房的冬稚女士让我们换……”含笑的工作人员一个手里抱着收纳框，另一个推着一辆推车，像是要收取什么物品的架势。

话没说完，陈就的表情沉下来：“换什么？”

服务员被他的冷脸吓到一瞬，吞咽一下口水，解释说：“冬女士升级了房间套餐，我们来替她搬行李去另一间房。”

空气中陡然升起一股寒意，温度刹那降至冰点。

门外的两个人略显不安，等了很久都没有等到面前的人说话，不得不出声提醒：“先生？”

屋里灯光暖黄，不知什么时候给人的感觉却好像越发暗淡，沉沉地压在头顶。

她穿过的几件衣物叠放在沙发上。那股属于她的味道先前还那么明显，此刻突然变淡，像是将要散在空气里。

陈就喉头动了动，好半晌才发出声音：“暂时先不用。”

“可……”

“等她回来，我们有事会再联系前台。”陈就打断他的话，态度明确。

两个服务员见他如此，不好继续坚持，答得磕绊：“好……好的。那有什么需要可以打电话给前台。”

服务员离开，陈就在门边站了一会儿。廊外无人，空荡荡的，寂静无比。

回身拿上手机出去，他沿着另一侧的路找了很久，在白天热闹的一处地方找到冬稚。

那是一潭水池，水深只到成人的腿部。池子很大，从一头到另一头修了一条木板桥。木板桥低矮且十分不稳，风一吹摇摇晃晃的，人站上去晃得更加厉害。

陈就知道这处地方，白天这里是很多人都会来的一处酒店景观。

从桥的这一端走到那一端，如果你从头到尾都没有掉到水里就会有好运，愿望就能成真。因着这个噱头，最热闹的时段总是有不少住客来这里试试。

他看见冬稚的时候，她在桥上已经走过了一半。

木板与木板之间隔着半只脚的距离，大概是有意这么设计的。她一走，桥身摇晃起来，本就不好走，加上间隔，步子只能迈得更小心。

她脱了外套，这样冷的天，又是晚上，不远处伫立的一盏盏灯并不能完全驱走夜色。桥边没有扶的地方，她一步一步，小心翼翼地向前走，不知是跟着桥摇晃，还是被风吹得打战。

陈就没有出声叫她。

她小心地走了几步，动作缓慢，不知为了什么心愿，那样地想到终点。可寒风凌厉，她最终还是没能站稳，扑通一下落进了水里。

冬稚跌坐在水里，打了个冷战。还好她脱了外套，不然浸了水，肯定重得站都站不起来。但也正因如此，她越发冷了。

甩了甩头，她试图甩掉发丝上的水珠，还没站起身，灯下走出一个高大的身影。

冬稚看着往池子走来的陈就一愣："你……"

他在岸边，隔着黑夜和她遥遥地相望。

她愣愣地站在漾动的水波里。夜色幽深如许，他垂眼像是看了她很久，眼里墨色一片，如这夜一般浓，又恍惚只是一瞬间。

谁都没开口，冬稚不知该说什么。

她想问他为什么在这里，怎么突然出现，又好像问什么问题都很多余。

陈就提步朝她走近。

四下无人，夜是如此安静。

冬稚昂着头看他，水轻轻晃动的声响那么真切。

陈就走进水里，弄湿了自己，走到湿透的她面前朝她伸出手。

冬稚被陈就一路拉回了房间，两个人都有些狼狈。他还好，个子高，不像她已然湿了大半身。

房间里暖意融融，和外面宛如两个世界。

一进门，冬稚被侵袭而来的热气包围，更加觉得身上冷，不由得发抖。

陈就把空调的温度调高，拿起干净的毛巾递给她，给她冲了杯热饮：“喝完马上去洗澡。”

冬稚裹着毛巾，手捧马克杯，点了点头。

陈就看她一眼，轻皱眉头：“喝快一点儿。”

冬稚愣愣地眨眼。

他满脸不赞同：“湿衣服穿太久会着凉。”

她动了动唇，轻轻哦了声，低头更加专注地喝东西。

“洗完澡可以去温泉隔间泡一会儿。”陈就在一旁坐下，没看她。

他提到温泉，冬稚应得更小声了。

喝完杯子里的东西，冬稚冲了个澡，换上干净的衣服。

她从浴室出来，陈就已经换好衣服。她陷进一股懒洋洋的暖意中，有点儿昏昏欲睡，靠着软绵绵的沙发，忽地想起什么，一下醒神。

左右看看，见自己的衣服还在先前的位置，她犹疑着，没等出声就听他冷不丁问：“找什么？找新房间的房卡？”

冬稚一愣，朝他看去。

他的面色比方才在外间被夜色笼罩时更阴沉。

她晚饭前在大厅办理了房间升级——本不是该心虚的事，冬稚回答的声音却有些低：“你有工作要忙，我在房间里不太方便，正好有活动……多加一个房间也更方便，所以……”

陈就语气陡冷：“不必找借口。”

冬稚一顿，看他：“我没有找借口。”

话已经说到这里，冬稚沉默片刻，起身去收拾自己的东西。

陈就站在原地没动，半晌后说：“你要滚就滚吧。”

冬稚愣住了，看向他，神色微沉：“你知不知道你在说什么？”

气氛僵持，无声地折磨人。

冬稚沉着脸，加快动作，还没经过他身边，又听他道：“来公司找我的是你，要和我一起回澜城的是你，不停靠近我的也是你。是你重新跑来招惹我，到头来，你骗人的本事还是和以前一样厉害。”

他的话直白又难听，怕不能准确扎到她一样，冬稚的动作再次僵住。陈就不闪躲地直视她，对上她眼里的不可置信：“我说得不对吗？”

这段时间的和平相处，让她忘了他早就不是以前那个温和柔软的人。

胸口微微起伏，冬稚忍了忍，压下突生的躁意。

他一字一句地说："一次不够，还要再来第二次。"

"我本来以为可以再尝试一下……可能是我想错了。"冬稚遏住发颤的指尖，"我不想跟你吵，你现在的状态不适合沟通。"

她强压下怒意，不想再收拾其他的东西了，拎着手头的那些东西，提步就往门口走。

她和陈就擦肩的瞬间，他一把拽住她的手腕。冬稚被扯得打了个趔趄，来不及甩开他的手，被他抵到墙上。

"陈就——"

喝止的声音没能起作用，手腕被扯得生疼，背也疼，她拧眉挣扎试图推开他。她没能推开他，下一秒，唇上被压下柔软的触感。她呜咽一下后就发不出声音，乱挣的手被制住，整个人陷入他的怀抱。

冬稚拧紧眉头，挣得更加用力。但他的力气比她大，她推搡的动作逐渐带了加重的怒气。

在她忍不住要爆发的瞬间，有什么温热的液体落在她脸颊上。

她一愣，唇齿的距离也在同一刹那被拉开。陈就侧脸贴着她的皮肤，埋头在她的肩胛处。

冬稚被他抱得好紧，快喘不过气，可刹那间怔住，只觉无法动弹。她看不见他的表情，明明是一张没有表情的脸，那落在她脸颊上的触感却那样真实。

"陈就……"她艰难地吞咽口水，忽然哑了嗓。

他紧紧抱着她的腰，用手攥紧了她的衣服。她的心脏也似被攥住，疼得很，窒息感一点儿一点儿渗透，指尖跟着发颤。

在许久的安静之后，她听到从肩胛处传来的他的声音，低哑、闷窒，是阔别这些年许久不曾听过的脆弱。

"这次……你是不是又要丢下我？"

她的心口剧烈地跳了两下，拉扯感生疼。眼眶的热意铺天盖地地袭来，冬稚僵硬地闭上眼。

他埋首的姿态，像极了那年的低头。他们分别的那一年，那个下午，他等在她暂居的楼前。她看见的他最后的样子也是这样，在橙黄色的夕阳笼罩中，他低下了少年骄傲的头颅。

二十多岁的人，不该掉眼泪的。

她却控制不住眼睛湿润，控制不住自己摇摇欲坠。

“你说得对。”冬稚咽了咽口水，声音里混着热气，“是我重新跑去招惹你。去公司找你，给你打电话。重逢之后的种种，多是我的私心。

“甚至从澜城回去听说你交了女朋友，坐立难安，在饭桌上狼狈地打翻水杯，为此找借口去给你送药膏。

“打电话联系你帮你气你妈也是，说要请你吃饭也是，邀你一起去祭拜我爸也是……比起其他的原因，更多的都是因为……我自己想见你。”

在哭的人是他吗？可为什么她的眼前蒙眬了起来？

如他温热的眼泪一样，她脸上也淌满眼泪，说出的每个字音都在摇摆。

“我怕你放不下，怕你过不去。”

冬稚控制不住喉间的颤抖，已没法去看他的表情，也发不出哭的声音。他们分开以后的几千天破碎成片，细细密密扎满她的心里。

那天他们没有拥抱，没有道别。

那天他们没有流的泪，在这一刻流尽。

“我怕你到最后……”冬稚垂下眼，“还是永远无法释怀。”

他攥着她衣物的手微微松开，她感觉眼里蓄起了更多的泪。

而后，像是过了很久，又好像只是刹那。他们之间的缝隙重新被填满，她被他抱紧，他用力地像是要把她揉进骨肉里。

她听见他说：“我不怪你。冬稚，我早就不怪你了。”

她滚烫的泪潸然落下。

冬稚抬起手，像他抓着她的衣服一样，抓住他的衣摆。

在他爱比恨浓的怀抱里，在他已经回答了的这一刻，她终于敢放声大哭，终于敢问：

“陈就，你是不是很恨我？”

冬稚没有从房间里搬走，东西散乱一地。她哭到眼肿，甚至记不得是怎样和陈就相拥，和衣而睡。

清晨时她发起低烧，迷迷蒙蒙地被他喂了退烧药吃下去，精神才稍微好些。她睡了一夜并不困，只是药效让人软绵绵的没什么力气。

陈就守在床边，眉眼沉沉："有没有好一点儿？"

她抱着被子，精神不济地点头。

因为生病思维迟滞，冬稚脑袋钝钝的，想东西变慢了。一回神只觉太过安静，抬头见陈就在床边不说话地看着自己，她一愣，怔怔地发起呆。

"你不用忙吗？"她看着他问，不知是因为生病还是因为前一晚哭过，声音沙沙地发哑。

她忘了昨晚是什么时候睡着的，醒来时就躺到了他那一边。陈就起得比她早，她什么都来不及思考，他已经端着水和药过来，让她吃下。

听她嗓音沙哑，陈就又端起水杯递给她，示意她再喝点儿，然后才说："没事，等一会儿。"

玻璃杯里的水被她喝下一大半，浅浅剩了一层。冬稚将手放在支起的膝盖上，压着薄被，垂下眼，没什么力气："你别盯着我看……"

陈就视线落在她身上，依然没移开眼，问她："想吃什么？"

她摇头："不饿。"

"吃点水果？"

她还是摇头。

陈就沉默几秒，道："我就在旁边处理工作，你休息，饿了跟我说。"

冬稚不作声地点头。

他趿着棉拖，绕到床的那一边，将电脑搬到靠墙的桌上，开始工作。

冬稚不知道该怎么形容这种氛围，十分平和。她盯着陈就，思绪不知不觉飘远，从很久以前到现在，来来回回地想了很多很多。然而脑袋混沌一片，思绪没等她细细留住就已溜走。

直到看得犯困，冬稚放下水杯，歪靠在床头，眼朝着他的方向看——他们之间似乎已经不需要言语。

他们昨晚流完的眼泪已经可以开解一切。

冬稚慢慢睡了过去。身上有点儿痛，可被窝里的暖意一直包围着她。

她又一次梦见了小时候的场景。

场景切换得好快，她和他在院子里玩闹追逐，坐在一起写作业。他骑单车载她，牵着她的手去买零食……

明明两个人一开始个头儿差不多，后来她长得慢，而他越长越快。

最后梦停在了那个午后。

整个世界一片金黄。她对他说："我都是骗你的。"

冬稚看见自己在梦里上楼，回了租住的小房子里。她试图拦住自己，但没有用，没有人听到她的心声。陈就站在楼下，就那样一直站着没走。天一点点变黑，他低着头，看不清表情。

世界安静下来，过了很久很久他终于转身离开。背影像被裹上了一层霜，他僵硬地面无表情地一步步走远。

冬稚想喊他，可是发不出一点儿声音。

她焦急仓皇地想追上他的脚步，但他的脚步依旧越来越远，越来越远。

她的心口像被刀刺一样痛。

快要呼吸不畅的瞬间，冬稚猛然睁开了眼，屋里一片漆黑。她缓了好久，呼吸慢慢平复下来。她回头看窗户才发现不是半夜，是拉起的三层窗帘挡住了所有的光。

屋里没有开灯，电脑前不见人影，冬稚撑着微微起身，试探出声："陈就？"

她的嗓子更干了，哑得吓人。

无人应答，她莫名有点儿慌。

"陈就？"

掀开被子，朝着他那一边，她正要下地，门咔嗒响了。

光源照进来，她隐约能看清门外他的身影。

她喊："陈就？"

"醒了？"陈就打开灯，关上门进来，手里端着一托盘吃的东西。

冬稚愣愣地看着他，方才跳得有些快的心一点点平静下来。

他到床边放下托盘，微微皱眉："怎么掀开了被子？"他一边说，一边帮她把被子盖好，"吃点儿东西。"

冬稚咽了咽口水："我不饿。"

眼睛看着他，她不想移开目光。

陈就迎上她的视线："怎么了？"

"没事。"她轻声说，垂下眼睛，重新往床头靠去。

"还睡吗？"

她点了点头。

陈就默然注视她几秒，没说什么，掀开被子到她身边和她躺到一起。

冬稚僵了下，抬眸看他，为突然如此近的距离感到些微紧张。

陈就轻轻将她揽进怀里："睡吧。"

他的怀抱很温暖，是有点儿陌生但又熟悉的感觉。

此刻她和他都这样清醒。冬稚在他的怀里，僵硬地失去了所有动作。

"陈就……"

他好像知道她要说什么，要问什么。他没有多言，只是嗯了声，侧过来亲吻她的额头。

一股酸意冲上鼻尖，冬稚也说不清为什么。她用力地抿了抿唇，好久，哽咽地发出声音："我梦到你走了。"

陈就的手在她背上轻抚了两下："我就在这儿。"

一切都那么不真实，但又再真实不过。冬稚将脸贴着他的胸膛，试图抵挡那股蔓延到眼角的酸涩。

他的味道如此好闻。

时隔多年，他们还是谁都没能从对方手中逃走。

她觉得自己好像要掉泪了。

抬手抱住他的腰的瞬间，她听到他说："我不走。"

低烧退去，冬稚气色恢复如常。

办理退宿的时候，陈就忽地想到什么，停下问她："那座桥，还要不要去？"

冬稚病刚好，有点儿迟钝，慢了半拍才反应过来，那天去的那座桥并没走完，中途掉进水里被他牵回了房间。对上他询问的视线，她停了停，而后缓缓摇头：“不了。”

他安静一会儿，问：“你想实现什么愿望？”

那座桥的宣传说，如果你从头走到尾就能拥有好运，实现愿望。

冬稚突然被问住。

那时候和他闹别扭，她心里难受，看到了那座桥，想到那个传言，下意识就走了上去。

若真的要问，她的遗憾实在太多，多到自己都说不清楚。但好在经年累月以后，一切好像又在朝着她的期望走来。

冬稚看向陈就，在他的视线中抿唇淡淡地笑了笑。和从前不同的是，这一次她的笑意真的落到了眼底：“我已经没有什么想去求的了。”

收拾妥当，冬稚和陈就一起回了澜城。他们先到景城中转再乘高铁直达，两地之间距离太短，用不着坐飞机。

他们预计只停留一天，便没有订下榻的酒店，只找了个寄放行李的地方，暂时把手头上的东西放下。

去公墓的路上，望着车窗外变化良多的景色，冬稚看得出神，转头对他道：“上次回来，我到处逛了一圈儿，发现很多地方都变了。”

陈就点头：“我知道。”

他不是没有回来过，回来的次数比她多，甚至还亲眼见证了许多变化的过程。

路上有好多学生，有的骑自行车，有的走路。他们去的方向不一，不是同一所学校的学生，但穿的校服都是一样的。

“他们现在每个学校的校服好像统一了，好好看啊，比我们那个时候好看多了。”冬稚重新看向窗外，“以前我们读书的时候，每次发下来新校服，女生就会拿去偷偷把裤脚改了。”

陈就不知道这事：“为什么？”

她解释：“校服裤都是直筒裤，大家嫌不好看哪。把裤脚改小，就像牛仔裤一样，这样显得腿更好看。”

陈就从来没注意过这点，瞥冬稚带笑的脸一眼，眼神略微柔和下来：“你也改了吗？”

“我没有。”冬稚摇头，“重新裁裤脚要钱的，我自己不会，拿给我妈又怕被她说，所以就那样穿了。”

这样的事又何止这一件呢？

那时候女孩子间流行的东西，亮闪闪的漂亮发夹、及膝的各种格子裙百褶裙、别在头上的装饰品、耳朵上戴的耳钉耳夹……不管什么，她几乎都没尝试过，一向落后于潮流。

可她过得再拮据，依然没有被掩盖光芒。

陈就没说出口，那时候男生们私下讨论时会提起的名字里，总有她一个。清水出芙蓉，天然去雕饰，她一点儿也不素淡，好看得非常浓烈、艳丽，漂亮中带着强烈的攻击性。又因为她的性格外柔内刚，隐隐约约透出些冷淡，反差更大。

高中那几年，多的是男生打她的主意，谁都想却谁都不敢。于是他们对越是得不到的东西，就越是生出贬斥的心理。久而久之，她在他们口中越来越不堪。

他们在一起那时候，那个叫郑扬飞的男生，不止一次说过有关她的难听的话。

有一次被陈就碰上——那时候他听见郑扬飞对那帮狐朋狗友大放厥词，说：“她不就是假清高，装模作样，还不是跟了陈就？”

那天在球场上，他和郑扬飞差点儿打起来。事后陈就没敢告诉冬稚。

这些都是以前的事了。

陈就不打算告诉冬稚。那些男生是贬斥也好，夸赞也罢，他统统都不喜欢，讨厌其他人对她产生念想。

陈就握起她的手，正看风景的冬稚有些诧异，转头看来。他不发一言，将她的手放进自己的口袋里。她眨巴着眼，无声地笑了笑，又转回头继续看窗外。

驱车多时，他们抵达冬豫下葬的墓园。

守墓人看见陈就，认出来：“你就是那个……”守墓人忙对他道，“我们每天都有按时打扫，你去看看。”

守墓人又告诉他：“上次有个小姑娘来了，问了这件事——”

冬稚在陈就身边静静站着，守墓人瞥见她，认出来：“好像就是……哦哦，原来你们是一起的啊。”

守墓人看看他俩，便不再多言。

冬稚朝他笑笑，和陈就一起迈上台阶，到冬豫墓前，这次他们并肩而立。

将带来的东西一一烧了，两人和冬豫说了会儿话。最后陈就给她留下单独的时间，到阶梯下等她。

冬稚忍住鼻尖的酸涩，站在冬豫墓前什么都没说。

冬豫一定懂的。

这次他们一起来看他了，冬豫会安心的吧。冬豫以后不用再担心他们了，虽然她也不知道将来会怎么样，但一定会把日子过好。

冬稚垂下眼，默然在心里保证。

这一次，她不会再走错路了。

微风卷起地面上的落叶，冬稚回头看。

陵墓台阶之下，陈就在等她。

那个位置离得不远。

他站在那儿，是来路，也是归处。

回到首都，陈就和冬稚不得不各自投入到工作中。

陈就重新到岗的第一天下午，秦承宇忙完手头的事，晃晃悠悠又进了他的办公室。

正在工作的人朝秦承宇投去一个意义不明的眼神。

秦承宇忙道：“给你送东西来的，别这样看我！”

说着，秦承宇往他桌面上放下一张卡片。

陈就拿起粉白色调的卡片，看设计是份请柬。

秦承宇平时还是很有分寸，再亲近的关系，没经过同意也不会擅自看别人的物件——当初在陈就家发现和冬稚有关的物件纯属意外。

“谁结婚？”秦承宇难掩好奇地问。

陈就翻开请柬一看，眼神变了变，但只是短短瞬间。随后，此事就如其他所有不重要的事一样被他拂尘般轻轻拂去。

陈就随手把请柬往旁边一搁，道：“你不认识。”

“以前的同学？”

陈就点了下头，没多说。

秦承宇没追问，往沙发上一坐，调侃：“哎，他们说你今天像变了个人。”

陈就抬眸：“有吗？”

“有啊，你一整天都好说话得很，跟转了性似的。”虽然面瘫还是那个面瘫，冷还是那么冷，陈就的本质可大不一样了，秦承宇好奇，“我就奇怪了，出去一趟回来就不对劲，你这是碰上什么天大的好事儿？”

“我没觉得。”

“你当然不觉得，要不然你出去问问？”陈就那张脸是严肃，可那眼睛里不再像刀子似的，看一眼就吓死个人。

陈就对他的话不予表态。

秦承宇懒懒地歪倒：“算了，不说别的，你缺勤一缺就是好些天，留下我一个人在公司当牛做马累死累活，今天说什么也得好好犒劳我。”

“不行。”陈就头都没抬。

“别价，地方你挑总行吧？”

“我没空。”

“你要干吗？”

陈就睨他，这回眼里似乎真的浮过一瞬间柔光：“陪女朋友。”

秦承宇先是一愣，下一秒，立刻撑着沙发坐直，狐疑地看向他：“怎么的，你该不会是和……”

陈就低头处理文件，默然不语。

秦承宇盯着他瞧了半天，诧异地追问：“你和冬稚在一起了？！”

陈就对他不淡定的反应投去一个眼神，冷淡地纠正：“是继续在一起。”

他们很多年前就在一起了。

只是错过了一些时间，现在他们把它重新接上。

秦承宇对他自然流露出的显摆语气已经不想发表意见。

下一秒，他又听陈就道：“等会儿她会来找我，时间差不多，你该走了。”

一看时间，离下班还有三个多小时，秦承宇不痛快：“这才几点你就赶我走？女朋友是人，兄弟就不是人？”

陈就答得爽快："不是。"

秦承宇自动过滤这句："要不然我们一起吃顿饭？正好冬稚来了，就当给你俩庆祝。"

"不必。"陈就说，"我们自己庆祝，不用你。"

"不是——"秦承宇左看右看，试图从他嘴里套出话来，然而费了老大的劲愣是一个字都没问到。陈就向来嘴严，秦承宇实在撬不开他的牙关。

秦承宇不得不认命，放弃掺和他们的事儿，从陈就办公室里顺走一盒刚磨好的咖啡豆，灰溜溜地离开。

办公室重归寂静。

陈就一忙就忘了时间，直至助理拨来电话。

"陈教授，前台转线进来，有一位女士找您，说是您的同学。"

陈就一贯言简意赅："名字？"

"赵梨洁。"

他顿了一下。

助理说："对方说给您发了请柬，今天下午想约您见一面。"

陈就看向桌面上那张卡片，沉默了下，半晌后平静地道："知道了。"

"这家店的咖啡味道不错。"尴尬的气氛中，赵梨洁率先打破沉默。许久未见，她比从前成熟了许多，说完放下杯子，略僵硬地朝陈就一笑。

"一般。选这儿是因为离得近，节省时间。"陈就坐得端正，语气淡淡的，丝毫没有要叙旧的意思，"你找我什么事儿？"

这间咖啡馆就在华微科技大厦楼下，下班后附近写字楼的白领们时常会来，陈就还是第一次来。

他说得直白，一点儿都不留情面，赵梨洁苦笑了一下："婚礼请柬你收到了吗？"

"收到了。不过我没空，到时可能不能到场祝福，见谅。"

"是没空，还是不想？"

陈就看她一眼，语调缓慢："赵小姐，我不懂你的意思。"

赵梨洁脸色变了几变，抿唇说：“你一定要这么生疏吗？我知道，当初那件事你心里难受，你舍友弄成那样我也不想，但我……”

“我想你误会了。”陈就打断她，“我们原本就没有什么关系，对从前认识的校友我都是这个态度。”

“就只是校友？”赵梨洁压下脸上的情绪，固执地追问。

“只是校友。”陈就的声音平静中透着冷淡，他不遮掩直直地看向她，“我母亲可能说了什么令人误会的话，或者做了一些令人误会的事情，我和她的关系想必你也了解，希望你不要往心里去。”

“你难道真的就一点儿都……”

“我提醒你一句，赵小姐，你马上要结婚了。”

赵梨洁的脸色青了又白：“抛……抛开结婚这件事，我们以前——”

陈就不留情面地打断：“年少不懂事有过让你误会的时候，我非常抱歉。我也十分厌恶曾经优柔寡断的自己，但过去的事已经过去了。而且从高中最后一年开始，我的态度一直如此，你应该早就明白。”

他少年时糊涂温暾，做事不够有分寸，但后来临近毕业，和冬稚在一起。早从那个时候开始，他就已经谁都放不进心底，没有再跟任何人牵扯不清，让人误会。

高中的最后一年，他和赵梨洁甚至连话都没说过两句。后来出国，她起初时常来找他——彼时他深陷痛苦之中，乖戾难以相处，待人比现在更加冷淡，久而久之她就没有再找过他。

直至在国外读大学那一次事故……

再之后他们彻底断了联系。

“你今天愿意出来，我以为你……”赵梨洁有点儿接受不了。

“今天来，是因为我觉得有些事情需要做个了断。对我自己以及以后的新生活而言很有必要，并且我也不希望我女朋友将来因为残留的历史问题感到不开心。”提及后一句，陈就的表情有所缓和。

那一闪而过的温柔，在他那张自坐下就没有过表情的脸上像是幻觉一样，看得赵梨洁发愣。

“女朋友？你交女朋友了？”

萧静然大概没跟她说——也是，冬稚的名字，必是不想提。

陈就大方应下：“对。”

“你很喜欢她？”

“非常喜欢。”

“她是什么样的人？我……她……”赵梨洁莫名在意，这么多年，他身边从没有出现过任何一个女人，为什么突然之间他就愿意交女朋友了？

陈就喝了口咖啡，平静地道：“如果有和校友联系，或许你有听说，冬稚回国一段时间了。”

赵梨洁一愣，一会儿后，满脸不可置信：“冬……她，你们？不可能，她……”

冬稚——Dawn Dong。

当代赫赫有名的华人女小提琴家，从世界一流学府曼哈顿音乐学院毕业，师从当代小提琴名家，校友中有名的艺术家比比皆是，各种指挥家、钢琴家、歌唱家……数不胜数。

毕竟曼哈顿本身就是艺术家的摇篮之一。

以前读书的时候，因为陈就的关系，赵梨洁曾频频向冬稚示好。可冬稚一点儿都不接受自己的好意，清高得很。不仅如此，冬稚还时常和学校里的同学产生冲突。

如果冬稚没有错的话，为什么和别人产生矛盾的人总是她呢？

如果她自身没有一点儿问题的话，为什么别人总是会传她的流言蜚语呢？

她不但不懂得放低身段，柔和地去解决问题，还时常把事情弄到最糟糕的地步，实在愚蠢。

那时赵梨洁觉得，冬稚不过空有一张好脸，以她的性格将来必定很难走远。

可如今现实摆在眼前，在艺术这个领域，璀璨的星河当中，执拗不肯低头的冬稚走到了高处，和那些名家比肩。不管或轻或重，或浓或淡，她都在小提琴历史上留下了属于她的一笔。

而自己当初进入牛津，听从父母的决定选择语言专业——说实话那不是她喜欢的东西。到后来越发感觉学得吃力，她硬着头皮坚持了一年，实在受不了便又换了另外一个专业。

为这件事她和父母大吵了一架，筋疲力尽。结果她到毕业，学得糊里糊涂，唯一庆幸的就只剩牛津这个招牌。

在新闻上看到有关 Dawn Dong 的消息时，赵梨洁无比希望是自己看错，看花了眼。然而事实告诉她，一切都是真的。

骄傲如赵梨洁，在现实面前低下了头。那个她觉得走不长远的贫穷女孩儿，最终却抱着小提琴一路走到了最后。

赵梨洁无法形容那种心情。

“你女朋友是她？怎么会？不可能的，你们当时……”赵梨洁眼里恍然，有种不真实感，“你骗我，不是她对不对？”

该说的都说了，陈就不想再跟她浪费时间：“我还有事，就先走了。我买账。”

他起身，一个字都不多说，径自转身。

“你真的从来没有喜欢过我吗？”

赵梨洁突然在背后发问。

陈就停下脚步，缓缓转头。对上她殷切的眼神，他认真而诚恳地实话实说：“抱歉，从以前到现在都没有。”

他回到公司，进办公室前，助理起身告知：“教授，冬小姐来了，在里面。”

陈就步子一顿，颔首示意知晓，提步入内。

冬稚靠着他的桌沿，正看着那张请柬，见他进来，晃了晃手里的东西：“你助理说你去见一位女士了，是她吗？”

陈就走到她前面，伸手揽了揽她的腰，直接抽走那张请柬放到一边：“没什么好看的。”

“聊得开心吗？”

他不想提这个，岔开话题：“你不是来接我下班的？走吧。”

冬稚笑着睨他一眼，暂且放过他。

陈就在冬稚的公寓吃了一顿晚餐——这还是他第一次来。

她的住处不小，明亮简洁又不失温馨。

饭后冬稚洗了些水果端到客厅，陈就坐在铺了地毯的地板上，伸手拉她。

放下水果盘，冬稚顺势倚在他身边："怎么了？"

他的表情似乎有些不太好。

陈就摇头，尽管面色看上去无恙，眉间却还是闪过一丝疲倦之色。

冬稚看看他，也没再问，被他手臂揽着，慢慢靠进他怀里。

室内暖和，两个人脱了外套，穿得都不厚。

壁挂屏幕上放着电影。

陈就沉默了许久，忽然开口："我在国外留学的时候，有过一个关系很好的舍友。"

冬稚转头，目光从屏幕移向身后的他。

"后来我妈来了国外，要我跟赵梨洁吃饭，那一次发生事故，我舍友重伤瘫痪。"

陈就微垂着眼，先前那股不真切的疲倦，不知是不是被灯光衬的，越发浓重起来。

冬稚动了动唇，一时不知该说什么，心里沉甸甸的。她默然看他几秒，抬手抚上他的眉心，试图替他展平。

他握住她的手指，攥在手中："没事。"

在牛津读大学的时候，陈就有个关系不错的舍友，是个华裔，会一点儿中文，人非常好。陈就和他相处还算合拍——算是他在国外交到的第一个朋友。

他们俩当时住一个套间，卧室门正对着。有的时候那位华裔舍友得空，还会下厨煮两个人的饭菜，请陈就一起吃。

有一年萧静然去看陈就，当时赵梨洁和陈就同在牛津，便也约了赵梨洁，坚持要陈就和她们一起去吃饭。

萧静然想撮合赵梨洁和陈就，而赵梨洁也一直有这个心思。哪怕陈就脾气大变，赵梨洁仍然坚持。

那阵子陈就的那位华裔舍友正好生病，有点儿低烧。他和陈就不是一个专业，但是两人学的专业有交叉。舍友当时正在跟着导师进行一个项目，项目进展到中段。

陈就见他身体不舒服，问他需不需要帮忙。那位舍友不想麻烦他，婉拒了，说要是真的坚持不住再找陈就，陈就一口答应下来。

萧静然就是在那几天到的。有天她去陈就宿舍找他，陈就正好出门没在。华裔舍友没打通陈就的电话，出去之前特意跟萧静然说，等陈就回去麻烦她转告陈就，去实验室里帮他的忙。

萧静然答应了，却并没有告诉陈就。等陈就回去后，她一个字都没说——她要陈就陪她和赵梨洁一起吃饭。

萧静然在陈就宿舍里大吵大闹，陈就被烦得没办法，只能陪她去了一趟。

就是那天，陈就的那位华裔舍友因为低烧，在做实验的过程中不小心出错，引发实验室爆炸，在场的六个学生全部受伤。

舍友自己是伤得最重的，尽管抢救过来，但是手和脚都废了，以后只能在轮椅上度过余生。

时隔多年，陈就缓缓道来的声音，平静得仿佛是在讲述别人的事情。

“从那以后，我和她的关系就降到了冰点。”

冬稚听得发怔，没想到陈就和萧静然竟然是这样决裂的。

“她怎么……”即使对这个人有多年的了解，她一时间仍然找不到合适的语言形容。

然而实际何止这些？

有些话，陈就还是留了分寸。

事后，他妈仍然不认为自己有错，还觉得幸好没有告诉他，不然他可能也会出危险。但实际上，他们早在之前就讨论好了实验时的分工。如果陈就在的话，那位华裔舍友负责的实验部分全都会交给陈就去做，自己只需要处理书面工作，意外也就不会发生。

他们明明都讲好了。

这么多年，无数次午夜梦回想起这件事，陈就只要一想到那位华裔舍友的脸，心里就会涌起无尽的悔恨和自责。

那是一条活生生的人命，本该有无数可能。

冬稚光是听着都感到难受。陈就是很重感情的一个人，以前在学校虽然脾气好，人缘好，但是真正能和他合拍成为被他认可的朋友的人并不多。

他又是那样的性子，眼睁睁看着朋友身上发生原本可以避免的悲剧，心里该有多痛苦。

萧静然的可恨从以前到现在，甚至以后可能也不会变。

从始至终，萧静然的面目都那么可憎。

冬稚背脊发凉，心里同时涌上一种无法描述的难过之情。

陈就是她的儿子，但凡萧静然真的有一点儿爱他心疼他，都会为他稍微考虑一些。

侧身靠住他的肩头，冬稚喉咙哽住一般，连一句安慰的话都说不出。

“其实最大的问题还是我自己，是我的错。”陈就很久没有说这么多话，好像积攒了很多话，想要讲给她听，“这些年我想过很多次，如果有些事我能早一点儿懂得，做得再好一点儿，或许很多遗憾都不会发生。”

如果他早一点儿学会拒绝赵梨洁，早一点儿摆脱萧静然的控制，那些年里，冬稚因他受到的伤害也许就会少得多。

陈就垂下眼，喉头轻轻动了动：“我……”

冬稚没有让他说下去，抬手捂住他的嘴，看着他的眼睛：“没有的，你做得很好了。”

她说这话是安慰他，也是心疼他。

还有更多更多，她无法言说的心情。

“你也很辛苦。”

她和她的少年已经走过了太多。

他们走到这里多么不容易。

所以——

冬稚轻轻抱住他的脖颈，轻轻地开解他的遗憾。

“不要再怪自己了。”

他在冬稚的住处过夜，和在温泉酒店时感觉又不一样。

她的房间里都是她的气息，他侵入私人领地，总有一种难以言喻的亲密感。

冬稚找出备用的男士睡衣给他，陈就拿在手里，盯了半晌，忽然发问：“这是给谁准备的？”

愣了下，冬稚回头，解释说：“给博衍哥备的，但是没有……”

他闻言微微蹙眉：“许博衍会来这儿住？”

“不啊。”她摇头，“以备万一嘛，我回来的时候，博衍哥帮忙添置了很多东西，我就是想如果什么时候他来的话可以穿。不过博衍哥从没在我这儿住过，这些就一直放着，都是新的……”

听说许博衍没在她这儿住过，陈就黑沉沉的脸总算放松下来。

他打量睡衣一眼，又问：“备了多少套？”

“两套吧。”冬稚想了想，也不太确定。

话音落下，她就听他道：“另一套我明天穿。”

“欸？”

陈就说：“不用给许博衍留着了。”

冬稚半晌才反应过来他是在别扭什么，摇摇头无奈地推他：“行了，去洗澡。”

半个小时后，陈就从浴室里出来。待冬稚进去洗漱完，他已经在床边等着。

在她的卧室里，穿着睡衣的陈就姿态那么自若，好像这里本该就是他的主场。冬稚脚下突然有点儿顿，脸莫名热了一瞬。

陈就看向她：“过来。”

他说着拿起吹风机要帮她吹头发。

冬稚在床沿坐下，他站起身来，站到她身后。温热的风吹过发丝，他将手指穿行其中，动作温柔。

那股热意散了，取而代之的是安心感。

头发吹干，他收了吹风机。冬稚坐了半晌才忽地想起来起身，和他差点儿迎面撞上。

她眼神闪了闪：“我去梳头发……”

她才提步，陈就忽然伸手将她拉进怀里。

冬稚撞进他的胸膛，抬头怔怔地看他。

“你……”

“嗯？”

消散的热意在对视中重新攀爬上她的脸颊。

下一秒，他的吻落下，逐渐炽热。

从床边到床上，冬稚深陷背后柔软的床垫和他不知什么时候变得充满热意的怀抱中，能发出的所有声音都被堵截，湮没于唇舌和喉咙中。

先是一点儿一点儿，再是全部。他像等了很久终于等到猎物入腹的猛兽。

冬稚喘息间得空叫他的名字："陈就——"

也只换来他片刻的停息。

心跳，脉搏，皮肤的温度，发自肺腑的喘息，所有的一切都在向着某个高处进发。

耳膜鼓噪，四周的世界静下来，血管里好像发出"咚咚"的声音震着她的耳朵。

冬稚说不出话，沉沦在铺天盖地的巨大热意中，思绪丁点儿不剩。

窗外夜正浓。

这是漫长又炽热的时刻。

天明。

凌乱的室内寂静一片，垃圾桶里扔着三个用过的保险套。

整整一天，陈就和冬稚窝在家里没有出门一步。再一日，是巡演的又一站，陈就也有工作，当晚便没有再留下。

两个人足足在一起黏了几十个小时。

吃过晚饭，夜里十点过半，冬稚送他到门边。

陈就半真半假地问："真的不留我？"

"我明天赶早上的飞机去演出。"冬稚坚定地赶他出去，"我得好好休息养足精神。"

他倒没再多言，听话要走，冬稚忽地又把人拽回来："等一下——"

他一回头，衣领被扯住。

她拉着他低头，抬手环抱住他的脖子，凑过去亲他。

陈就拦腰轻搂，抵住她压在门框上。

感应灯亮了又灭。

安静的公寓门前，这个拥吻热切而绵长。

一早的飞机抵达又一个城市，两天的准备时间下来，一切准备妥当。

开演当日，冬稚穿着表演礼服上台，满场掌声雷动。

她和乐团其他人各自就位，在准备的空当里，余光一瞥，却见首排似有一个熟悉的身影。

灯光唰地暗下来，只余台上的照明。

她微微诧异着，来不及仔细辨认，也顾不上投去更多注目，照排练的节奏进入表演。

这是一场让人没有一刻能够“放松警惕”的演出，人们无时无刻不专注投入，每一秒都值得品味。所有听众跟随着音乐，一同屏息、放松，一同高昂、低沉，在无与伦比的美妙变化中感受声音的魅力。

完成了两个小时的表演，冬稚返场致谢，这才得空观察前排观众。

不出所料——

那个熟悉的身影果真是陈就。

端坐于最佳位子的男人正随其他人一同鼓掌，眼神丝毫不离地黏在她身上。她走到舞台哪一处他的视线便跟到哪一处，如影随形。

下了场回到后台，冬稚正式开始卸妆。一旁的手机响起，来电显示是陈就的名字，她没接，招手让柯雅附耳过来，嘱咐她去外面接人。

待她把脸上的妆卸干净，化妆镜里也映照出那个高大的身影。

其他工作人员退出去，平时冬稚离开场馆前，柯雅总是在她身边陪她休息，今天却十分识趣地同化妆师一起离开。

陈就行至椅子后，手搭上她的肩，视线落在镜中她的脸上。

“漂亮。”他一脸认真地夸赞。

“你来怎么不告诉我？”

“惊喜。”

“哪儿来的票？”

“买的。”

她露出不解的眼神，提前半个月售票，按理早就卖完了。

“Dawn Dong 一票难求，不过出的价格高点儿，还是有人愿意让。”陈就拨弄她的头发。

“你真是……”冬稚哭笑不得，“多浪费钱。”

“没办法，山不来就我，只能我来就山。”陈就淡淡扯唇，俯首亲吻她的脖颈，话音混着撩人的热息，“晚上留我过夜吗，冬小姐？”

冬稚此次入住的酒店是主办方给她安排的大套间，双人床一个人睡太大，如今两个人睡正好。

陈就自律多年，将正常的生理需求压制到极端的地步，一朝解禁，难免有点儿控制不住。

年轻的身体正是欲望强烈的时候，尽管对彼此有着同样的渴求，时间一长冬稚还是有些扛不住，越往后，只能任由他将自己摆弄成各种模样。

她不是不羞，可赧意再重，抵不过铺天盖地的热意搅昏头脑，在神经一遍遍被涤荡的冲击感受里，理智早就涣散。

陈就不知疲倦地将每分每秒掰碎细细品尝。他享受这个过程，确定她和他一样，兴味更加高昂。

冬稚的思绪破碎得像被撕烂的麻布，早就分不清天地。

所有她没能说出口的话，霎时间全变成了喉间抑制不住溢出的声音。

他们一夜无眠。

皮肤和皮肤直接接触的感觉无比美妙，与隔着任何一层衣物相拥都不一样。

冬稚累得没有力气抬手指，抱着她的人动了动。

下一秒，陈就凑到她的身边，小声来了句："比起在外面，我更喜欢在家。"

"你家？"

"你家。"

冬稚板起脸："不行，我不能带男人回家。"

陈就垂眸睨她："在我怀里说这种话合适吗？"

冬稚贴着他莫名笑起来，也不知有什么可开心的，就是心情很好。

她笑够了，偷偷凑近他的下巴，小声说："我家的密码是win102039。"

"记住了。"陈就抱着她，似闭着眼又似没有，语气温和，"以后天天去。"

冬稚瞪他一眼，又忍不住地笑，把脸埋进他怀中。

巡演结束，回到华城的第二天，她突然接到霍小勤的电话。

彼时冬稚刚和陈就从商超里买完菜，迈进他公寓的门。

"我妈。"她抬头看他一眼。

谁都没说话，他默契地闭口不语。

冬稚接通电话："喂？"

没几句，陈就见她脸色不对，按捺着等她挂了电话以后才问："怎么了？"

"我妈来华城了。"冬稚压下心底轻微的不安，瞥他一眼，语带无奈之意，"我得赶过去陪她吃饭，我哥也在。"

陈就面不改色："我送你。"

"不了，我自己过去吧。我妈本来说和我哥去公寓楼下接我，我说在外面忙事情……"冬稚声音渐低，"我现在就得走了，晚上你自己吃。"

她走到门边又停下，回头看跟着送出来的他。

"不会生气吧？"冬稚反身抱住他。

"不会。"陈就一贯冷淡的声线多了从前没有的温柔，"我都懂。"

他安慰她，问："回来还是我女朋友吗？"

冬稚成功被逗笑，用力抱紧他，良久才松手："当然。"

霍小勤在等，冬稚不好久留，闲话两句便穿上鞋拿着东西走人。

陈就目送她离去，在门边站至电梯门关上，她挥手的样子被彻底隔绝。

霍小勤这次来华城是为了来拜访照看许叔身体多年的一位医生，顺便给自己做个检查。冬稚怪她来之前不通知自己，霍小勤说："你不是去演出了嘛，我怕吵到你，本来就够累的。"

冬稚道："累什么，下次一定要跟我说……"

言毕她暗暗瞪了许博衍一眼。

霍小勤不打招呼，他也不吱声。

许博衍受了冬稚这一眼，倒还记得冬稚早先和自己说的，没有在饭桌上提及陈就的事。

吃完饭冬稚要带霍小勤回公寓住，她执意不肯，说是已经订好了酒店。这和霍小勤以往节俭的习惯不符，稍一想，冬稚很快便明了。霍小勤这是不想打搅她，觉得她在巡演周期里，自己会妨碍她工作。

以前霍小勤是头一个反对她拉小提琴的人，现在成了最支持的那个，也仍在为从前的旧事心怀愧疚。

冬稚无奈，同许博衍一起将霍小勤送到酒店，一直陪到霍小勤要休息，这才离开。

一连几天，冬稚得了空就去陪霍小勤。霍小勤没久待，事情一忙完就动身回盛城。冬稚留不住她，只能给她买票。

霍小勤连送也不让送，说许博衍会开车送自己到飞机场，让冬稚不必麻烦。冬稚再三劝说不过，只得依了她的意思。

霍小勤回盛城的前一晚，陈就来了公寓，几天不见，两个人有太多话要说。陈就吃了冬稚亲手做的一顿晚饭，心满意足之余，非常“顺其自然”地留宿。

临睡前，冬稚筋疲力尽，只记得他似乎问了一句：“勤姨明天几点的飞机？”

她含含糊糊答了句：“九点……”

然后她就睡了过去。

晚上不留神闹得太过，第二天两人一块儿赖起了床。

听见一层的门铃通过感应器响起，冬稚不清醒地抬腿碰他，越发往被窝里钻。陈就默然响应，穿着睡衣起身下床，走前用薄被将她裹好，趿着拖鞋出去。

外头先是安静了好一会儿，而后隐隐约约似乎传来响动声，那声音由远及近，上到二层来，变成熟悉的……霍小勤的声音。

冬稚一个激灵睁开眼，只两秒，混沌的大脑霎时清明，起身边束紧睡衣的系带，边穿好鞋出卧室。

她才到厅里，迎头和面带惊讶与愠怒之色的霍小勤碰上。

“妈……”她一下愣住。

“你——”霍小勤看她穿着睡袍刚从床上起来的模样，再看同样打扮的陈就，一口气百转千回，良久后怒道，“去把衣服给我穿上！”

冬稚被逮了个正着。冬稚想说话，动了动唇却什么都说不出口，默然地先转身回去换衣服。

霍小勤扭头看陈就，气不打一处来：“你还站着？等我请你是不是？还不去换衣服？”

陈就温声说：“抱歉，勤姨。”

“别叫我！”

他闭口不言，随着冬稚走进卧室。

霍小勤看着那扇紧闭的房门，气得重重拍了两下胸脯，下楼去到一层，在沙发上坐下，面色始终不大好。

“妈，我和他——”

“不用你说，我有眼睛！”

冬稚话没说完就被霍小勤打断，后者板着张脸，眉眼都沾着怒气。冬稚只得闭口，不敢再吭声。

陈就试着开口：“勤姨，我们……”

“你闭嘴，我没问你！”霍小勤对他态度更冷淡，甚至不愿意正眼看他。

以前霍小勤和冬豫一样疼他。冬豫离开的那些年里，她一边疼他一边敬他，总是把他当作需要护着的大少爷。

霍小勤是从来不会用这般语气和他说话的，更没有像这样呵斥过他一字半句。

在霍小勤心里，很多事情终究是不同了。

“要不是今天航班取消，我改签明天，想着过来看看你，给你做顿饭吃……还好你哥临时有事先赶去公司，不然当着他的面，我这张老脸都没地方放。”霍小勤越说越气不打一处来。

冬稚试图混淆重点：“妈，我二十七岁，是大人了……”

“我说的是这个吗？我说的是你带男人回家过夜的事吗？”霍小勤瞪她，“我老糊涂还是你老糊涂了？！”

冬稚咽下其他话，彻底闭上嘴。

陈就见冬稚挨骂，忍不住开口：“勤姨，我知道有些事情发生了就永远不会改变，但是……”

“但是什么？你的但是能让冬稚她爸活过来吗？我们母女蒙在鼓里

给你们一家当牛做马心怀感激的那些时间就能抹去了吗？”霍小勤愤怒地质问他，“你既然知道发生的事情永远不会改变，这笔烂账永远存在，那你现在在这里做什么？”

“妈……”

“你别说话！”霍小勤一心炮轰陈就，这番话或许也憋了很多年。她眼有点儿红，是气的，还带着一点儿别的说不清的复杂感情：“当初冬稚是怎么被你妈羞辱的，你不知道，我可是都看在眼里！她找上门来指着我女儿骂她，这些话一字一句都戳在我心口上！这么多年，我一个字都没忘！”

陈就一怔，看向冬稚。冬稚垂下眼，没看他，也没说话。

陈就心里发涩，艰难地动了动喉：“抱歉。勤姨，我……”

霍小勤仍旧打断他，道：“抱歉有什么用，我不想听。”她偏头不看面前这对小儿女，冷声道，“总之你们的事，我不同意！”

“妈——”

“别叫我！”霍小勤硬下心肠，咬牙对冬稚道，“你如果不想气死我，还想让我多活几年，你就别让他出现在我眼前。”

冬稚软声求她：“妈，我们这次是认真的……”

“说！你觉得对得起你爸，你就继续说！我就在这儿听着！”

霍小勤很多年没有这样发过脾气，冬稚见她眼眶发红，也跟着鼻酸：“妈……”

“别人我管不着。”霍小勤瞥陈就一眼，随后狠狠移开眼神，只盯着冬稚教训，“但是你我管得着。我今天把话撂这儿，我不同意你跟他在一起，从今天开始，不准你跟他见面。你让他走，让他走！”

冬稚站着背脊发僵，眼红了。

“他不走是吧？好，我走，我走行了吧？”霍小勤说着就要起身。

陈就上前一步拦住她：“勤姨。”

霍小勤一副懒得看他的模样。

陈就垂下眼：“您坐，别气坏身体。我这就走。”

“我先走了。”陈就轻声对冬稚道。看冬稚面色难看，甚至为此红了眼睛，他的心里百般不是滋味。他想抬手给她抹眼泪，被霍小勤盯着，抬起的手最后还是收了回去：“不哭，我去公司，你陪勤姨好好聊。”

冬稚扭头望向他朝外走的背影，脚下还没动就被霍小勤一声呵斥："站着，哪儿都不许去！"

陈就回过头，分明心情极差，却还轻轻扯开嘴角，用口型无声安抚她："别怕，没事。"

陈就离开后，屋子里一片死寂。

冬稚没有说话，坐在沙发上的霍小勤也没有说话。

过了很久，才有人打破这片沉默。

"你现在怪我是不是？"霍小勤眼睛有点儿红，没有看她，吸了吸鼻子，"你一生气就不说话，从小到大都这样。"

冬稚鼻尖一酸："我没有……"

"怪我就怪我吧。"霍小勤明明很难过，还是板着脸坚持，"等以后你就懂了。"

那张苍老了许多的脸微微抽搐，她是在隐忍着泪意。

冬稚沉默地坐着，眼泪不受控，唰地掉了下来。她走到沙发前，在霍小勤跟前蹲下。

母女俩都没说话。

冬稚低头伏在她的膝上，安静中，分不清谁的眼泪掉得更凶，又是谁的哭声将沉默填满。

她还在国内读大学的时候，她们为了许博衍提出的请求曾经狠狠吵了一架。那个时候，冬稚说什么都不同意霍小勤和许叔过下半辈子，可霍小勤却执意要答应。

她气霍小勤不为将来考虑，便口不择言地说："你是不是看中许家富贵，想去过好日子，伺候人下半辈子的事你也答应？你怎么这么贱哪！就非要为奴为婢伺候别人才开心是不是？"

当时霍小勤站在她面前，眼都红了，不说话，抬手一下一下地搓眼睛，忍了又忍，结结巴巴地告诉她："妈妈不是为了享福，我知道……可是他们家，他们愿意供你出国读书……"

听见后半句，冬稚脑袋里轰的一下，像有什么东西炸开一般，鼻尖的酸意直冲头顶。她闭上眼睛，一瞬间哭得五官纠在一起，特别难看。

霍小勤抱着她，不让她哭，连声地劝："是好事，不要哭。你听妈妈的话，一定要去。出国留学是你一辈子的梦想，现在有这个机会，不能使小性子。”霍小勤一遍又一遍地说，“你这么出色，哪里比不上人家？凭什么不能争一下？你凭什么就要比别人差？妈妈不委屈，你不要多想，我一点儿都不难过……”

那时霍小勤给她擦着眼泪，自己却哭得没比她好多少。

曾经在澜城，为了她学小提琴的事霍小勤和她闹过那么多不愉快，甚至还要砸她的琴。

可是在那一天，霍小勤哭着向她道歉，说自己不该让她认命，不该怪她心比天高。

也终于在那一天，她们达成了和解。

她们一起走来，有过不理解，有过怨憎，但始终还是爱着对方。

对冬稚而言，霍小勤是这个世上最好的母亲。

如今这个太阳充足的时刻，如此安逸，她是多么不想让霍小勤伤心。

霍小勤回盛城的行程就此耽搁，决意要多住一阵子。

后知后觉了解其中曲折的许博衍，一是惊讶冬稚和陈就真的在一起了，二是诧异于那些乱麻一般理不清的两家纠葛。末了，他连句该说的话都说不出。

直到他反应过来，指着冬稚的鼻子教训：“难怪你先前让我瞒着，我就说……”

冬稚为这事烦心，情绪正处于低迷的状态之中。许博衍见她实在不开心，止住话音，也不再继续说她。

霍小勤说不让他们见面，真就不让见面，连在霍小勤面前提起陈就的名字也不行。许博衍试图做说客，才开口说到一个“陈”字，就被霍小勤堵回去。

“别跟我提陈家人，我知道你要说什么，给你妹妹做说客来的是不是？别的我都可以依你们，唯独这件事谁来说也不行。”

许博衍出师未捷，铩羽而归。

除了不让冬稚和陈就见面，其他方面霍小勤做得都好。她每天变着花样给冬稚做东西吃，让她补身体，事事不用她操心。冬稚很想找机会再和霍小勤谈谈，然而后者始终抗拒——冬稚实在无从开口。

白天冬稚可以和陈就借机见面，霍小勤像是捏准她的心思一般，每临冬稚要出门就幽幽地来一句：“你在外面我也管不了你，你觉得对得起我和你爸，你爱干什么就干什么吧。”

直教冬稚心里堵得慌。

霍小勤为了她，当初毫不犹豫就答应许博衍提出照顾许叔的要求。那时她们根本不知许家深浅，也不知道将来会怎么样，但霍小勤就毅然决然地去了，只为给她一个改变命运的机会。

离开澜城后，霍小勤没有打骂过她一次，没有责怪她一句。霍小勤心疼她上学累，回家不让她做一点儿家务，明明自己连轴打工更是累得很。

经历过悔恨之后，霍小勤真真掏出了一颗心来弥补她这个女儿。

冬稚爱陈就，何尝不爱霍小勤？

现实就像一把双刃刀，正反两面都是爱的人，不管朝向哪边都会伤到其中之一。

连续一周，她和陈就的联系只在电话里。冬稚没有偷偷和他见面，一想到他，一想见他，还没有将想法付诸行动就先想起霍小勤那张脸。

世事两难，哪边冬稚都不舍得。

不知是不是心事太重，在霍小勤的精心喂养之下冬稚不仅没长肉，气色反而越来越不好。霍小勤心里清楚，但不说，冬稚也绝口不提。

这个同时梗在母女俩心里的结无法消弭，偏偏谁都前进不了，却也不愿意后退。

霍小勤留在华城的第一周零一天，晚上，冬稚接到陈就的电话。

她趴在薄被上，听电话那端陈就的声音夹杂了夜风吹过的声音：“在房间里吗？”

“嗯。”

“到阳台上来。”他说。

冬稚愣了一下，道：“你……”她很快反应过来，“你等我一下。”

她轻手轻脚走出卧室，霍小勤在另外的房间里。

霍小勤睡得早，冬稚悄悄地走，没有弄出大动静。

她走到二层的阳台上，朝下看，公寓楼前的灯的亮光朝下呈圆形散开，隐隐约约能看到下面站着一个人影。

“看得到吗？”陈就问，言毕，就在楼下昂着头挪了挪位置。

冬稚能看到他抬头往上看的模样，却看不清他的脸，隔得太远，夜色太浓。

“你怎么这么晚还跑来？”

“想你。”

这两个字令她所有的话都堵在喉间，涩涩地发苦。

“对不起，这几天没去找你……”

她没说完，陈就轻声安慰：“我知道你为难。”

即使看不清，冬稚还是盯着下方看：“你给我发视频就好了，晚上有风，容易着凉。”

前几天晚上，他们在被窝里偷偷打视频电话，隔着屏幕，好歹能看到彼此的脸。可因为如今的情况，他们就算能看见对方，气氛也不如从前，谁都轻松不起来。

如果霍小勤就这么一直反对下去，他们该如何面对？

摆在面前的现实阻碍被犀利而直白地铺陈开，除了霍小勤，他们又该如何面对陈文席和萧静然？冬稚心里的疙瘩，陈就和他们之间摆脱不了的血缘关系，未来很长，等待在前方的全是问题。

陈就缓缓地道：“隔着屏幕不一样，我想看看你。”

平时冬稚还有心思笑话他几句，这时候一句都说不出，问：“冷不冷？”

“现在什么季节，”他平静的声音传来，“怎么会冷？”

冬稚躲在阳台上和他聊天儿，手机成了他们的传声筒，忽略高与低的距离，眼里只有彼此。这样，或许也算另一种形式的面对面的陪伴。

“这两天累吗？”

“昨天电话里你问过了。”

“还是想问。”

“不累。”他说，“有秦承宇，科研部人也多。”

“那就好。”

“你呢，练习得怎么样？”

“很好。就是有点儿想你。”冬稚的声音低了低，“白天差点儿忍不住想找你。”

“没事，你忍着，忍不住了我来找你。”陈就说，“要是被勤姨知道，你就说是我死皮赖脸缠着你，让她骂我就好。”

冬稚笑了一下，笑容里带着些许苦味：“你还挺有主意。”

陈就将话题一转，告诉她：“我买了很多新的东西。”

“什么东西？”

“睡衣、洗漱用品、拖鞋……全都是你喜欢的。等下次来，你检查，不喜欢我再换。”

冬稚知道他想让自己开心，凝视着楼下那道身影，仿佛能看到他的脸，甚至可以想到他说这话的表情。

除去中间那一段时间，从以前到现在，他永远这么包容她，不冲她发脾气，不生她的气。哪怕她欺骗他、伤害他，兜兜转转一大圈绕回来，他还是把她放在心尖上。

冬稚感觉鼻酸，忽地问他：“陈就，你会不会觉得这样特别累？”

那边沉默了下。

陈就说：“不会，怎么会累。”

他的声音透着满足感，像宽厚的大手抚平了她心里所有的褶皱。

“以前那九年，我一个人过，日子长得无边无际，但以后不一样了，有你。只要有你，哪怕就这样过下去，多少个九年，能跟你一起过都是好的。”

冬稚趴在阳台栏杆上，听他柔软的语气，忽然很想流泪。

这个人还是跟以前一样傻。

她一点儿也不好，他却固执地喜欢了好多年。

他的感情，他的喜欢和爱，宽广得像海。她可以肆无忌惮地沉溺其中，永远不用担心触礁。

冬稚听见了自己心里的声音，从没有一刻如此清晰。

她想和这个人在一起。

夜风下，冬稚轻声叫他：“陈就。”

“嗯？”

“你记不记得，我们分开那时候见的最后一面？”

电话那边没有声音了。

他可能不太想聊，但冬稚这时候却很想很想告诉他：“那时候我和你说，我不喜欢和你在一起是骗你的。”

“这些都已经过去……”

“确实是骗你的。”冬稚打断他，一字一句地讲给他听，“我没有不喜欢你，那天说的话都是骗你的。我很喜欢你，一直都很喜欢你。”

“陈就，”她说，“我想和你在一起。”

以前是，如今亦是。

第十二章　野　火

霍小勤做了一桌早餐，包子是纯手工的，皮是自己和的面，馅料比外面卖的包子种类还丰富。除了肉，还有冬稚喜欢吃的各种素菜馅料。皮薄馅大，个头儿小，方便她两口一个地吃。

冬稚进餐厅后，霍小勤盛好粥，摆放好。她们面对面，谁都没说话。

“站着干什么？还要跟我怄气？”霍小勤把头一偏，垂着眼说话。

冬稚喉头哽了一下：“妈……”

霍小勤只说：“坐下吃饭。”

母女俩面对面就座。冬稚没有提别的事，却是霍小勤先说：“我知道你心里怨我，我也不求你体谅。当妈的，我只希望你过得好，哪怕你恨我埋怨我都不重要。”

“我不怨你。”冬稚执瓷勺的手停住，“可是，我和他在一起也可以过得很好。”

“好？”霍小勤像看傻子一样看她，“你现在是冲动了，一腔热情，往后的日子你考虑过没有？陈文席和萧静然那对蛇蝎夫妇，心肠毒辣，你嫁到陈家去能有什么好日子过？”

“我和陈就都是成年人，不需要跟他们过。”

“他们是陈就的父母，这点总是改变不了的吧？你嫁给他，对着这样的公公婆婆，能讨得什么好？”霍小勤有些激动，“你是不用和他们一起过日子，那逢年过节呢？见不见？结婚的时候请还是不请？你就听妈一句劝，搅和进去没有好处。”

冬稚抿唇未语，半晌才轻声说：“你还记得以前我要学琴，你不让的时候吗？”

霍小勤顿了一下，道：“那跟这个哪里一样？！”

“不一样，但是也一样。”冬稚说，“当时我知道如果就那样放弃小提琴，一定会后悔。现在也是，为了避免未来的麻烦就这样放弃陈就，我将来也会后悔。”

霍小勤凝视着她，眼眸深沉，一时无言。

那时候的冬稚啊，执拗得让当初的她头疼。冬稚抱着小提琴，被她打被她骂，哭得上气不接下气，就是说什么都不肯放手。

她永远记得冬稚抱着小提琴哭着对她说话的模样，冬稚哭着说，我就是喜欢小提琴，就是喜欢。

那年冬稚和陈就跨过禁线，混乱之下冬稚爆出两家的“秘密”，陈文席恼羞成怒，萧静然痛打落水狗，而霍小勤心灰意冷。

澜城一别，她们母女吃了多少苦才有今天？

霍小勤为冬稚骄傲，同样心疼。求学数载，拼搏至今，冬稚的事业做得亮眼出色，感情方面却犹如死水一片。这么多年，身边没有一个亲近的异性，若不是冬稚对小提琴还有热爱，怕是要青灯古佛，无欲无求地过一辈子。

陈就，结果又是陈就。

霍小勤对这个疼过的孩子心情复杂，看到他就想起他那对造孽的父母，可真的迁怒于他，又觉得他无辜。

为什么偏偏是他？但凡换一个人，霍小勤现在或许已经发自内心为他们感到高兴。

“他父母的事，将来可以慢慢解决。”冬稚说，“日子是我们的。”

安静的饭桌上，霍小勤执着汤匙，沉默了很久很久。

转眼又是一周。

霍小勤已经订好回盛城的机票，离家太久，许叔一个人在家待着不是办法，帮佣照料不好他。这些年除了霍小勤，许叔对谁都不满意。

陈就的事情，母女俩没有再提。

临别前一天晚上，霍小勤起夜，见冬稚坐在二层的厅里。

“你怎么没在阳台上？”

冬稚抬头，稍微有些愣，面带诧异之色。

“你以为我真的不知道？”霍小勤无奈，“大半夜不睡觉，趴在阳台栏杆上打电话，真当我看不出来？他会来楼下对不对？”

冬稚默然，点了点头。

霍小勤看了阳台一眼，再看她，顿了顿，似不经意般地问：“今天没来？”

冬稚迟疑几秒，缓缓回答：“他接到电话，陈文席和萧静然被送医院了。”

霍小勤微怔，侧头看向冬稚。

“这几年他们感情不好。”冬稚没等她问，主动说，“陈文席生意越做越差，经常在家里喝酒。他们俩都在外面找了人……晚上在家吵起来，动了手，两个人推搡，从阳台上翻下去，现在在医院里抢救。”

霍小勤缓过神来，没有发表任何意见，只低低“哦”了一声。平平淡淡一个字，压抑着说不尽的情绪。

她吸了口气，转身回房：“我休息了，你早点儿睡。”

随着霍小勤关上房门，厅里鸦雀无声。

冬稚在沙发上坐了好久。她对陈文席和萧静然没有半分感情，只在意陈就。

比似火骄阳少几分热烈，比秋风多几许温柔，她的大男孩儿一次又一次经历着成长路上的人生阵痛，就这样被迫头也不回地驶离旧港湾，再也不能天真。

陈就是处理完丧事回来的，前后十天，打点好了一切。

萧静然摔到头部，抢救无效去世。陈文席性命无忧，但脊椎受损严重，失去了行动能力。陈就给他请了一个看护，等出院后也会继续照顾他。

陈就不需要假期，秦承宇却坚持让他休息。冬稚去他公寓，他气色还好，看着没有什么异常。

冬稚亲自下厨，特地带了些食材来。

两人一起在厨房里整理东西，陈就问："勤姨回去了吗？"

"回去了。"她让他宽心，"我妈知道前阵子我在阳台上和你打电话，也知道你在楼下，她都猜到了。"

霍小勤到底没把事情做绝，虽说反对，还是给了他们一丝喘息的机会。她希望霍小勤的态度可以让他觉得好受一些。

陈就淡淡颔首，要继续帮忙，冬稚推他出去："行了，我一个人就可以，你等着吃就好了。一会儿我叫你。"

拗不过她，陈就离开了厨房。

简单的家常小菜很快做好，冬稚将菜装盘摆好。最后一道菜收完汁，再焖一会儿，她将火关了，去找陈就。

她没在厅里见到人。

陈就在阳台上。他站在光影下，背对着客厅，静静的，一动不动。

冬稚不知道他在想什么，站了几秒，轻轻走近。他听见脚步声回头，被她从后面抱住。

陈就偏头看她几眼，身子没动，只握住她的手。

"别想了。"她说。

他嗯了一声，沉默半晌，轻声说："我只是觉得有点儿恍惚。"

她不言，安静地听。

"送她去殡仪馆那天，我想起很小的时候……我记忆里的她一直是温柔优雅的样子，后来不知道什么时候就变了。尤其高中之后，我觉得她变得很陌生，甚至没有办法好好跟她说完一句话……可能我根本就不了解她。"陈就说，"我现在回忆，也只能想起我小时候她的样子，后来那个好像是另一个陌生人。"

"忘了就忘了吧。"冬稚安慰，"记得好的一面总比记得坏的好。"

她永远不会接受陈文席夫妇。

但她可以将这份怨恨埋藏在心底，不去提及，不去伤害无辜的人——更何况这个人是她爱的人。

她已经可以，也愿意理智地去面对这份仇恨。

陈就没说话，转过身来抱她。冬稚脸贴着他的胸膛，深深陷入他的怀抱里。

良久，他低下头，唇边贴着她的发顶轻吻："去吃饭吧。"

人生的船驶离了幼时的旧港湾，所幸他可以停泊在她这里，拥有新的心安之处，新的盼头。

第二天，冬稚怕陈就想太多旧事伤怀，和他约了吃饭。快到傍晚时，她却接到盛城的电话，说许叔身体不适。

冬稚关切地问过，和许博衍一起准备回去看看。

电话打到陈就那儿，他还没下班。听她解释完，他很是平静，只说："去吧，我等你。不着急。"

挂了电话，冬稚对着手机看了会儿，正想微信联系柯雅，让她备些东西，却发现有陈就的未读消息。

她点开一看，是半个多小时前，他发来的一些菜谱。

冬稚愣了一下。

陈就："想吃哪个？"

一连数道全是她喜欢的菜品。

口味、食材，没有一样是她不喜欢吃的。

他总是这样，把一个人放在心尖上的时候就是真的只有那一个人。

冬稚看着他的头像，和对话框里他那边长长的一片内容，出神半天，好久才敛下表情。

窗外还是冬天，但很快就要过去，也理应会过去。

她深深吸了口气，拨通陈就的号码。

那边接听的声音略带疑惑，他或许是以为她有什么事。

这一次，冬稚没有给他太多说话的机会，清朗的声音平和而坚定。

"陈就，过几天我带你回家，我们去见我妈。"

冬稚和许博衍过午抵家，许叔已经从医院回来，状态好了不少。许叔有歇晌的习惯，几个人说过话，霍小勤推他到房里休息，给他安置好才出来。

冬稚在客厅里坐着，聊了些不咸不淡的话题，就扯到陈家的事上。

“陈就给萧静然办了葬礼，没葬在澜城，在他们后来搬去的那个地方，他们在那儿定居好多年了。”

“她丈夫呢？”

“救过来了，但是半身瘫了，身体不便，生活需要别人照顾，陈就给他请了保姆。”

霍小勤沉默许久，问：“陈就怎么样？”

冬稚说：“他还好，缓过来了。”

客厅里有片刻的安静。

过了好久，霍小勤幽幽地开口：“你恨他们吗？”

“当然恨。”冬稚直言不讳，同样说得明白，“我恨他们夫妻，但不包括陈就。”

“刚离开澜城那段时间，我恨他们恨得要死，日夜做梦都在向他们讨债。我不止一次在梦里质问陈文席，问他怎么就那么狠心，对你爸一点儿都不留情？！”霍小勤音量虽低，却字字掷地有声。她眉头拧了好久，慢慢地一点儿一点儿展平：“到后来，我又开始做梦，梦见刚和你爸结婚那年。”

冬稚将水杯捧在膝头，没有打断她说的话。

“我嫁给你爸那天，陈先生——那时候这个称呼还是陈家老爷子的，他身体还硬朗，亲自给我们主持婚礼。他送了我一对纯金手镯，嘱咐我们好好过日子。那天喜宴上他喝多了，逢人就敬酒，脸上的笑从头到尾没停过。宾客都说，他把你爸当成半个儿子，说他比自己亲儿子结婚的时候都高兴。”

霍小勤陷入了久远的回忆，脸上的神色怅然得难以形容。

“当时萧静然刚嫁进陈家不久，他们夫妻俩给了我一份见面礼。是陈文席亲手交到我手上的，一对吉祥如意云纹的金镶玉镯子。他跟你爸喝了好多杯酒，两个人都喝红了脸。我去扶的时候，他抱着你爸高兴得不撒手，一个劲儿地说，成家了，真是好……”霍小勤微微红了眼，说，“我从来没有想过他们会有半点儿不好的地方！”

气息越发重，她竭力将泪意压下去，艰难地咽回喉间。

旧时的情义是真还是假？那些虚假之中，有没有什么时候，陈文席曾经有过片刻的真心？

除了他们自己，谁都不知道。

“可是，那跟陈就无关。”冬稚缓慢地开口，声音齆齆地发闷，“他也很无辜。”

霍小勤没有接话，没有否认她的这句。

在她们的相对无言中，旧事沉寂地泛着波涛。

冬稚看向霍小勤，向她开口，一字一句地说：“妈，我想带他回家。”

霍小勤别开头，无言中眼角湿润。

冬稚坐在她面前，不逃避地面对着她，脸上是从未有过的认真的神情。

“我已经带他见过爸爸，也希望带他回来见见你。”

陈就到盛城，是在三天后的时候。

冬稚到高铁站接他。他带着一个小小的箱子，一只手拎着箱子，一只手牵她。

他到得有点儿晚，天已经擦黑儿。冬稚没有开车，两个人打了车到许家在的住宅区外。小区很大，他们在正门下车，步行进去。

其实他们可以让车直接开到停车场，那样会近得多。但或许两个人都想有一点儿缓冲的时间，心照不宣地放慢了步调。

冬稚和霍小勤开口那天，等了好久才等来她的回答。

霍小勤默不作声地流泪，擦拭完眼角，硬邦邦地扔下一句：“让陈就来见我。”

除此之外，她再没有说其他话。

“害怕吗？”冬稚朝他问。

陈就反问：“怕什么？”

他可能会被霍小勤骂，可能会被赶出来，他们可能并不能谈出什么好结果——未来他和冬稚还会有很长的路要走。

前路不甚明朗，哪里是终点，他们还不知道。

可他们已经走到了这里。

冬稚因他的语气，蓦地笑了，很轻很轻地扯开唇角：“是啊。”

他们没什么好怕的。

这个点，在外的人很少，家家户户亮着灯，楼与楼之间别样安静。两旁都有路灯，过一段路就有一盏灯。灯光并不明亮，没有扑火的飞蛾，路面照得不怎么清楚。

以前她在澜城的家门外也有一段路，有时有灯，有时黑漆漆的不太好走。她走过很多次，也和陈就一起走过很多次，就像现在。

眼前的这条路，同样这么长。

他们要去的地方，或许没那么快能得到祝福。

但一切都没关系。

脚下是石板路，手牵得好紧，他们一步一个脚印，走在明与暗交接的光影下。

这一次他们不用回头。

他们已经见过野火，这一路就不算黑。

番外一　新婚

冬稚和陈就并未举行婚礼。决定结婚后，两人便领了证，正式从两处搬到了一处居住。

新婚旅行比充满不确定性的婚礼来得要早，第一站即是纽约。

他们抵达当天在酒店休整。第二日一早，冬稚带陈就参观自己毕业的学校。

清晨阳光正好，天气暖煦。她在这里度过了几年的时光，深深吸一口气，好像和求学时迎接的每个早晨无异。

陈就被她挽着胳膊，一身风衣衬得人颀长挺拔，大概是情绪好，难得有心情打趣："太久没感受这里的空气了是吗？"

"好久没回来了。"冬稚半挂在他臂弯上，一笑，借他的力散漫地迈开步子。

曼哈顿音乐学院的主楼在百老汇大街上，冬稚指着外观古朴的建筑给他看。

"你看，那个时候我都是在那里吃饭的，就那里的一层——"

"吃饭的地方你倒是记得很清楚。"

"什么啊。"冬稚佯怒，握拳在他手臂上捶了一下，"别的我也记得，上课在那儿，演出在那里的一层，有时候有人排练，灯就会亮到很晚。"

已经有早起的学生行走在校内道上，一个个姿态悠闲，比起目的地，更多的是在感受周遭的氛围。

“有一次我和同学排练，在那边那个窗户，就在那里面。”冬稚指着不远处对他说，“当时练了很久，都十几个小时了，效果一直不好。我特别郁闷，就趴在那个窗户那里，拿脑袋抵着玻璃。你不知道，我当时太阳穴都快炸了，嗡嗡嗡地疼。”

“这么辛苦？”

“没办法嘛……”

他们再继续走，紧邻主楼的是学生公寓。

“我们公寓有十九层。”冬稚说着问陈就，“你们牛津的公寓多高？”

陈就皱眉想了想，道：“记不太清了。”

“你什么记性，这都记不得。”她嫌弃地吐槽一句，又说，“不过这里不只是宿舍，还有我们演出啊学习啊，也在这里。我那个时候最常待的地方就是这儿，有的时候没课，在练习厅里可以几个小时不出来，一天很快就过去了。”

“晚上呢？”

“通宵啊，练习厅全天都开着，过一整晚不成问题。”

陈就垂眸睨她，满脸不赞同。

她干笑：“除了演出前排练的时候，平时我很少通宵的。我都是起得特别早，早早地来，作息很健康！”

他淡淡地扯唇，勉强算是满意。

冬稚想想有点儿不高兴，忍不住又捶他：“啧，通宵怎么了？别人都在熬通宵，为艺术献身，我……”

“你活得长一点儿，能为艺术献身更久。”陈就不紧不慢地反驳。

冬稚愣了下，想反驳又说不过他，只好闭嘴。

经过图书馆，他们只在外面看了看，没有进去。

冬稚说：“我以前也常来图书馆。”

陈就没什么表情，明显不信。

“真的，里面资料很全，我经常去查资料……”

他嗯了声，颇有些敷衍。

他这模样不合冬稚心意——她伸手绕到他风衣里狠狠地在他的腰上

掐了一把。

陈就平静的面容里多了几分难以察觉的“狰狞”。

演出剧院则有好几个，大小不一，冬稚对此感情可要深得多。

“我第一次在学校里演出的那个舞台比较小，当时我老师西林先生就是在那场演出上看到我。因为他，后来我才能那么快登上其他的大舞台。学校里所有剧院我都站上去表演过，我首个个人演出西林先生还亲自为我担任了乐团指挥。”

艾达伯格·西林是她的伯乐。他发掘她，提携她，认真培养并用心教导，给了她许许多多的帮助。

小提琴界公认，她出自艾达伯格·西林门下。为此，她自豪且骄傲。

陈就将她鬓边的发丝别好，声音柔和下来：“你不是说要约西林先生共进晚餐，安排好了吗？”

对她温柔的人，他亦感激。

冬稚点点头，想到久违的师长，脸上露出笑意。

从怅然的情绪中抽离，她拉着陈就小跑起来：“走了，快点儿。”

逛完曼哈顿音乐学院，司机早已在指定地点等候，冬稚和陈就上车前往午餐地点。

纽约是世界大都会，繁华异常，街上随处可见各色的皮肤与头发，不同人种共聚一处。

冬稚望着窗外，想起留学的那段日子，轻叹了声。

陈就问：“怎么了？”

“想起那时候了。我平时不是很喜欢出门，但是有的时候还是必须出去。”

“嗯？”

“当时博衍哥供我读书，除了学费，别的我都不好意思用他的钱。我们大部分同学有车，其实在国外买车不贵，但我还是没有钱，就坐地铁。纽约的地铁很旧，白天就有点儿吓人，遇上晚上坐地铁回去时，总是提心吊胆……”

陈就表情稍沉，轻轻揽过她的肩膀：“我以为你天不怕地不怕。”

“一个人在这么远的地方，怎么可能不怕？”她目光黯然了些，忽地想起什么，扭头告诉他，“哦，对了，有一回我还碰上了抢劫的！”

陈就眼底微沉。

她靠向他，挨着他的肩膀，换了个舒服的姿势，没注意到他的神色，还在说：“那次是夏天，在街上，我正在低头翻包找东西，有个人从后面跑过来撞到我。我撞到旁边的雕像，身上被尖的地方划破了一块。”她撸起袖子把伤口找给他看，“喏，就是这里破了，磕掉了一小块肉，好了以后留了个疤，像坑一样。”

陈就用拇指覆上那处，抚了又抚。他的指腹发烫，她想拉好袖子，却被他握住胳膊，只好由着他去。

“现在已经不疼了。那个人抢了包，后面有个女士一直追，一路横冲直撞的。”冬稚说，“不过好人还是很多，旁边一个阿姨看我弄破手臂，马上过来问我有没有事……”

她说得随意，把这件事当作一段丰富的经历讲给他听，陈就心里却不是滋味。

冬稚又说了几句，后知后觉发现他情绪似乎有些低落，便打住话头，不由得笑起来：“早就没事啦，很正常的，小伤。”

陈就眼里沉沉的，抿唇未语。

冬稚暗暗叹了口气，反扣住他的手，五指嵌进他的指缝，手与他的手紧紧相扣。

下午两人去了百老汇，座位在中排，正对舞台，可谓最佳位子。

冬稚告诉他：“我在纽约看的第一场演出，就是在百老汇。”

“看歌剧？”

“嗯。”

或许是因为多了个“初次”的名头，她对这里印象深刻。

但除此之外，她个人也很喜欢百老汇。

虽然她不是歌剧演员，但那种渴望都是一样的。

舞台如同人生，有人在这里沉淀，有人在这里起航。那时候她作为一个观众，看着这个闻名世界的舞台，心里十分触动。

一场演出观赏完毕，原本约好和西林先生共进晚餐，她突然接到消息，他临时行程有变，怕是不能见面了。

冬稚和老师在电话里简短聊了一番表示理解，收起手机，虽然遗憾，却也没办法。

“都说丑媳妇总要见公婆，我本来想带你给我的老师看看，结果老天硬是要我藏着。”冬稚摇头，拍了拍陈就的脸。

“丑？”陈就捉住她的手腕，凑近她，眉头一挑，压低音量，声线柔和，“谁抱着我的脖子亲我的脸，求我跟她睡觉的？少一次都不行，又要喊疼又缠着我不放……”

冬稚脸腾地一下红了个透，伸手捂住他的嘴：“这是文明场合，不准跟我这个正经人说这种事。”

几秒后她松手，一松开手，他幽幽地道：“那你晚上别不正经……”

她唰一下又将他的嘴捂住。

陈就不反抗，任她捂着自己下半张脸，眼里流光，溢出淡淡的戏谑与笑意。

西林先生不与他们一同进餐，两人便取消了原先订的餐厅。

他们逛了一圈，什么都没吃，冬稚决定回酒店吃餐厅大厨做的食物。

外头没有哪处是她特别想吃的——她在这里吃了好几年都不习惯。虽然这里世界各地的美食都有，但她大概是有个中国胃，吃来吃去还是最喜欢中餐。然而大部分中餐馆不地道，味道不正宗，她实在没有特意折腾的必要。

两人都有些疲惫。陈就还好，这点儿运动量对他来说只是小事，冬稚就懒了，一回房就窝在单人圆沙发上一动不动。

她还嫌不够舒服，招手叫来陈就。他坐在沙发里看书，她窝在他怀里看窗外的风景，手边放着一盘切好的水果，惬意至极。

“冬稚。”陈就看着书突然停下。

“嗯？”

“好吃吗？”

“好吃。”

“我尝尝？”

冬稚刚要用叉子戳起一块给他吃，他忽地低下头来，气息顷刻将她包围。

清甜的水果留下的味道，全数被他的唇舌漫卷而尽。

冬稚被咬了一口，抵在他胸膛的手不得不推了一下："别咬人……"

她才抗议一声，含糊的尾音又被他吞入口中。

晚上八点，酒店服务员送来一束花及一样包装好的物品。

见打电话给前台留言的人是西林先生，冬稚收下道了谢。

她拆开一看，是一幅画。

冬稚立时笑了："这是老师自己画的。"

陈就问："你怎么知道？"

"老师他很喜欢画画，除了喜欢小提琴就是这个。有空的时候经常自己动笔，他家挂了好多自己的画。"冬稚低咳一声，偷偷拆台，"有回老师请了几个画家去家里，说让人家欣赏他的作品。那几位先生以为他要表演小提琴曲，结果谁知道是请他们去看他的画……后来都没有画家敢上我老师家做客了。"

陈就听她这么说，垂眸细细打量。面前的画作，水平确实很一般。

冬稚吐槽得不留情，却还是小心地把画收好，预备带回国。

他画得不好，但画也不是谁都送的。艾达伯格·西林，出了名的只对看得上的人大方。

而那束花，陈就将它插进了花瓶里，换下了酒店原本的花束。

里面还有一张卡片，上面有西林先生手写的笔迹。

内容不长，只有短短两句英文："新婚快乐，冬。愿你一生幸福。"

落款："你永远的老师与朋友。"

冬稚不敢用力摩挲卡片上的字，虽然明知墨痕早就干了。

"其实西林先生的画还是挺不错的。"她小声说。

陈就面上浮起淡淡的笑意，上前一步揽着她的肩将她拥入怀中。

窗外，纽约的夕阳折射在高楼大厦外墙上，金光粼粼。

分开的九年，三千两百八十多天，七万八千八百多个小时，如今他站在这里，和她一起来到她曾生活过的城市。

时间与距离，他们之间的鸿沟终可消失。

陈就俯首，轻啄她的脸颊。

“新婚快乐，冬稚。”

结婚第三年的某一天，冬稚突然生出想要孩子的念头。这几年里，他们对此的态度一直是顺其自然——但说是这么说，每次也都在坚持避孕。

从秋天考虑到冬天，眼见一年又要过去，离年末没多少时间，冬稚正式和陈就谈起这个话题。

说起这个话题是在饭桌上，她夹着米粒数着吃的异常举动早就引起了陈就的注意。他不揭穿，等着看她葫芦里卖的什么药。

她犹豫半天，把筷子一放：“陈就。”

“嗯？”陈就抬眸，停筷。

“我们要个孩子吧。”她说。

她本以为陈就会有特别的反应，不想他只是很淡定地反问：“你确定？”

“确定。”冬稚点头，“这有什么不确定的？”

“男孩儿女孩儿？”

“都行。”冬稚托着腮，开始畅想起来，“男孩儿的话像你，肯定很聪明，女孩儿像你也不错，我就希望他们念书不要那么吃力。以前念中学的时候，我学理科真的太费劲了，实在不是那块料……”

他慢悠悠地问：“那要是全都像你，理科差，读书也费劲，怎么办？”

“不能吧？”冬稚吓得挺直背，皱眉睨他，“那你的基因也太不管用了。我不管，要是孩子以后学习不好就赖你。”

一句话让错变成自己的了，陈就略勾了勾唇，也没反驳：“行，赖我。”他拿起筷子，夹菜到她碗里，“别光顾着想，吃饭。你碗里的饭根本没动。”

冬稚重新执筷，继续说：“陈就，那我怀孕你会不会照顾我啊？”

陈就像听见什么好笑的话：“你怀不怀我不都照顾你？”

她想了想，道：“也是。”

她遂高兴地夹起他夹到她碗里的菜。

面前这桌子菜全是陈就做的，他半点儿没让她过手。

自从结婚以后陈就的厨艺越发好了。冬稚一出差就得往外跑，前后忙起来最少十天半个月，一回家就想吃地道的家常菜。他肯定不能让她动手，于是下厨房的重任就落到陈就头上。

原本是可以请阿姨，只是选了几个都没挑到合心意的，陈就便不再找人负责家里的伙食。

冬稚被他养得越发娇气，十指不沾阳春水，容光焕发，白里透着水灵。然而她的身上总不见长肉，一张脸就巴掌那么大。

“希望孩子胃口能比你好。”陈就吃着，冷不丁地来了一句。

冬稚抬眸，对他的批评不满：“我怎么了，不是在吃呢吗？”

陈就朝她碗里瞥了眼：“吃半天就吃了那么点儿。”

“细嚼慢咽对身体好。”

“你昨天也是这么说的。”

“我……”

陈就小口地吃着米饭：“看来我的厨艺还是不够好，不合你胃口。”

他浅淡的语气不知怎么透出几分委屈，冬稚听得愣了愣，不由得解释：“我是这两天胃口不好。”

陈就说：“上次你去演出，一连几天，每天都只吃一顿。”

“那是排练太忙了……”

“工作重要，身体难道不重要？”

冬稚越发理亏，只好认错：“以后不会了，真的。”

“那你把这个吃了。”陈就夹了一筷子菜到她碗里。

冬稚以前是不挑食的，只是近来胃口着实不好。尤其这一年工作增多，在家有陈就盯着还好，她在外一忙起来总是忘记吃饭。

慢慢地，好些东西她都不大愿意吃。

陈就每天做的菜，必有一两个她最爱吃的，除此之外，他便是精挑细选对身体好、补充营养的菜品。他特意看了许多营养学的书，将均衡搭配做得格外到位。

这一道菜，冬稚就没主动伸过筷子，吃到这会儿只尝了一口，还是刚才陈就夹给她的。

被陈就盯着，她不得不把碗里的东西吃下。

她吃完刚想换个话题，陈就又道：“昨天做饭把手烫了。”

冬稚闻言立时抬眸：“烫伤了哪儿？你怎么不告诉我？我看看。”

“小拇指，没什么大事。”

冬稚将视线移到他的手指上。他握着筷子的那只手指节纤长，然而她找了半天没找见疤，有点儿怀疑自己的眼神。

他道：“擦了药膏，已经好了。”

冬稚不知该不该质疑药效。

陈就脸不红地问：“心疼吗？”

她也不能说不，他都这么问了，自己只好点了点头。

“心疼那就再吃一口。”他说着，又给她夹了一遍刚才的菜。

冬稚有点儿品出味来，刚夹起菜，下一秒陈就在桌对面悠悠地再度开口：“今天这桌菜，我跑了好远才买到……”

“菜市场就在小区附近。”冬稚忍不住打断他，“加起来都没有几百米。”

陈就没有丝毫被拆穿的不自在：“我只是希望你好好吃饭，不要你吃很多，但是三餐要按时吃，吃得营养均衡。”

冬稚本来还想问他是不是故意找由头让她吃这个吃那个，他这么一说，她指责的话霎时没了底气。

“以后孩子跟你学，也不吃饭，我是先喂你还是先喂他？”陈就瞥她，“一餐饭不用吃别的，光盯着你们吃饱就是了。”

“你别就挑我吃饭的毛病。”冬稚试图反驳，“你问题少吗？”

陈就饶有兴趣：“你说有什么毛病？说了我正好改。”

他一副洗耳恭听的样子，还真让冬稚哑然了半晌。

别说吃饭没毛病，陈就作息时间规律，每天早睡早起，坚持读书和健身，没有不良嗜好，各方面都健康得很。

冬稚想了半天，指责：“你工作太忙，不顾家，以后怎么教育小孩儿？”

“我每周都有休息，一年加班不超过五次。”陈就瞥她一眼，眼神里满是“你在说谁”的意味。

他是科研部的核心，除了重要的大项目，其他的事情自有别人处理，多半时候不用他出马。他又是追求效率的人，忙起来是忙，但从不拖沓，每天的工作时间都控制在合理范围内。

自己也知道这一点好像不太站得住脚，冬稚沉默了下，苦思良久，又说："你和秦承宇喝酒，上次和他喝得酩酊大醉。喝酒对身体不好，这是你自己说的，对小孩儿影响也不好吧？"

"那是秦承宇，我一杯没喝。醉的人是他，我只是陪着，看他喝而已。"他道，"我回来的时候很清醒。"

冬稚饭也吃不下了，执意要揪到他的小辫子："那……那你睡觉每次都压到我，很重，我都喘不过气。"

"放心，有了孩子以后我不跟你睡，压不到他。"

她莫名起了一股胜负欲，然而怎么想都想不到他还有什么问题——先前列举的那些已然是拿着放大镜挑出的刺。

他很是从容，冬稚不甘心，好半天憋出一句："你每次晚上都没节制，一来就一整晚！"

这句指责掷地有声。

餐桌上静了两秒，陈就看着她，好半天才幽幽地问："你确定要把这个归类到教育问题？"

冬稚顿了下，突然反应过来。

"在小孩儿面前讲这种少儿不宜的问题，好像不太好吧？"

冬稚的脸唰地一红。

陈就接连将菜夹到她碗里，这回她没再说话。

自从"孩子"这个话题起了个头，之后的日子两人时不时就会围绕着这个话题闲聊。他们也因为提及此事，虽没有特意备孕，也没再避着房中的事。

顺其自然的状态下，好长一段时间，她的肚子却始终没有动静。

"哎，你说，"风和日丽的下午，冬稚窝在陈就怀里，一脸严肃地思考起来，道，"我身体挺好的，没问题啊。怎么回事呢？"

她边说，边抬头盯住陈就，眼神一点儿一点儿变得微妙。

陈就抬手在她额头上一敲，将她发散的思维顶回去。

冬稚捂住额头："我也没说你有问题……"

她并非有多急着想要孩子，只是日子过得太悠闲，天气太好，思绪突然间飘到这儿，就忍不住这么说了。

往陈就怀里靠，她琢磨：“你说孩子叫什么名字好？”

“现在就想名字？”

“那不然呢？难得我没有工作在家休息，你也不忙，过段时间我开始演出，就不能像现在这么轻松了。”

她要想，陈就便陪着她想：“陈冬？跟你姓叫冬陈也可以。”

“我那个冬？”冬稚嘲笑他，“你起的名字也太难听了，文学素养真不行。”

陈就把皮球踢回去：“你是艺术家，你来一个。”

“陈书？不行太普通了……宁？陈宁好像不太好听……”冬稚接过难题，思索起来，道，“圣？两个字有点儿简单，陈圣什么呢？”

她一连想了几个，没等陈就点评自己先全部否决。

对上陈就“你看吧”的眼神，冬稚沉默了下，在他怀里换了个姿势，消极怠工：“算了，名字真难想，到时候再说吧。”

她撂挑子不干，放弃得那叫一个干脆。

陈就失笑，无奈地抚摸她的头发：“嗯，不想了，再说吧。”

一个话题结束，他们又开始说另一个。

冬稚想起上次饭桌上，他对她吃饭表示不满的事，手肘往后碰了碰他。

陈就低头：“怎么了？”

“我有没有什么毛病，是你不希望孩子有的？”

她这么问，陈就顿了一下，说：“没有。”

“你上回还说不希望孩子吃饭这点像我。”冬稚不买账，“实话实说，你想一想。要不然这样，你讲一个我的缺点，我讲一个你的。”

“互相说对方的缺点？”

她点头。

“这样会不会有点儿不太好？”

冬稚被他问住。好像是不太妥当，万一他们说得急眼吵起来——虽然他的脾气应当不会，但她这么一想，这个行为似乎有点儿傻气。

见她犹豫，陈就不想扫她兴，转而道：“说优点吧。一人说一个对方的优点，希望孩子以后能有的。”

这个折中的办法不错，冬稚赞同："好。你先说还是我先说？"

陈就道："我先也行。"

冬稚一下侧过大半身子，期待地看向他。

他略想了想，道："我希望孩子像你，有艺术天分。"

这确实是她的优点，过分谦虚就显得假了，冬稚也没想在这点上自谦什么，笑了下，坦然接受他关于这点的夸奖，接话："到我了。"她稍稍坐直，盯着他看了几秒，说，"我希望孩子像你，聪明。"

他以前读书时成绩就特别好，领先同龄人一路，从没有落后的时候，一直到大学，再到毕业，始终聪明得很。

冬稚朝他那颗聪明脑袋投去赞赏的目光，补充："尤其是学理科，特别厉害，我挺羡慕的。"

她有点儿偏科，不是没努力过，但就是吃力。可能天赋全都用在艺术上了，拉小提琴她出类拔萃，夸张点儿还能叫一句"天才"，但对理科这方面是真的无能为力。

"这算一个优点还是两个？"

"算一个吧。"冬稚说，"我夸的是一件事，理科好包括在聪明里了。"

轮到陈就了。

他思忖两秒，说："我希望孩子像你一样，坚持又努力。"

一下子听了两个词，她问："这也算一个？"见他点头，她不好意思，"指哪方面啊？"

陈就言简意赅："都包括。"

霍小勤曾经不让她学琴，但她执意坚持。所有人都认为，小提琴以及和小提琴有关的梦想不是处在那种家庭环境中的她可以拥有的。那么多的人要她认命，都在用世俗的眼光逼她就范，可她偏不。

她心比天高确实不是好事，但对自己的能力有准确了解，在这样的前提下拥有梦想和目标从来不是什么错误，更不是罪过。

陈就摸着她柔顺的发，说："身处不理想的境地仍然敢去抗争，如果有这样的勇气，就足以面对人生中很多问题。"

聊天儿主题突然升华，被他一下拔高这么多，冬稚这下真有些不自在，没接话继续下去。她低咳了声，道："该我了。"

"我希望，孩子能和你一样善良。"她说。

陈就反倒顿了顿，问："善良？"

"对啊。"冬稚挑眉，"你不觉得吗？"

看他一副好似不太理解的模样，她道："我讲过好多次了吧，你读书的时候人缘特别好。"

他不置可否。

"就是因为你对谁都好啊，不管谁来找你问问题，认识的不认识的，你都会给人家讲。那个时候，其实很多人都已经有竞争意识了，越是成绩好的人越是藏着掖着怕被人超过。偏偏你不，问你学习方法你告诉人家，问你做什么题比较好提升，你也告诉人家。"冬稚对此印象深刻，"那么热心，同学有事找你帮忙，你都很少说不的。"

他真的很好，那个时候是属于那个年纪的纯粹干净。

他现在会如此冷淡，很大一部分原因要归咎于她。想到这一点，冬稚眉间有些黯然。

她说的这些过往，陈就已经记不太清了。从前待人是好是坏，好到什么地步，如今的他并不太在意。人生多的是过客，大部分人和事其实不重要。他把有限的精力分给重要的那么几个人就足够了。

见她说着神色黯下来，陈就垂眸，撩了撩她的头发："善良也得有限度。过度了，反而会伤到重要的人。这个不算优点，去掉。"

冬稚抬眸看他，他一脸平静，黑色的瞳孔里映出她的身影。她不笨，他话里所谓"伤害重要的人"，除了曾经和赵梨洁走得近，同冬稚关系降至冰点，哪儿还有什么？

她的心口微窒，没等她说什么他已经岔开话题："说点儿不那么走心的，越说越沉重了。"

还不是他先起的头？冬稚瞥他一眼，道："不走心的优点可太多了，说都说不完。"

"比如？"

"你厨艺特别好。要是这一点像你，自己想吃什么就做什么，那不是蛮好的。"

"还有呢？"

"你写字也好看。"

"嗯。还有什么？"

“你帮老师跑腿的时候特别勤快。”

“这个也算？”

冬稚一笑：“你这样讨人喜欢，老师们那时候多喜欢你呀。”

她分明是在笑他拍马屁，但陈就懒得拆穿，没表情地捏了下她的脸。

冬稚侧头躲开，没躲掉，继续说：“你穿校服好看，穿衬衫也好看，体育测试的时候跑得特别快，还有……”她说了好多不走心的“肤浅”的优点，说着说着察觉不对，停下，“怎么都是我在说？你怎么不说？”

“你也没给我插嘴的机会。”

冬稚撇了下嘴。

陈就淡笑，接上前面的话：“在你心里我有这么多优点？”

她不吭声了，察觉他的得意，倚回他怀里，果断停止赞美。

陈就倒也没追问。

屋里一时安静下来，窗明几净，室有茶香。

桌上是他先前给她倒的茶，温度和浓淡都是她最喜欢的。

冬稚望着透进来的光，沉默一会儿，忽地叫他：“陈就。”

“嗯？”

“其实还有一点。”

“什么？”

“我希望孩子像你一样去爱人。”她说，“又怕他像你一样受到伤害。”

陈就凝眸看她：“我没觉得受伤。”

她不说话。陈就沉默了下，亲她的额头。

“那我希望他像我一样去爱，也能像我一样遇到一个很好的人回应他的爱。”

冬稚回头看他。陈就笑了笑，轻轻拢住她。

他的语气那样坚定，不让她有半点儿犹疑和自责。

冬稚垂下眼，没再说任何话，这一次彻底倚进他的怀中。

午后暖阳和煦如许，此时是最好的时间。

冬稚为演出去了一趟柏林，回来后便和陈就回盛城见霍小勤。自从结婚后，他们隔段时间就会回去拜访两位长辈，不过每次最多只留一晚，从不久住。

一段时间没见，霍小勤的第一句话又是老生常谈："你又瘦了。"

冬稚听这句已经听得见怪不怪："我没瘦，真的没有。你回回都说我瘦了，我哪儿来的肉天天瘦啊？"

"每次见你都比上次瘦，还说没有。"霍小勤坚持自己的看法，半嗔道，"能不能好好吃饭？再瘦都成竹竿了。"

冬稚不敢顶嘴，说又说不过她，只得默默跟着进门。

两人走在霍小勤背后，冬稚小声跟陈就说悄悄话："我瘦了吗？"

"这阵子累瘦了点儿。没事，好好养几天就长回来了。"陈就俯首，压低音量，摸了摸她的脑袋，"该有肉的地方一直都长得很好。"

冬稚脸上闪过一丝赧意，偷偷打他。

他们进屋问过好，许叔招呼他们坐下，先问冬稚："演出顺利吗？"

"顺利。"

"这段时间可以在家好好待着，不用再往外跑了吧？"

"应该是不用，如果临时有安排的话也不一定。"

许叔点点头："不忙的话就多回来看看你妈，她挺想你的，天天都念叨你。"

冬稚笑着说了声好。

对待陈就，许叔像对自己亲女婿似的，态度和蔼，关切了一番身体，问他工作忙不忙。

陈就说："偶尔会忙一些，不过已经习惯了。"

"也是。"许叔叹道，"年轻人不容易啊。"

马上就要到饭点，每次他们或是许博衍回来，霍小勤都会亲自下厨。见霍小勤在厨房里忙活，冬稚坐不住，起身去帮忙。

陈就和许叔不是第一回见，熟识已久。两个男人喝喝茶，下下棋，挺聊得来，待在一块儿也不尴尬，冬稚半点儿不操心。

"妈。"冬稚蹿进厨房，自然而然帮着霍小勤打下手。

"你进来干什么？"霍小勤用胳膊肘杵她，"外面不够你歇的？"

"无聊嘛，我帮你。"

冬稚赖着不走，霍小勤也没真把她往外赶，由她待着。

母女俩正好说说话。

霍小勤先是问了些琐事，生活、工作上的事，和许叔问的内容差不多，后来就拐到另一个方面。

“你们什么时候打算要孩子啊？”

冬稚择着菜忽然被问及此事，愣了一下，说：“在准备了。”

“你们年轻人，要不要孩子自己决定，我不多加干涉。但是有一点，你年纪也不小了，工作又忙，若是打算要就早些要，不然就干脆不要。年纪大了生孩子有危险，对身体不好，知不知道？”霍小勤皱着眉叮嘱。

“放心吧妈，我都知道。”明白霍小勤记挂她，冬稚心里有数。

霍小勤把她择好的菜接过去，在水流下洗了，又问：“你和陈就怎么样？还好吧？”

“挺好啊。”

霍小勤冷哼一声，按着菜一刀切下去，切得整整齐齐。

“他哪样你不觉得好？再不好你看着都觉得跟宝贝似的。”霍小勤话里带点儿埋怨之意，但又不是真的怪她的那种，“我想到他当时上门就来气，打又打不得，我要是一动手，你恐怕就得跟我急。早知道我压根儿就不该喊他来。”

冬稚听她突然后悔起来，哭笑不得。

陈就上门来见霍小勤的那天，霍小勤一开始态度冷硬，嘴里更是没有半句好话。陈就任她指责怪罪，态度别提有多好。到后来说着说着，霍小勤自己就态度软和下来。

那天谈完话，霍小勤没有留陈就吃饭，也不肯收他带的东西，硬堵着一口气送客。陈就出门后，外头下起小雨，霍小勤板着脸，最后却还是让冬稚送了把伞出去。

仿佛把案板边上的菜当作陈就，霍小勤斜眼看冬稚：“他敢对你不好？他要是敢，看我能轻易放过他。”

冬稚猜霍小勤对陈就的“成见”八成是没那么快消除，不强求，只说：“他真的没有对我不好，你放心吧。”冬稚说着岔开话题，说回前面，“其实关于孩子，那天我俩都闲着，还聊到这件事。我们开玩笑还说，要是以后孩子像我，理科学不好，上学的时候估计得头疼了。”

“他还嫌弃孩子像你是怎么？像你哪里不好？说不定又是个搞艺术

的好孩子呢！理科学不好他难道不能教？他那么大一个教授，孩子都教不好？”霍小勤不乐意，“我闺女的孩子，那自然要像我闺女。”

冬稚没想到她会挑这个刺，替陈就解释：“那是我说的，不是他。”揽揽霍小勤的肩，她道，“哎呀，像我像他都好，等真有了再说，不管是会读书还是有艺术天分都挺好的。”

“说得轻松，那是不用陈就怀，不用他生。真以为养孩子那么好养？孕期前后，方方面面都是事儿，你这身体瘦成这样，我看他是一点儿都不知道心疼。”

霍小勤拐个弯又怪起陈就，冬稚又好笑，又替陈就无奈：“妈……”

“知道了、知道了。”霍小勤一脸不耐烦地摆手，不爱听她替陈就开脱的话，“说两句而已，看你这宝贝劲儿。”霍小勤边洗菜边瞪她一眼，“女大不中留。”

其实霍小勤并不是每回都挑陈就的刺，这些话也只对着冬稚说。平时霍小勤对陈就还是很好的。每次他们回来，饭桌上一半是冬稚喜欢吃的菜，另一半是陈就喜欢的。

她犹记得霍小勤默许他们在一起后，他们头次回盛城来的时候，陈就见桌上大半是自己爱吃的菜，返程的路上怅然了好久。

像陈文席，根本不知道他吃菜会挑掉哪些佐料，有什么调味酱放多了他会觉得口感别扭，可这些霍小勤全部记得。

每次他们来了要离开的时候，霍小勤都会让他们带上手工做的酱菜或是腌制品，他以前就很爱吃，外面买都买不到。

人生前十几年，陈就几乎是吃着霍小勤做的菜长大。如今换了一个身份，他成了霍小勤的女婿。嘴上嫌弃他，可霍小勤在心底某一处终究还是给他留了位置。

她们忙活一阵，晚餐做好，四个人上桌吃饭。

饭桌上其乐融融，霍小勤前一会儿还在厨房里挑陈就的刺，转头到了饭桌上却一个劲地把他爱吃的菜往他面前推。

冬稚见他碗里的菜堆得比自己的还多，略微吃味，坏心地往他碗里夹了一块他最不喜欢的佐料。

临到饭毕，冬稚推许叔去客厅休息，陈就抢着帮霍小勤洗碗。霍小勤没推拒，把碗筷收拾到水池里，在旁看着他动手。

陈就洗了一个盘子，察觉身旁霍小勤看他的目光不对，顿了顿，说："妈？"

霍小勤打量他，脸上的笑颇含深意："一段时间没见，你看着更精神了啊。"

陈就不明所以："您精神也不错……"

"我可比不上你们年轻人。我都老了，一大把年纪的。"

"您说哪里话，没有的事……"

"你倒是挺关心我。这么久不见，能看出我精神好不好，怎么冬稚在你身边，你就看不出她好不好？"霍小勤幽幽地说，"她都瘦成那样了，再不注意点儿就只剩一把骨头，风都不用使劲吹，一下就能刮跑。平时你们都是怎么过的？我好好的一个女儿交到你手里，你也不知道照看着她点儿。"

陈就面上一凛。

霍小勤没给他说话的机会，像唠家常一样："博衍平时回来总说你俩都好都好，我还当真以为是挺好。冬稚在家里是不吃饭还是不喝水，能瘦成这样？"

陈就解释："是吃得不多，她有的时候胃口不好……"

"你们在家谁做饭？"霍小勤看着他问。

"是我。"

"看来你厨艺不怎么样啊？"

凭良心说自己厨艺还是挺好的，但陈就不敢把话说太满："最近学了一些新菜式，还在熟悉中……"

"那就好好学。"霍小勤瞥他一眼，懒得再废话，"我做了点儿小菜，冬稚喜欢，等下你们多带点儿回去吃。"

陈就沉默了下，道了声好。

离开盛城的时候，冬稚带了不少腌货回去，一些是给他们的，另一些是替许博衍带的，他特别爱吃霍小勤腌制的东西。另有几罐果干，是霍小勤特意给她晒的。许博衍不太爱吃这些零嘴，冬稚便没给他捎。

车一路开，陈就忽地道："回去我报个班学做菜。"

"啊？"冬稚莫名其妙，"为什么？"

“晚饭后妈在厨房里跟我聊了一会儿，下次回去你要是还这么瘦，她怕是要找我麻烦。”陈就幽幽地道，“她还问我是不是厨艺不好，让我多学着点儿。”

冬稚扑哧笑出声。他眼神瞥过来，她自知理亏，连忙讨饶：“好了好了，我一定好好吃饭，我保证。”

回到华城，冬稚两人找时间想请许博衍吃顿饭，正好将带回来的腌货交给他。

陈就看时间差不多，准备出门买食材，喊了声冬稚。没多久她趿着拖鞋跑出来，张口却是说：“出去买菜太累了。”

“那我去？”

“你去也累，我舍不得。”冬稚扑进他怀里邀功，“所以我让博衍哥来的时候自己去把菜买了，我是不是很心疼你？”

陈就挑眉：“那我们不出门了？”

“不出去了，等博衍哥来就行。”

她拉他到沙发上坐下。

“博衍哥一个人，会不会不方便？”

“没什么不方便的，就让他累点儿。”

陈就略微同情了许博衍两秒，便心安理得地坐下。

差一刻六点，许博衍拎着两大袋东西来了，进门就骂冬稚：“你个没良心的，我就是给你使唤用的是不是？”

陈就接过东西往厨房里走，冬稚给许博衍拿拖鞋：“哥，你辛苦了。”

许博衍不吃这套：“少来。”

陈就从厨房里出来，三人坐下喝了杯茶，而后都往厨房里走去。

除了陈就一个主要的大厨，许博衍也打算露两手。冬稚则纯粹是去凑热闹的，在厨房门边看他们忙活，等差不多了，拌了个凉菜，做了点儿微小的贡献。

三个人轮番上阵，一桌菜很快做好。

许博衍招呼冬稚赶紧尝尝自己的手艺：“这个、这个，还有这个，三道菜都是我做的。来……先试试这个。”

冬稚依言拿起筷子，谁想才夹起一筷送进嘴里，还没吃下去，脸色忽然一变，扔了筷子就往厕所里冲。

“冬稚？”陈就连忙跟上去。

许博衍愣在原地，不可置信：“不是吧，我做的菜有这么难吃？”

厕所里的冬稚吐得昏天黑地，什么都吐不出来，只一阵一阵地干呕。

“我什么都没吃，怎么会……”

她话都说不清，还是陈就先反应过来：“该不会……”

冬稚正难受得要命，被他拍着背，忽地一下明白他的意思，顾不上再吐，微微傻眼。

几天后的下午。

在这个温度宜人的季节，许博衍听到了两个好消息。

一个是冬稚怀孕了，另一个则是他做的菜也没那么难吃。

用验孕棒简单测过一次，夫妻俩又到医院进行了一番正规检查进一步确认。拿到准确的结果后，过了两周冬稚才把怀孕的消息告诉霍小勤。

她怀的是双胞胎。

霍小勤闻讯喜不自禁，第一时间就赶来华城，又是煮汤又是炖补品，直将冬稚喂得红光满面，不得不叫停。霍小勤每天都把孕期相关宜忌挂在嘴边，一遍遍叮嘱，恨不得对着冬稚的耳朵把这些事情灌进她脑子里。

冬稚没觉得身体有什么不同，除了最开始反胃两天，状态一切如常。

她作息不变，每天照旧练琴，一练就是几个小时，不仅不觉得累，还接了个新工作，准备再飞一次奥地利。

柯雅挑了一天来找冬稚，特意谈这件事。霍小勤进屋送水果，一听说她要飞去奥地利，当场急了：“去国外？这怎么行！你现在怀着孕，怎么能坐飞机跑来跑去？头三个月最不稳的时候是过了，可眼见着肚子就要大起来，出问题谁负责？你给我在家待着哪儿都别去，现在忙什么工作？你当自己是铁打的？安全生产后再说。”

柯雅不好插嘴他们的家事，闭嘴不言。

冬稚劝说：“我现在好得很，一点儿怀孕的感觉都没有，吃喝都正常，也不晕也不吐。就去几天，忙完就回来了，很快。”

“再快也不行。”霍小勤虎着脸，“你听不听我的？哪儿有怀了孕还到处跑的，你身体什么样我能不清楚？本来小时候营养就补得不够，逞什么能？”

霍小勤说得夸张，小时候冬稚是有些营养不够，不过后来都补回来了。这么些年她健康得很，身子骨比大多数人都强健。

冬稚无奈：“我老师在等我。”

“你跟老师说下次不行吗？”

“这哪儿有下次的……”

“你别跟我唱反调。”霍小勤一瞪眼，“一天天的，就知道想方设法气我。”

“我没有……”

“不行就是不行。”霍小勤不再听她说，转身走人，“我出去了，别叫我。”

任冬稚怎么说，霍小勤就是不同意。平时她工作再忙，霍小勤都没干涉过她一句。女孩子家不比谁差，有自己的事业是好事，但怀孕期间不一样。

陈就一回家，迎面见着霍小勤，同她打招呼。

霍小勤脸上不带笑，嗯了声，招手叫他过去。

陈就不明所以，就听她道：“冬稚非要去那什么奥地利演出，这事儿你跟她好好说说。”

“奥地利？”

“对。”霍小勤一天都不大开心，“你说她肚子里还有孩子，坐飞机跑去那么远的地方，我怎么能放心？我不同意她还跟我争，你去跟她讲。”

陈就沉吟片刻，点点头：“我知道了。”

他上楼一看，冬稚在练习室，便敲门进去了。

见他来，冬稚放下琴：“下班了？”

他轻声应了，行至她身旁：“今天累不累？”

“还是那样。”冬稚至今没有什么怀孕的反应，低头瞧一眼，肚子尚且平坦，冲他笑，“我总忘记肚子里还揣着两个小家伙。”

陈就摸摸她的小腹，问：“你跟妈吵架了？”

“妈跟你说了？”冬稚微敛笑意，“没吵，她就跟我急。”

“这次要去奥地利？”

“嗯，有演出。老师亲自给我打电话了。”

“非去不可？”

“你也是来帮我妈做说客的？”

陈就说：“私心里我当然不想你去，毕竟安全第一。但你坚持要去，我尊重你的意见。这是你的工作。”

他知道冬稚有多喜欢小提琴。

冬稚正要夸他，他道：“我跟秦承宇说一声，休息几天，陪你一起去。”

“你陪我去？”

他点头：“你自己去我不放心。就算放心，妈肯定不能给我好脸色看，以后我就更讨她嫌了。”

虽然孕中期是可以坐飞机的，但他难免会有些担心。

冬稚想想这是不错的解决方法：“那行，有你陪我，妈应该不会再反对。”

陈就捏她的脸，没什么表情，语气却无奈：“你呀。”

秦承宇还不知道冬稚怀孕的消息，毕竟陈就不是有点儿什么事见人就说的性格。

一通电话，听陈就又要有一阵不来，秦承宇逮着不放：“你干吗去？最近这么忙，你扔下我一个人在公司合适吗？这么多事情我哪里处理得完？再者你们科研部都快忙疯了，你怎么能走？”

“资料在我办公桌右边第二个抽屉里，那两沓都是，你拿给彭柳就行。”陈就说，“其他的事平时也不是我负责，他们会看着办。”

至于应酬，那就更跟他无关。

“等会儿，等会儿。”秦承宇叫住他，“你好歹告诉我你要去干什么？”

秦承宇绝不允许他吃喝玩乐、游手好闲，大家忙得脚不沾地，陈就走至少得有正当理由。

陈就说：“冬稚要去奥地利演出，我陪她一起。”

“就这事？”

“嗯。”

秦承宇不高兴了：“大哥，我知道你黏老婆，但也不至于这样吧。她一年在国外演出好几个月，以前你不也活得好好的，什么时候成跟屁虫了？”

“我老婆怀孕了。”

“我知道，我知道怀孕不是小事，但是你也得想想啊，你……”秦承宇一愣，“什么？！”

陈就重复重点：“我要当爸爸了。

“双胞胎。”

秦承宇失语半晌，连珠炮似的发问：“真的假的？你要当爹了？你老婆怀孕多久了？什么时候的事啊？我怎么不知道？你为什么不早说？怀的是双胞胎，她肚子大吗？名字起了没有？她怀孕了怎么还去演出啊？能坐飞机吗？安不安全啊？我爸有私人飞机要不借你？……”

“道喜的红包就算了，等孩子出生再包，我请个假就当抵了。”陈就打断他，在他成串的问题变成裹脚布一样长之前，及时阻止他。

冬稚从房间里出来：“秦承宇怎么说？”

“他说可以。”

“没说别的？”

“没有。”陈就把手机一搁，事情定下。

陈就陪着冬稚一同前往奥地利，霍小勤总算勉强同意。

在飞机上冬稚闲着无聊，睡不着，小声和陈就捡起孩子名字的问题继续讨论。

霍小勤问过她名字起没起，她说聊过但没定下。霍小勤一想还有好几个月时间，可以仔细地斟酌，便没着急。

许博衍倒是提供了几个名字，可惜全都被否决。

“妈问了名字的事，你想好名字了没？”冬稚问。

陈就说：“想了。”

她来了兴趣：“叫什么？”

陈就说：“两个都是女孩儿的话就叫纯真，一个叫‘之纯’，一个叫‘之真’。”

冬稚一顿，道：“之纯？之真？”

“对。”陈就说，“男孩儿也叫纯真，一个叫‘有纯’，一个叫‘有真’，‘拥有’的‘有’。到时候一个跟你姓，一个跟我姓。”

“这几个名字还不错。”

他嗯了声，说：“不论男孩儿女孩儿，希望他们能纯良、真诚，这样就很好。”

“纯真……”冬稚低声念一遍，对这个寓意很喜欢。有了大概的名字，肚子里孩子的存在突然变得更加有实感，她抬手搭在腹上：“你想要男孩儿还是女孩儿？”

“一男一女挺好，哥哥可以护着妹妹。”陈就说，“两个女孩儿也不错，从小一块儿玩，有人陪。”

“那要是两个男孩儿呢？”

他沉默了一下，微微皱眉：“太闹了。”

冬稚闻言笑起来，拍他的手安抚：“说不定很文静呢？想开点儿吧。”

从奥地利演出回来，冬稚怀孕反应开始加重。

她肚子一天比一天大，一开始还能正常睡觉，慢慢地就只能侧躺，再后来侧躺都十分不舒服。单胎就已经够累，更何况她的肚子里还有两个。

平心而论，冬稚没有胖太多，增加的体重几乎全长在肚子上，四肢还是瘦，脸也没圆半分。比起同期的单胎孕妇，她的肚子略微大些，但也不算过分。可就是因为她纤瘦，肚子显得格外累赘。

冬稚青春期时就发育得好，明明瘦，胸围尺寸却傲人，怀孕以后又长了点儿。陈就却没心思在意这些，见天为她严重的孕期反应忧心。

她吃不下饭也吃不下菜，好不容易吃进去几口水果，没吃多少马上又全吐出来，看着就教人着急。

这天过午，霍小勤炖了汤，端到冬稚面前让她喝。冬稚还没张嘴，闻见味就开始反胃。

霍小勤又是忧心又是心疼："不吃不行啊，吐也要吃，多少吃下去点儿，能留一点儿在肚子里算一点儿，不然这样怎么是好……"

冬稚捏着鼻子逼自己喝，强撑着喝下去小半碗。没等霍小勤展眉，冬稚胃里那股劲上来，立时站起。一旁的陈就怕她摔着，扶着她冲向卫生间。

她一边抚着肚子一边吐，霍小勤搁下汤碗跟到卫生间门口。听她吐的动静，霍小勤眼都快红了。

汤还是没喝下去，冬稚回卧室休息。陈就揽着她的肩哄她，她一边吞咽口水，一边难受得喘气。

她的脸仿佛又尖了，陈就抿了抿唇："吃不下就不吃了。"

"可是我饿，想吃东西……"

"那歇一歇，等会儿让妈做点儿不那么油的东西再吃，好不好？"陈就给她掖好薄毯的边缘，"想不想吃点儿清爽的东西？酸的，或者辣的？"

冬稚抹了抹因为呕吐流出的眼泪，吸了吸鼻子，说："华大对面那条街上……"

"嗯？"

"有一家陕西凉面……"

"你想吃那个？"

她摇头，继续道："还有博衍哥公司对面商场负一层里的面食店……"

陈就耐心地听她说。

"面食店蘸水饺的香料醋包，和陕西凉面拌凉面的辣椒，我想要那两个味道。"

陈就顿了一下，道："你想要蘸水饺的香料醋包和拌凉面的辣椒？"

她点头。

孕妇想吃的东西总是千奇百怪。明白她的意思，陈就没犹豫，立刻应允："好，我去给你买。买回来用香料醋包和辣椒蘸什么吃？"

冬稚抬眼看了看卧室的门："我想拌妈做的手擀面。"

"我跟妈说。"

"熟了以后要过凉水，我不要吃热的。"

陈就温声应下，在她额上亲了一下："你在这儿乖乖躺着，看会儿书，我很快就回来。有什么事就喊妈，或者叫阿姨。"

冬稚嗯了声。

陈就走到卧室门口，回头看了眼。

她大着肚子，天天被闹得吃不好睡不好，气色都差了不少。

他垂下眸，说："等我。"

她安静地点头。

干活儿的阿姨来了卧室，没入内，在门外坐着，以防冬稚有什么需要。

冬稚怀孕后，霍小勤亲力亲为，包揽了家里很多事。但多一个人照看冬稚总是好的，陈就便请了个阿姨回来。

就像眼下这种情况，他有事出门，家里能多个人搭把手，也更放心。

陈就嘱咐阿姨仔细照看，向霍小勤转达了冬稚想吃手擀面的念头。两人兵分两路，一个去厨房揉面煮面，一个去买那两种一南一北完全不沾边的调料。

尽管答应了冬稚会快些回来，无奈两家店的地理位置实在离得远，陈就来回一趟足足花了快两个小时。

冬稚坐在饭桌前，对着快要坨成一团的手擀面，眼巴巴地终于把他盼回，不由得埋怨："你怎么这么慢？"

孕期身体不适，她难免娇气。陈就理解，一刻不停地把东西给她弄好，一碗过了凉水的白花花的手擀面，拌着带有香料的醋汁和辣椒粉，登时香气四溢，颜色红艳艳的格外好看。

冬稚胃口大开，一口接一口地吃。陈就和霍小勤悬着心，见她吃下三分之二没有半点儿要吐的样子，仍胃口十足，心才堪堪落地。

不多时，冬稚将一整碗面吃完，少见的食欲极好。

霍小勤看她似是还没吃饱，忙道："竹篮子里还有呢，都过了水的，再给你盛一碗？"

她用力点头。

霍小勤露出笑，立刻去给她盛。

陈就陪在旁边，冬稚的口腹之欲暂时得到满足，终于抽出空来注意他。见他额上有些许薄汗，她突然心生歉意，用袖子给他擦了擦。

“让你跑那么远，是不是很累？路上堵车了吧？”

“不累，没有堵车。”陈就说，“只要你多吃点儿，吃饱了，什么都好。”

冬稚微微抿唇：“那我吃两碗……不对，三碗。”

陈就淡笑，拿起纸巾擦拭她手指上沾到的调料：“吃太多也不好，慢慢地来，这顿就吃两碗。”

“两碗不够怎么办？”

“等会儿再吃，过个二十分钟或者半个小时。”

“调料可能不够，那你等下还给我买吗？”

“买，你要吃多少都买。”

冬稚微微弯唇，味蕾残留着刚才的味道，胃里还没饱，却有种别样的满足。

醋汁调料的香气在餐厅弥漫，这一刻，是平和幸福的味道。

听闻冬稚怀孕，为数不多的几个好友都来看她。阿沁先来，带来了崔母自己晾晒的干货和小菜，还有她喜欢吃的崔家菜——崔父特意下厨，密封了几份菜给她解馋。

而后是苗菁来了。温岑是男人，又正为事业的事情奔忙，托苗菁问好，没亲自到。

苗菁正好闲着，不像阿沁要忙小提琴教室的事。冬稚留苗菁住下，她便一口答应下来。

苗菁看冬稚大着肚子，新奇中又有一丝丝陌生感。

“来之前我一直想你怀孕是什么样子，总感觉想象不出来。”苗菁摸着她的肚子感叹，“这下总算有实感了。”

冬稚笑言：“还能是什么样？跟别人一样啊。”

“双胞胎，肚里是两个孩子对吧？”

“对。”

“难怪呢，感觉是有点儿大。”苗菁蹲在冬稚腿边，和坐着的她一高一矮，语气温柔地对着未谋面的孩子说话：“小朋友们，你们好呀，我是干妈。”

“你跟他们说他们也不一定听得见……”

苗菁不在意，伸手摸了摸她的肚子，忽地一下顿住，瞪着眼冲冬稚诧异道：“动了一下？刚刚他踢我了！”

冬稚也感觉到了胎动，作为母亲自然是最清楚的那个人。

“是有，还挺用力。”

“是哪个在跟我打招呼？让我看看。”苗菁越发来劲，摸着她皮球一样圆圆的肚子，“喜欢干妈是不是？是不是喜欢我？”

肚皮底下，不知是哪一个像是听到了她说话，兴奋地拼命踹。

冬稚的肚子鼓起一块，移来移去，速度极快。

苗菁从没这样接触过孕妇，摸了半天，直至肚皮下的动静停住，才恋恋不舍地收回手。

“我看肯定是儿子，这么闹。”

“可能是活泼的女孩儿呢。”

“那不能，女孩儿像你的话哪儿有这么闹腾。”苗菁坐回沙发上，挨着她的胳膊，“你以前读书的时候多斯文，别说皮了，连话都不爱跟不认识的人说。”

冬稚承认这点：“跟不认识的人有什么好说的。”

苗菁想起从前，恍如隔世的感觉越发深重：“说真的，那会儿你性格是文静，但就是不太像那个岁数的人。我们那时候都什么样——一帮青春期的半大小孩儿，用现在的话来说叫什么？中二。你就不一样，我们热衷的事情你不感兴趣，也不爱往人多的地方凑。像我，一个人待久了就难受得要死，你偏偏就喜欢一个人闷着。”

冬稚笑笑，没说话。

那时候她是很孤僻。其实各人的性格不同，只要不伤害别人都没什么，不一样也有不一样的美。

“现在就不一样了。”苗菁看看她，替她感到高兴，顺手又摸了摸她的肚子。

冬稚承认：“比起以前，现在确实爱笑了一点点。”

“那可不止。”苗菁道，“你不仅爱笑，性格也开朗了很多，不像以前总有种生人勿近的气场。”

冬稚站在台上的时候闪闪发光，在台下平易近人。

或许因为生活美满，她越是幸福便越是从容。

说到这儿，苗菁凑到冬稚身边，小声八卦：“哎，陈就对你怎么样？”

“他对我很好。”

“怀孕以后呢？”

冬稚不明所以：“也很好啊。”

“我是说……他长得好看，年纪不大，赚得又多。你现在怀孕了，他有没有遇到什么别的诱惑？他这样的条件，走出去可是香饽饽。”

冬稚从没想过这个，顿了下，说：“没有吧。”

“我看你估计是真的一点儿都没在意过这种事。挺好。”苗菁失笑，没再聊，转而问，“你们打算什么时候办婚礼？”

“我不太想办，有点儿麻烦……”

“干吗不办？不说要多隆重，好歹是个见证的仪式，多有意义。”

冬稚之前一直专心于工作，和陈就得到霍小勤的认可后，两个人便自然而然地过日子。后来她也时不时为了工作奔波，一直到结婚怀孕。中途陈就倒是提过几次，她实在没空，慢慢就把婚礼的事抛到脑后。

“再说吧。”她道，“生完孩子还有其他好多事情要忙，有时间再说。”

她要调养身体，恢复工作，多的是安排。

苗菁见她确实不是很看重这事儿，闲话两句，便很快撂下这个话题。

前些时候陈就全天在家陪着她，后来慢慢会去公司。但工作时间比起以前要短很多，他每天都会早早回来陪她，也时常视她当天的情况临时更改去公司的时间，有时去有时不去。

苗菁在冬稚家小住两天就走了，陈就怕冬稚无聊，特意提前从公司回来。

他进浴室里洗澡，冬稚在房间里叠他洗干净的衬衫。正安静间，陈就扔在床上的手机振了振，冬稚一开始没理会，后来又连着振了好几下。

手机就在身旁，冬稚好奇，顺手拿起看了眼。

他们彼此之间没有什么秘密，两人的手机密码对方都知道。

她打开一看，是几条微信消息，对方用的是女性用的英文名，看头像大概也是女的。她随手一滑，对话不多，他们大概是从前天开始交谈，陈就的回复数不超过二十条，聊的内容都和工作有关。

今天微信消息稍微多了些，五点之前，陈就回完最后一条关于新芯片的问题，后面就没有再给对方发消息。

那边却没停，先是一句：

“如果方便的话可以参观一下贵公司科研部吗？上次公司派的代表去了，回来对你们称赞有加，听说你们团队是整个行业的技术风向标，我们组里一直好奇，很想看看，不知道有没有这个荣幸？”

隔了十分钟，那边又连着几句：

“陈教授？

“教授在忙吗？

“不好意思，问了一下您别的同事，原来您下班了，是我失礼了。”

冬稚看时间这会儿陈就在回来的路上，他仍旧没回复。

后面又是两条：

“明天得空在您公司见。

“路上小心，注意安全。”

不知怎么，冬稚突然想到前一天苗菁跟她说过的话，看着“路上小心，注意安全”那一行字，目光停住。

刚刚手机振动的那几下，依然是对方发的内容。

那边发来一张图，图里是一只手，执着路边的落叶。除了那一张图，还有文字：“回家路上看见被昨天的雨打下的树叶，和你们公司楼下的真像。”

从工作内容到私人内容，那边已然开始朝边界试探。

冬稚没什么表情，平静地看完，将手机放回床上。

她不需要处理，和心大或是要面子都无关。她知道陈就有分寸，自会应付好。况且这也是他工作上的事，她不干涉。

她无意将任何女人当成假想敌，更不会对他连这点儿信任都没有。

冬稚将几件衬衫和长裤叠好收进衣橱里，之后对此事只字未提。

隔天，冬稚被许博衍约出去逛——隔三岔五带妹妹出去兜风透气，缓解孕期疲劳，这是许叔交给他的任务，许博衍一直严格执行着。

临近下班时间，许博衍和冬稚正好在华微附近的商场，许博衍提议："去接我妹夫不？晚上咱仨一块儿吃个饭，我好蹭你们一顿饭。"

冬稚没意见："在外面吃还是在家里吃？"

许博衍很好说话："我都行，有的吃就不挑。"

好养活的许博衍开车带冬稚过了几条街，将车停在华微楼下，扶她上去。

作为科研部负责人兼另一位老板，陈就一向很有威信。前台见是陈就的家属，二话不说便放人进去，只往里拨了内线通知一声。

到华微所在的楼层，冬稚突然想上洗手间。孕妇的五脏六腑都被胎儿挤压，时常需要小解，恶补过怀孕知识的许博衍立刻扶她到卫生间，在外等着。

她很快出来，两人继续往陈就的办公室走去。

他们到了办公室里，看外间助理不在，一进里面，瞧见个生面孔。

一身工作装的长发女人坐在沙发上，正翻着手里的科研杂志，见他们进来，放下东西起身："你们找陈教授？陈教授不在，有事出去了……"

许博衍看她一眼，客套地颔了颔首："没关系，我们在这儿等。"

说着，他搀着冬稚往另一处小沙发走去。

察觉那女人一直盯着自己看，冬稚抬眸和她对视一眼，礼貌地扯了扯嘴角，而后专注脚下，没再往旁的地方多看。

陈就的办公室里除了会客的沙发，还有一个小一点儿的沙发，更绵软，款式也和整体风格不太搭。

见许博衍搀着冬稚往那里走，那个长发女人开口阻止："不好意思——"

两人步子停住，回头看她。

"那里不能坐。"她睨了睨冬稚，说，"那不是会客用的。"

许博衍正要说话，陈就推门进来。

三个人一齐看向进门的人，长发女人脸上的表情霎时一变，立刻带上了笑意。

陈就一顿，提步朝内里走来。

长发女人向前一步，迎上去："陈教授……"

陈就看都没看她，径直走到屋里另外两人面前。

"你今天怎么出来了？"陈就搀住冬稚，"我刚刚出去接你，没等到你。"

冬稚不好意思，轻声说："我先去了洗手间。"

陈就了然，轻声道："别站了，累。"

他边说，边扶她在小沙发上坐下。

他办公室里添的这座沙发，是他特意为冬稚准备的。她怀孕以后身子沉，他嫌原有的会客沙发不够舒服，挑了几天才定下，方便冬稚来的时候休息。

虽然她一个月也难得来他公司一趟，但他备着总是好的。

犹记得刚添置那会儿，秦承宇瞧见还啧啧地笑话他："陈就啊陈就，你就当一辈子老婆奴吧。"

片刻工夫，陈就便取代了许博衍的位置，小心翼翼地在冬稚身边照顾。

被忽视的长发女人愣了半晌，出声："陈教授……"

陈就这才想起还有个人，看向她，眼里那份柔意消减，给冬稚和许博衍介绍："这是丽信公司派来的项目负责人。"

长发女人缓了缓神，淡笑："你们好，我叫孙月筱。"她看看许博衍，视线最后凝在冬稚身上，"两位是……"

"这是我太太。"陈就握着冬稚的手，率先介绍。

孙月筱的脸色僵了一刹，但很快掩去。

"我是博研数码的许博衍。"许博衍笑笑，将她的神色看在眼里，破天荒没有伸手行握手礼。他看了看冬稚，说："这是我妹。"他又半带玩笑地说，"旁边那位是陈教授——我妹夫。"

说着，这边三人缓缓落座。孙月筱站了片刻，抿着唇，也在对面的大沙发上坐下。

"不说我还真没看出来这是陈教授的太太，刚才许先生搀着许小姐进来，我还以为许先生和许小姐才是……"孙月筱脸上挂着笑，瞥了冬稚一眼，似是不好意思，又说："许小姐长得可真好看。"

许博衍挑眉："许小姐？"

什么叫不说真没看出是陈教授的太太，而且他们都已经正式介绍过了，这位孙小姐还要捎上一句模棱两可的——"还以为许先生和许小姐才是……"

他们是什么？是夫妻？

正常人误会归误会，谁会在人家解释清楚是兄妹以后，还用这么刻意的语气特意再说一遍？

她要么就是没分寸，要么就是故意的。

许博衍也是个男人，哪里会看不出这些小把戏？他对她这般暗示实在瞧不上。

"不好意思。"孙月筱抱歉地说，"看我，该叫陈太太才对。"

她说归说，下一句却依然那般称呼："可能是许小姐长得太年轻，看着像大姑娘似的，我一时叫岔了。"

"这屋里可没有许小姐。"许博衍似笑非笑，"她是我妹也未必就要姓许。"

孙月筱愣了一下，笑着说："抱歉，那是我没想到……"

"不要紧。"许博衍淡淡接话。

冬稚坐在一旁微垂眼眸，一手被陈就握着，另一手轻轻搭在肚子上，眼都没抬。

她懒得理会，许博衍却忍不了别人试图在他妹头上动土，语气微讽道："自家事自家知，外面的人初见我们兄妹，都以为我和我妹一个姓。孙小姐不知道也是正常的，毕竟是外人。"

许博衍的这两句话，语气好似不怎么尖锐，乍一听还有种温和的错觉，但仔细琢磨，那嘲讽之意却是浓之又浓。

孙月筱没来得及开口，许博衍懒得再搭理她，侧过身，自顾自和他们夫妻俩聊起来。

"说好的晚上我去你们家蹭饭。今天陪大小姐逛了一下午，我劳苦功高，妹夫你得好好犒劳我。"

陈就平时在外人面前不苟言笑，结婚后对待冬稚的亲人有几分爱屋及乌，态度比从前温和。当下，他对着许博衍，不知怎的，越发温和：

“没问题，晚上想吃什么都行，你尽管开口。”

许博衍一脸满意，冲冬稚夸：“你看看，我妹夫多大方。”

“我也没说不招待你，不是早就答应了嘛。”冬稚唇瓣微弯，语气如常，“什么时候少过你一顿。”

她让他尽快拿主意：“你想想去哪儿吃，来的路上我就问你了。”

许博衍思忖道：“回家吃行不？好久没尝陈就的手艺，我还怪想的……”

他们一家人其乐融融，甚至在其中许博衍还有几分故意做出的样子。识相的这时候早就开口告辞了，孙月筱却硬是坐着没走。

“陈教授会做饭？”她忽地开口。

融洽的气氛像被突然插进来的异物打破，许博衍唇边的笑意稍减：“吓我一跳，差点儿忘了孙小姐还在这儿。”

记仇不记仇另说，许博衍绝对不是软性子。平日里待人接物长袖善舞是一方面，但面前这女人拿话暗里刺他妹妹，他哪儿还有客客气气的耐心，笑脸可不是谁都值得给的。

“差点儿忘了孙小姐还在这儿”，这句话的逐客意思明白得就差他直说你这个外人识相点儿赶紧走。

陈就看孙月筱一眼，淡淡地道：“时间不早了，孙小姐若是有事可以先走。”

工作上的事早就谈好，这位孙小姐借口参观执意要来公司——他们公司的考察代表早已来过，她说他们组想再参观一次，结果最后来的却只有她一个人——来了一个下午，待了这许久还在。

孙月筱微愣道：“余下没有参观完的部分……”

“下次自会有人带你们参观。”陈就的语气疏离，“科研部是华微的重要部门，事务繁忙。若是贵公司有深入了解的意向，希望下次可以一次性安排妥当，隔几天招待一位，属实有些麻烦。”

“抱歉。”孙月筱一听忙致歉，“是我考虑得不周到，我也是想着能严谨一点儿更好，所以想多考察几次，没想到给陈教授添麻烦了，希望陈教授别介意……”

“我当然不介意，招待合作方不是我的职责，若贵公司一定要来，我们自会安排接待部门陪同。”陈就那双眼平静得有些淡漠，“今天孙小姐在我办公室里待了这么久，倒是意外。”

孙月筱脸上闪过些微慌乱，压下后，佯装无事，歉意地笑：“抱歉陈教授，我想着你是科研部负责人，科研部的事情找你肯定是最稳妥的。”

陈就没说话。一旁的许博衍看着，含笑不语。

孙月筱一时讪讪的，见陈就满脸冷淡的神情，更不知要说什么。他好像也没有要跟她继续交谈的意思，言毕收了话头，垂下眼看向身边的人，眼神却蓦地温柔起来。

前一秒他对她不假辞色，言语毫不留情，后一秒却用大拇指摩挲着另一个女人的手背，亲昵至极。

孙月筱莫名觉得刺眼。先前来时，看见那座沙发她还挺有兴趣，谁知陈就客气地阻止，告诉她：“不好意思，那边的沙发不客用。”

他让她在这一侧招待客人的沙发上落座。

谁承想，那却是他为了他太太特意准备的。

陈就这样的男人条件优越，遇见一个少一个，怎么就这么早有了归属？孙月筱心里五味杂陈，伤感掺杂着不平，加上丢了面子，情绪上头，冲动之下开口：“时间差不多了，我也该走了。今天有幸见了陈太太一面，陈太太真是好福气。”她边说边看着冬稚，“人家都说职场女性和家庭主妇各有各的难处，我本来也以为是这样，今天一看，却觉得还真不一定对。陈教授年轻有为，这么辛苦在外打拼，回了家还得下厨做饭。像陈太太这样，职业和家庭哪样都没付出辛劳，不用两难，一点儿压力都没有，真是让人好羡慕。我们这些职场女性就辛苦了，为了事业焦头烂额，要是人人都能像陈太太一样那该多好。”

她这话说得已然是难听到了直白的程度，许博衍脸色一沉，道：“我妹妹年纪轻，作为艺术家资历不深，确实和孙小姐你比不了。”

孙月筱本想嘴上出了这口气就走，不想许博衍张嘴回了自己，便又顶回去：“哦？艺术家？国内的艺术家我倒不陌生，前段时间在华城开画展的张树老师去年刚在国外拿了大赛铜奖，国际著名画家莱昂·盖勒大师给他颁奖，还说要收他做徒弟。我正好跟张树老师常有接触，他们那个圈子里的人我认识不少，不知道陈太太具体是从事哪方面的艺术家？说不定您哪位同事或者哪位老师我也认识。”

她刚说完，许博衍还没回答，门就被敲响。秦承宇从外面走进来：“哟？”他没想到还有个外人在，左右看了一眼，笑道，“你们聊什么呢，这么热闹？”

许博衍似笑非笑：“这位孙小姐听说我妹是艺术家，问我妹具体从事哪方面的艺术。”

秦承宇一听，道：“孙小姐对艺术还有了解？”

孙月筱抿了抿唇：“了解一些，不过都是美术相关的，国内新兴画家接触得比较多……”

“美术？那你可能不太清楚许总他妹那个领域。而且她虽然人在国内，但不经常在国内艺术界活动。”秦承宇热心解答，说着毫不吝啬地夸起冬稚，“国际上最活跃的华人女小提琴家，Dawn Dong 老师。你要是有爱好古典音乐的朋友，会欣赏的保准都听过她的名字。”

孙月筱一愣。

“其实美术，我大概也了解一点儿。”一直没怎么说话的冬稚缓缓开口，“孙小姐说的那位张树画家，我虽然不认识，但是给他颁奖的莱昂·盖勒大师，我们在纽约吃过几次饭。家师西林先生和盖勒先生是好友，有一回在老师家，盖勒先生还指导我即兴画了一幅水彩画。”

艾达伯格·西林在画家圈子里人缘很好，交到了许多不错的朋友。

冬稚是他的爱徒，可以自由出入他的宅子，各行各业的大师们见得多了。更何况她本身也不赖——曼哈顿音乐学院出来的，和她一样数得上名号的当代校友，哪个不是人物？

炫耀是一件很低级的事情，虽然不屑于此，但别人先释放恶意，她自然也不会由着别人放肆。

孙月筱面上愕然，张了张嘴，没说出话来。

她隐约听过 Dawn Dong 的名字，自诩高雅人士，肯定要接收这类讯息。但她了解得少，也没特意去搜索关注过，哪里会知道面前这个人正好就是 Dawn Dong。

“不管是职场女性还是家庭主妇，我向来两者都很尊重。不说别人，只说跟孙小姐比，我们当然是不一样的。”冬稚语调缓慢，从容有余，“职业女性和家庭主妇的为难之处我懂不懂有待商榷，但我的压力孙小姐肯定是不懂的——毕竟眼界不同。”

不等孙月筱开口，冬稚就抬眸看向她：“孙小姐说要是人人都像我一样就太好了，这话我就当奉承听了。不过说句不自谦的话，我也不是那么好‘像’的。别人不清楚，孙小姐你肯定是不行的。”

“你——”孙月筱脸上一红，又羞又怒，偏偏反驳不了，面子没找回来，反而丢得更彻底。被这间屋子里的几双眼睛盯着，她再也待不下去，提步往外走：“我还有事急着回公司，告辞。”

秦承宇察觉不对，看了看她的背影，奇怪地道：“这是怎么了？”

陈就冷然道：“以后少安排合作方参观。”

“我不是问过你了吗？”

“问？先答应了才告诉我，这叫告知不叫问过。”

秦承宇低咳一声，道：“她说联系过你了，我一下子不好拒绝……”

陈就懒得跟他争论这些，不再废话，扶着冬稚起身。

见他们三人要走，秦承宇问：“去哪儿？”

“下班回家。”

许博衍道：“我跟着蹭饭去。”

“蹭饭？带我一个呗？”

陈就拒绝得干脆：“没你的份儿。”

回家的路上，许博衍开着车问冬稚：“刚才你怎么不生气？”

冬稚反问：“生什么气？”

“那个女人啊，前面讲话就阴阳怪气的，我一听就不舒服。”

冬稚淡淡扯了下嘴角：“没什么好生气的。”

许博衍挑眉，没回头，对陈就道：“你看，我妹还挺信得过你。”

陈就没什么表情，像是回答他，又像是告知冬稚：“我已经删了。”

他指的人是谁，不需多言。

冬稚一愣：“你们和她的公司不是还有合作吗？”

陈就淡淡地道：“我不负责这些，原本就没有接待客户的义务。谁负责谁和她聊，再者，能不能合作还不一定。”

冬稚看了他一会儿，过后，认真地说：“我没生气，也没介意。”

“我知道。”他说，“我知道你不会多想。”

“打住打住。”许博衍忍不住叫停，“你俩差不多得了，我还在呢，突然腻歪起来可还行？”

冬稚看向前面的人：“没腻歪，我们在讲认真的话。”

“行行行，知道你们感情好。”许博衍的语气发酸，“别在我这个单身贵族面前炫，受不了这刺激。”

许博衍赶紧岔开话题：“我们吃什么？要去买点儿菜不？”

冬稚顺着他的话，说道：“到家附近的超市停下吧。”

许博衍不跟他们客气，开始点菜。

“要一个鱿鱼，还有松鼠鳜鱼，陈就刀工不错，让他好好切……

“上回做的那个小炒也可以……

“还有牛肉……”

冬稚含笑听着，不管他点什么，只说“好”。

陈就没说话。两人在后座相依，他轻轻握住她的手。

冬稚侧头朝陈就看，对视间靠向他的胳膊，笑意加深。

车往前开着，窗外的光被遮挡，她和他之间的感情无法对外人言说，温度舒适得正好。

番外二　圆　满

陈之纯和冬有真的诞生十分顺利。或许是知道自己在冬稚肚子里让她受尽了折腾，两个小家伙在最后关头非常给面子。

冬稚被送去医院后几个小时就生了，顺产。

按照陈就期望的那般，两个孩子一个女孩儿一个男孩儿。按照先后顺序，并非兄妹，而是姐弟。

姐姐叫陈之纯，弟弟叫冬有真。

两个孩子不仅性别不同，性格更是天差地别。有真安静温暾，喝奶都比姐姐少喝两口。之纯活泼好动，不仅更早学会翻身，更早学会爬，成长路上的各个方面都比有真更先一步学会。

姐弟俩倒是一样好照顾，平时被放在同一个大摇篮里。他们给之纯一个玩具，在有真眼前挂一个小物件，两个人一个玩，一个看，这样就能安安生生待好半天。

他们偶然发现之纯会翻身是在某天的一个午后。

冬稚和陈就两夫妻难得清闲，陪两个孩子一块儿待在房里。孩子午睡醒来，吃饱后在摇篮床里玩，他们夫妻俩靠坐在床头各自看书，不时聊天儿。

听到摇篮床里传来动静，之纯“啊呀”“啊呀”叫着，熟知他们习性的冬稚和陈就立刻起身分工，一个冲奶粉，一个到床前哄他们。

“乖哦，爸爸在冲奶粉了，马上就可以喝啦。”冬稚像煞有介事地对他们解释。

弟弟没什么反应，之纯却像是听懂了似的直冲着她笑。

之纯打生下来就爱笑，格外招人疼，霍小勤和许叔都特别喜欢她。大舅许博衍、干爹秦承宇更不用说，每次见了都抱着她不肯撒手。

冬稚夫妻俩倒没什么偏好，手心手背都是肉，哪个都喜欢。活泼有活泼的可爱，安静有安静的好处，他们对姐弟俩向来一视同仁。

只是偶尔冬稚也会对陈就吐槽：“你看，儿子这脾气一看就像你，这么不活泼。你们俩简直像一个模子里刻出来的，一大一小两块木头。”

“不活泼就像我？”陈就平静地反驳，“你很活泼吗？不是你自己说，我以前人缘好是出了名的，到底像谁多一点儿？”

好像有点儿道理，冬稚想了想，干脆不去接话。

陈就那边调着奶粉，冬稚见摇篮床里两个小家伙没什么事，转身把床上两本书收好放在床头柜上——刚才她和陈就顺手就扔在一边了。

她放好书还没转身，就听到摇篮床里传来响动声，而后是一声“咿呀”，听着重重的，像是使出了吃奶的力气。

一回头冬稚就愣了：“之纯——”

陈就拿着两个奶瓶过来。之纯不知什么时候翻了身，摇篮床里空间不小，蹬着藕节般的腿往前爬。别的倒还好，会翻身会爬是好事，只是她将弟弟当成了借力的工具，一脚蹬着有真包着尿片的腰侧，奋力地往前挪动。

冬稚伸手抱开她的时候，她的脚已经进阶蹬在了有真脸上。

有真肉肉的小圆脸被姐姐的脚踹得挤在一块儿，他还一副无事发生的样子，冲着面前吊在空中的玩具发出“啊呜”“啊呜”这般的声音，自得其乐。

也不知他会不会觉得突然之间嘴有点儿难张开，一侧脸颊上的肉被挤得过于用力了些。

冬稚把之纯抱起来，可算解救了有真的肉脸。

“你这个坏家伙。”她看着笑得开心的女儿，颇为无奈，“怎么能踹弟弟的脸呢？你弟是个傻瓜，但是你不能欺负他呀，对不对？”

凡大人说话，之纯都像是听得懂，会一直看着对方的眼睛，但真的听懂当然不可能。她偏就古灵精怪得很，不管大人是嗔是训，永远用一张讨喜的笑颜混过去。

冬稚擦掉她嘴角流下的口水，去看摇篮床里的有真，更无奈了：“你看这个傻瓜。”她让陈就瞧，哭笑不得，“脸被踹了也不知道，不哭不闹，完全沉浸在自己的世界里。”

陈就轻轻摇晃手里的两个奶瓶，表扬：“很好，沉稳是好事。”

说着，陈就抱起摇篮里俨然不知自己被夸的那个，将奶瓶喂到他嘴里。

沉稳是用在这儿的吗？冬稚都懒得说他，摇摇头，从他手里接过另一个奶瓶，喂之纯喝奶。

姐弟俩日渐长大，但性子还是如同婴孩儿时期，没有太大改变。

有真非常喜欢看书，抱着书看起来就不停，小时候看各种寓言故事，大了渐渐涉猎各种各样的书籍。他很早就学会握笔写字，而最喜欢做的事就是做数学题。

冬稚给他一本数学习题册，他能安静地在书桌前待一整个下午。

之纯比他活泼多了，不仅爱看书，也爱看电视、电影，艺术细胞十分活跃。冬稚给她放国外的动画电影，里面的插曲、主题曲听过一遍她就能唱出来。平时冬稚练琴，她喜欢搬个小板凳坐在旁边听，平时爱动的一个人，每到这个时候都格外安静。

两个孩子的外貌也着实会长。之纯的脸型像冬稚，比她柔和几分，是恰到好处的鹅蛋脸，眉毛、嘴唇和下巴像她，眼睛、鼻子像陈就，气质像他年轻的时候。她温婉柔和，明艳大方，笑起来尤其甜。

有真的脸型像陈就，眉眼却像冬稚，凌厉的眉梢、鼻峰，让他这副男生女相显得硬气几分，但又带着些许冶艳。他安静话少，举止温暾，和五官相反，气质尤为冷淡。

但凡见过他们的人，没有人不夸这姐弟俩的外貌长得好。

像当初在摇篮床里被姐姐踹了脸仍然毫无反应那般，他们姐弟之间一直是之纯占据主导地位。有真从小就听她使唤，帮忙跑腿拿玩具，剥橘子，洗水果，任劳任怨。

冬稚和陈就也曾稍稍担心过，怕时间久了两个孩子产生矛盾，但观察一阵后发现实在是杞人忧天。两个孩子互相依傍，没有谁比他们更知道护着对方。

那天是某个上学日。

被保姆从国际幼儿园接回来，之纯气冲冲地跑来找他们“认错”——只看她的架势，都不知该不该说是认错。

她脸上不见半点儿心虚，张口就是一句：“爸爸妈妈，我今天跟同学打架了。”

他们俩被吓了一跳：“跟谁打架？弄伤了没有？为什么打架？”

“没有弄伤。”之纯梗着脖子说，“我跟一个男生打架，他抢有真的手表。我出去转个圈玩了一会儿，回去就发现弟弟手上的表不见了，之前还有的，被那个男生抢走了！我让他还回来，不还就揍他，他不肯，所以我就揍他了！”

冬稚蹲下，细致地把她身上检查了一遍，不放心：“真的没有弄伤？”

“没有。”她摇摇头，“他打不过我，还哭鼻子了，真不羞。”

陈就问：“打完架之后呢？”

之纯说：“我把手表拿回来了，弟弟戴着呢。”

“你们打架老师没拦着？”

“老师开始没看到，后来才过来拉开我们。”

“老师没有骂你？”

之纯哼了一声：“没啊，老师就让我们不要打架，互相道歉。明明是他先抢东西的，还好意思哭，我也会哭，比谁大声我才不怕他。”

冬稚闻言教育她：“以后不能这么冲动，爸爸妈妈不在，万一你受欺负怎么办？再有这样的事情你就去告诉老师，老师不管你回来告诉爸爸妈妈，好不好？”

之纯点了下头。

他们正说着，洗完手的有真迈着比平时急的步子过来：“爸爸妈妈。”

“嗯？”冬稚和陈就看向他。

“姐姐是因为我才打架，你们不要骂她。”他大概是以为之纯在挨训，板着张脸，主动认下错误，“要骂就骂我。”

没等他们说话，之纯抢先训他：“你傻啊，爸爸妈妈才不会骂我们。”

冬稚把他拉过来，一手揽着一个人，细声给他们讲道理。

待事情结束，等冬稚和陈就给老师打电话问清情况，回客厅一看，之纯已经歪躺着，如往常一样将有真使唤得满屋子跑。

“弟弟，帮我拿草莓果汁——

“弟弟，把我的画画本拿过来。

“弟弟，看见我的发卡了吗？快帮我找一下……”

有真迈着不算十分修长但比起同龄人已经有模有样的细腿在整个家里来回奔忙。

他每完成一样，就会收获姐姐一声甜甜的“谢谢”。

当之纯第六次把有真叫过去的时候，冬稚明显看见他吁了一口气。他抬起手偷偷擦了擦额头上的汗，她登时觉得又好笑又无奈。

靠着身后陈就的胸膛，她回头看，夫妻俩相视一笑，无言地摇头。

一个愿打一个愿挨，另一种形式的感情亲厚，也挺好。

两个孩子再大些，之纯就不支使有真跑腿了，但姐弟俩在食物链中的地位还是没变。有真爱护姐姐，之纯疼爱弟弟，半大的孩子偶尔吵吵闹闹斗斗嘴，日子过得格外有意思。

大多时候是之纯逗有真，他随着年岁增长性子越发沉稳，不屑于做这些“幼稚”的事。

之纯上初中就开始收到不少情书，也有男孩子试图从有真这边套近乎，无一例外全被他漠然又好似洞察一切的眼神和听到“你姐”两个字就陡然变冷的态度吓跑。

他俩读高一的时候，某个休息日的下午，冬稚发现他们俩窝在客厅沙发上，拿着张纸嘀嘀咕咕，见她走近，飞快地把纸藏到背后。

冬稚不追问，只用余光睨他们，坐下悠悠地喝了杯茶。没多久他们先忍不住，老老实实地把手里的东西交了出来。

“妈，你来看看，我这段写的怎么样？”之纯挽起她的胳膊，让她点评。

“什么东西，台词？”冬稚扫了一眼纸上的字句，问，“你们要排练什么节目吗？”

之纯忙说不是，冬稚定睛一瞧，微微皱眉。

“这是什么？”

“这个是我说的词，那个是弟弟说的词。”之纯给她解释，“你看，这写得是不是还挺不错的？”

纸上就两个角色，冬稚道：“你们这是演的哪一出？”

之纯咳了声，说：“有个外校的男生追我。”

“嗯？”

“是在图书馆遇见的。我不喜欢他，但是他老来找我，我拒绝了他好多次，他都不死心。”之纯说着，一把将有真扯过来，“所以这次我打算见他，然后让弟弟半路杀出来，让他死了这条心。”

冬稚琢磨过来：“你是让你弟陪你演戏啊？”

有真的脸上没什么表情，却仿佛隐约能看出一丝无奈和尴尬之色。

“对啊。”之纯点头，“我弟长得这么帅，又高，成绩好，还会打篮球……那个男生不是我们学校的，了解得不多，一看见弟弟肯定会被唬到。就算以后知道是我弟，有这么个标准在，他估计也要不好意思。”

冬稚笑道：“你还真是机灵。”

“那当然。”之纯嘚瑟，不忘嘴甜，“像你和爸嘛，聪明是当然的。”

看看时间似乎差不多了，之纯不再多说，拉着有真去收拾东西，准备出门。

冬稚送他们到门口。

有真让她回去：“妈，你别送了。”

“等我们的好消息。”之纯冲她比了个“V”字，拽着还在关心冬稚的有真走了。

冬稚看他们走远，关上门，嘴角挂着笑，一回头，陈就从楼上下来。

“他们出去了？”

“嗯。”冬稚迎上陈就，没多说，“年轻人就是好。”

“我们也不老。他们不在家正好清静一会儿。”陈就揽住她的腰往里走，声音离门边渐远，“我给你晒的樱桃干可以吃了吧？泡壶花茶，我们坐下晒晒太阳，难得天气这么舒服……”

冬稚和陈就结婚的第二年年中，彼时之纯和有真还未降临，他们也并未将要孩子的计划提上日程，这时陈文席突然病了。

陈文席身体功能不健全，整日都需要别人照料才能维持基本生活。在这样的情况下，他的脾气越发暴躁。

那一场意外的发生，无论是萧静然的离世抑或是他的受伤都让他的心境变得更差。

保姆不仅动辄要忍受陈文席的辱骂，还要时不时地被他拿东西砸。在这样的环境里工作实在受折磨，保姆有好几回都表示坚持不下去了，和陈就提出辞职。

若不是陈就给的工资高，一次又一次提升待遇，这份工作或许早就没人愿意做了。

那时暑气正热，陈文席的身体状况急转直下，一天比一天更不好。他没了叱骂保姆的力气，东西吃得越发少，体重也减得厉害。

陈就着人送他到医院检查，里外查了一遍，查出肺部病变。医生对陈就直言："您父亲的身体不太好，肺部的癌细胞扩散极快。这个阶段别人或许还能争取一下，但他这个情况，身体机能跟不上，要治疗怕是很难。"

陈文席爱抽烟，哪怕是下半身不能行动以后，仍没有戒烟。

保姆也没办法："我不让老先生抽烟他就发脾气，上次我把他的烟和雪茄收起来，他生气，把房间里的东西砸得满地都是，一直骂骂咧咧。我不给他买烟买雪茄，他就不肯吃饭……"

陈就没责怪保姆，只说了解。这些日常，她早都向他汇报过，怎么也怪不到她头上。

苦闷的生活让陈文席加速成了老烟枪，一天从早到晚烟不离手。他抽空回去的那一次，陈文席在房间里抽烟，整个房间里烟味弥漫。

陈就不过劝阻了一句，陈文席就大发脾气骂他，污言秽语不堪入耳，直说他翅膀硬了，会赚钱了不起，不把自己的老子放在眼里。

和几近失去理智的人没有道理好讲，当时陈就淡淡地对他说："你迟早有一天会把自己的身体搞垮。"

陈文席吼他："我死不死又怎么样？你不是早就盼着我死吗？就算不死也会被你这个不孝子气死！"

他像是面对仇人一样放狠话：“我就算死也不用你管！”

离那会儿不过一年，陈文席的话便应验了。

陈就安排陈文席入院治疗，能治一时算一时。对这个父亲，他说不清怀抱着怎样的感情。孺慕之情？没有。从小到大，陈文席不在家的时间比在家的时间长得多，除了偶尔问一句他的学习情况，不怎么管他。

都说父亲是儿子的榜样，陈文席却并没有做好表率。在高三毕业的那个暑假，本来还算体面的父亲形象一夕毁了个彻底。

后来便是一地鸡毛。

他去留学，陈文席阻断他的经济来源逼他就范。紧接着陈文席遇到的不顺越来越多，失意让他失态，和萧静然不是吵就是闹，日日不得安生。

陈文席出了意外之后就更不必说，暴怒、狂躁，抽烟上瘾，将仇恨投射到他这个儿子身上。

陈文席癫狂扭曲的样子已经让陈就忘了前半生那个不太亲近但尚算庄严的父亲。

面目模糊，物是人非。

陈文席得重病这事，陈就知会了冬稚，但没让她去医院。变质的关系就像破碎的玻璃碴子，你硬要捡起来，只会被碎片扎破手，没有这个必要。

治了大半年，在冬天来临的时候，陈文席走了。

接到病危通知那天，陈就和冬稚驱车赶回，去医院见陈文席最后一面。

单独病房里，陈文席周身都是仪器，无法抵挡的疼痛让他衰老苍白。

陈就在他床边，父子俩没怎么煽情，陈文席艰难地问他：“你是不是很恨我？”

陈就摇头：“我不恨您。”

“那你为什么不肯接家里的班……”

陈就说：“我不喜欢做生意，那不是我的志向。”

陈文席喘气喘得很累，追问：“你现在的公司还不是做生意？”

“那不一样。”

“当初……我如果不那么强硬地逼你，你会不会……”

“你们用的方式虽然有问题，但根源不在这儿。不论怎样我都不会答应。”陈就说，“我还是会坚持我真正想学的。”

陈文席用浑浊的眼睛看着他，眼里的情绪复杂。几秒后，陈文席问："你妈……走之前跟你说什么了？"

"她什么都没跟我说。我赶到医院的时候，医生直接宣布死亡。我没见到她最后一面。"

那时陈就只对陈文席说了萧静然的死讯，没提更多的事，陈文席也没问，不想这时候会提起。

陈文席沉默好久，期间呼吸变重，心跳也加快，但还是慢慢平静下来。

他忽地对陈就问："她来了吗？"

只一秒，陈就便明白过来，他说的是冬稚。

陈就无言，点了点头。

"我想见……见她。"陈文席费力地说，"你让她进来……"

陈就沉默了许久，半晌，转身走出去。

没有替冬稚做决定，陈就把陈文席的话转达给等候在外的冬稚。

"我爸想见你。"他说，"你愿意的话就见一面，不愿意的话就不要进去了。"

冬稚抬头，看向他藏着疲惫的脸，伸手在他脸上抚了抚，说："没事，见就见吧。"

两人一同进去。

陈文席的眼神直直地盯在冬稚身上，病房里好久都没人说话。

他开口的第一句话，是对陈就说："你先出去……"

陈就微微皱眉。冬稚递给他一个安抚的眼神，他才提步出去。

陈文席的声音发干："你过得不错……"

冬稚说："还行。"

"陈就对你很好？"他问了，又自己回答，"也是，他怎么可能对你不好？为了你，连父母都不要……"

"你怎么不想想你们做了些什么？"冬稚听不得他说陈就不好，"他够孝顺了，你这话说得真的没道理。"

陈文席似是扯了下嘴角："你还挺护着他……"

"他是我丈夫。"

"你既然知道他是你丈夫，为什么……为什么不体谅他？"陈文席忽然变了语气，"陈就他本来有好好的家庭，你想和他在一起，即使我们不同意，也完全可以不用这样……你非要弄得所有人都这么难堪，害得他和家里人决裂……你就是为了报复我，是不是？”

冬稚蹙了下眉，没说话。

“为了报复我，我知道……你恨我……陈就呢？你怎么就不体谅他？”

“我觉得你没资格说这句话。”冬稚忍不住道，“逼他的人似乎是你们，不为他考虑的人也是你们。”

陈文席呼吸急促，喘了好几口气：“你……”

冬稚不出声，安静地等他平复下来。

陈文席发出痛苦的哀鸣声，似是被身体上的疼痛折磨到极致。

冬稚静静地站着，脸上没有一丝表情。

“冬……”陈文席张着嘴呼吸，两眼直瞪着天花板，“冬豫……冬豫，我没有想……没想害死他……”

听到冬豫的名字，冬稚脸上终于有了表情，不由得将唇瓣抿得用力了些。

“我没想到他会出车祸……我是嫉妒他，比我聪明……比我勤奋……就连我爸都喜欢他……”陈文席艰难地说着，“我是嫉妒，还有一点儿恨，恨他为什么在我身边，衬得我……衬得我这么平庸……可我真的没想让他死……”

半晌，冬稚开口：“人早就不在了，说这些有什么意义。”

陈文席像是没听到她的话一样，自顾自地说着。

“那个生意，我谈了好久都没成……冬豫去……就成了……我生他的气，发脾气，骂他……他一句都没有还嘴……

“我不知道他会在路上出事……我只是……只是……”

他开始胡言乱语。

“爸那么喜欢他，给我的东西，给他的也一样……

“我想有出息……结果出了那样的事……爸罚我跪了两天书房……我赌气……大不了以后生意分他一些，可他……可他偏偏一点儿都不怨恨……我知道我永远都在他面前抬不起头了……冬豫……

“冬豫……”

他们儿时一起放的风筝，逗的蛐蛐儿，在巷子里穿来跑过的路，一同爬过的树，都走远了。冬豫结婚那天，陈文席明明很高兴，两个人一起大口喝酒，喝得都醉醺醺的。

冬豫说等老了以后，没办法再给自己帮忙的时候，就偶尔来串串门，陪自己下棋喝茶，或者两个人一起上公园遛鸟钓鱼。

陈文席嫉妒他的聪明，羡慕他的天分，怨恨他的存在。可陈文席同样习惯了他的陪伴，一次一次得益于他的照顾，也明白他的忠义。陈文席本以为会带着这样复杂的感情和冬豫相处下去，一直到老，直到有一天自己老了不计较了，能够放平心态，像他说的那样，和他做一对悠闲的老兄弟。

陈文席以前总觉得自己也能行，只是被他衬得不好，后来事实却证明，原来真的差他许多。没了冬豫，陈文席的日子并没有过得更好或走得更顺，反而一路坎坎坷坷。陈文席犯的错越来越多，糊涂的时候也越来越多，所有的一切都变得越来越糟。

混混沌沌地走了很久，陈文席忽然有一天怅然地发现，那个每当自己犯错都会站出来替自己承担、陪自己渡过难关的人，真的不在了。

可惜为时已晚，所有的事情早已无法挽回。

陈文席在一番胡言乱语后，心跳开始异常。

冬稚发现他情况不好，立刻喊人。医护人员飞快地进来，手忙脚乱。陈就和冬稚在床尾，亲眼看着陈文席心跳停止。

陈就握紧了冬稚的手，怕她害怕，低头见她红了眼眶。

“冬稚？”

她吸了下鼻子，把那股莫名的酸意逼回去，侧了侧脸：“没事。”

她想起冬豫离开的那一天。

整个世界都塌了，从那天开始，她无比憎恨陈文席。

如今，陈文席临死前念着的还是冬豫的名字。他心里是否真的感到愧疚？而那天雨夜赶去接他的冬豫，在车祸发生的那一秒，是否也曾怨恨过陈文席？

没有人知道。

十月霜降，冬日降临的时节，陈文席离世。

陈就那本贴满冬稚相关报道的本子，某一天被冬稚发现。

她待在书房里，抱着看了很久。直到陈就进来，她也不放下，甚至挥手赶他出去，不许他打扰。

后来过了三四天，冬稚把本子拿给陈就看——

每一则报道旁边，都贴着一张他的照片。她用不同颜色的笔，在空隙之处写着那个时间段他正做的事。

他正在学校参加某项研究，正在专攻某个领域，收到邀请决定回国，研发的项目有了新的进展……贴的照片虽然和这些并不完全对得上，但她写下的内容，就像是亲自作为旁观者目睹了这一切。

“我问了彭柳和秦承宇，弄了好久才弄好。”她说。

那些她缺席的日子，她只能用这种方式弥补。

两个人独自前行的时间线，在这个本子上有了另一种交会。

陈就默然无言，伸出手抱住她。

他知道，他们再也不会错过彼此的人生。

冬稚在阿沁那儿见过的学员——单茜。那个崇拜她、喜爱她、听她的 CD 一听就是半天的小姑娘，高考后进入了曼哈顿音乐学院，成了冬稚的校友。

只不过单茜走的不是小提琴这条路。

鼎鼎有名的指挥家单茜，英气、沉稳，深受艺术界喜爱，而亮相国际的第一场演出就是冬稚的巡演。

后来，单茜因工作常驻奥地利。但只要冬稚巡演，单茜必定会亲自担任首场和末场的指挥。

霍小勤去世之前，刚病那阵儿，和冬稚说起先走一年的许父：“你许叔在的那会儿，问我以后走了决定和谁葬在一起。你说我能怎么决定呢？你爸孤零零一个人，我舍不得。我同样也觉得对不起你许叔。他反倒体谅我，说我陪了他小半辈子已经足够，我要是和他葬在一块儿，你爸和博衍他妈就太孤单了……我欠他太多。”她叹气，感慨，“转眼他都走了一年多了……”

彼时冬稚陪在她的床边，握着她的手，一个字都说不出。

后来，霍小勤真的辞世，那天冬稚哭了很久。

冬稚是见她最后一面的人。在她咽气之前，冬稚握着那只苍老的手，贴着她的脸，告诉她——

“做你的女儿很好。你，还有爸爸，这辈子做你们的女儿，真的特别好。”
所幸冬稚没有遗憾到底。
冬稚没有机会对冬豫说的话，霍小勤一定会代为转达。

再后来，报纸写了特别报道。
事业有成，夫妻和睦，儿孙满堂。
那个名字很好听的女小提琴家，过完了非常圆满的一生。

番外三　温　岑

温岑和桑连认识，是在wan酒吧开业的第三天。

关怀那小子催魂似的——温岑早说了不去，关怀非得一通一通电话打过来，张口就是情感绑架：“不给脸了是不是？都是兄弟，还要我这样三催四请的，没意思了啊。”

彼时温岑都已经准备换睡衣歇下：“我说你这大大泡夜场，身子可真吃得消，肾也太好了吧。”

“少废话，现在请你还请不动了？快点儿，大家都在，就等你了……要我上门去请你是不是？不认识路还是开不动车啊？我这就到你家楼下接你去。”

温岑可用不着这孙子上门来接，他来了那是真没得安生。温岑怕了他，合计也没什么事，只好答应：“行行行，我这就出来，三十分钟成不成？”

关怀听他应下，连声催促，最后心满意足地挂了电话。

大晚上的，温岑开着车中途赶去，到的时候场子正热。

桂城这地界，总共就那么些人。他们生意做久了，甭管是几代传下来的富户，又或者白手起家的新贵，还有他这种比上不足比下有余——稍微挣下点儿家底的半吊子，多少都互相认识。

包间里坐满了一圈人，都是熟面孔。

温岑进门被满屋子的烟酒味熏得眯了眯眼，和关怀打了声招呼，随口问："今天又是谁的局？"

"今儿周林请客！"

"他人呢，怎么没见？"

"老板是他发小儿，外边说话去了。"关怀解释，递给他一杯酒。

杯子里的酒不止一种颜色，掺了好几种酒，还有一个透明的小杯子泡在里面，酒液映得那透明杯身流光溢彩。

"炸弹不得来一个？"关怀见他举着杯子瞧，"这么晚才来，都搁这儿等你，不喝这一杯下去，怎么够意思？"

温岑失笑："我看你这是想炸死爸爸。"

"滚，我是你爸爸。"

座上三两个端着酒杯的人都伸过来和温岑碰杯，发出当当的脆响。温岑仰头把酒喝净，一气呵成。

关怀笑得见牙不见眼："我就爱和温岑喝酒，爽快。"

温岑放下杯子，手搭上他的肩："那可不，儿子都爱爸爸。"

关怀啐他："滚，能不能少占老子便宜。"

喝酒吹牛，一帮男人聚在夜场里无非就是那么点儿事儿。要么则是泡妞——温岑几乎不参与这项活动，懒散地往沙发上一靠，喝点儿酒，兴致高就和他们玩玩闹闹，累了就走。

说着说着，聊到一个没来的朋友，几个人打趣，说他忙着泡妞去了。

"天天上人家大学门口等着，别提多殷勤，当心肝儿宝贝地哄着，含嘴里都怕化了。不知道的人真当是哪里来的绝世情种！"

一帮人哄笑。

有人无情地拆台："他这回能坚持几天哪？"

"我赌三个礼拜。"

"不能吧，我看最多也就半个月。"

"打赌？"

"打赌就打赌……"

温岑没掺和，嘴角挂着笑默默听着，末了顺嘴问关怀："孙应安又在泡妞呢？”

“什么叫又啊，他那是一直在路上，从没停下过。”关怀拍拍他，“给你介绍一个？”

“别，我不用。”

“不是让孙应安介绍，我给你介绍。”关怀啧了一声，道，“你一大老爷们儿，身边没个知冷知热的女朋友，多寂寞。”

温岑笑话他：“你自个儿寂寞去吧，我每天忙公司的事，焦头烂额的，累得够呛。”

“再忙连谈个对象的时间都没有？”

“你去‘关怀’别人行不？我就不用你操心了。”温岑挪开他的手，逮着他的名字开玩笑。

关怀见他油盐不进，说不通，笑骂：“得得，你去当和尚吧。”

温岑懒得说话，直接抬腿踹他一脚。关怀将杯里的酒洒了小半，差点儿没端稳。

温岑待了差不多一个小时，给足他的面子，酒也喝够了。期间周林还带发小儿老板进来打招呼，一帮人见礼，又喝了一杯酒。

温岑约的代驾到了，跟关怀说要走。关怀骂骂咧咧的，说他：“你就跟个大姑娘有门禁似的，家教真严！”

温岑往他脑袋上给了一巴掌，去厕所小便。

完事儿出来，他刚要和朋友们道别，再碰个杯什么的，门突然被推开，冲进来一行人。

带头的是个女人，应该说一群都是女人。

五六个女人妆容精致，穿的衣服、挎的包、脚踩的鞋都十分昂贵，看起来有模有样。

离得最近的人被吓了一跳，随后不正经地调笑：“美女，什么事儿啊？”

为首的长卷发女人气势汹汹，没理跟她搭话的人，瞪着眼在昏暗的灯光下环视一周。

她突然就对准了温岑。

桑连冲到他面前——靠得太近，温岑正准备拿烟，冷不丁吓一跳，下意识往后仰了仰。

她身上的香水味挺重。没等他反应过来，她就指着他的鼻子语气不善地质问："你是不是孙应安？"

男人们一听这话禁不住低笑出声。

温岑将左手揣进西装裤兜里，居高临下地睨着面前这张脸——杏仁大眼、尖尖的小脸、秀鼻小巧挺翘，她长得挺好看。

她就是脾气不好，看这架势跟个炮仗似的。

温岑扭头瞪看好戏的人一眼，骂道："笑什么？！"

他们笑得更猖狂。

"我问你话呢？"桑连瞪着他，"你是不是叫孙应安？"

"不是。"温岑没兴趣跟她废话，"找错人了。"

他绕开她就要往外走。

桑连挡在他面前，拦住他的去路，狐疑地道："不是？你叫什么？"

温岑一点儿也不客气："我叫什么关你什么事？"

"你……"大概从来没有被人用这种语气回答过，桑连骄纵惯了，脾气上来，"你不说清楚就不准走。"

"不准走？你能拿我怎么样？"温岑样子懒散，一副应付的语气。

桑连盯着他道："你含含糊糊不肯说，肯定有鬼……你就是孙应安对不对？"

温岑也是来了兴致，道："我要是孙应安，又怎么样？"

一帮人看好戏，没一个吭声的。

桑连被满屋人注视，瞧着温岑这副模样就来气，看了几秒，忽地抓起桌上的一杯酒，抬手就泼在他脸上。

关怀和另两个跟温岑关系好的人，见状笑意尽敛，登时皱眉起身，其余人也变了表情。

"死渣男，学什么不好学人劈腿，玩弄我姐妹的感情，也不照照镜子？"桑连冲他怒骂，"我告诉你，不是什么人你都得罪得起的。"

温岑拧着眉，抬手抹了把脸。

桑连还欲再骂，看他的眼神有所变化，蓦地有些愣，不到一秒，又理直气壮起来："你……"

下一秒，温岑抓住她的手腕，将人一扯甩到沙发空位上。

跟桑连一块儿来的几个女人见状冲上来："桑桑——"

关怀几个挡住她们："干什么？别乱窜，看不见这屋里有人？"

"你干吗？"桑连见温岑走过来，脸色变了变，"我告诉你，你要是敢动我一根汗毛，我妈不会放过你——"

她挣扎着要起来，温岑没给她机会，捉起她的脚腕，脱下她的一只高跟鞋。

这发展有些让人意外，桑连一时没反应过来。温岑两手一掰，将她的鞋跟撅断，精准地扔进隐藏于满地酒瓶之中的垃圾桶里。

"泼回去显得我没风度，但你实在有点儿欠教训。"温岑拍拍手，脸上有点儿嫌弃的神情，"你就光脚回去吧。"

桑连愠怒："你……"

温岑危险的眼神制止了她想要起来的动作："别给脸不要脸，再发疯就不只是撅你鞋跟这么简单了。"

莫名被他震慑住，桑连一时竟没敢动。

温岑冲其他人抬下巴："我先回了，你们玩。"

这下一个个的都没拦他，只说让他路上小心。

温岑走了两步，忽然停下，转过身。

看着沙发上的桑连，他道："再说一遍，我不是孙应安，你找错人了。"

两天后，温岑从关怀嘴里听到了桑连的名字。

"桑家的？难怪。"温岑淡淡喝了口水，没什么太大反应。

在桂城，桑家也算是有头有脸，富了三代。到桑连爸爸这一辈，人丁不兴，就她一个独女。

"可不是嘛。她中学就出国了，打小儿在外，最近刚留学回来。不是跟桑家走得近的，谁认识这么个一年就回来过一次春节的大小姐。"关怀吐槽说，"她也是有够刁蛮的，才回来半年，光是惹事就三四回了。先头我就听说过她，本来以为小道消息不可信，这一见人，看来别人说的都是真的。"

温岑不咸不淡地嗯了一声。

关怀又道："她这两天正四处找你呢。"

"找我？"

“可不。被欺负了可不得把场子找回来吗？”关怀叮嘱，“你小心点儿啊。”

“小不小心能怎么？”温岑不是不认识桑连的爸爸，都是一个地界混饭吃的，互相都得给点儿面子，“她还能找人揍我？”

“别说，还真有这种可能。被宠坏的大小姐，哪儿管三七二十一。她爸好像都管不了她，她妈又事事都惯着她，无法无天着呢。”关怀不知是在提醒他还是在幸灾乐祸，“你注意安全啊，别被人套麻袋揍了，到时候兄弟们脸上多不好看……哎，你说到时候是给你送市人民医院，还是送妇幼保健院？”

见关怀还琢磨起来，温岑眯眼骂道：“滚，信不信我现在就送你去看医生？”

关怀嘿嘿笑了两声，道：“关心你嘛，关心。”

得了关怀的情报，温岑仍然没把这事儿太放在心上。

若不是后来他们在烧烤摊上再遇见，温岑都快忘了这茬。

大半夜，他在公司加完班出来，驾车回家途中停下买烟。便利店旁边是一家烧烤摊，生意极好，差不多坐满了人。

温岑把车停到路边，下车买了烟，回到驾驶座上。他刚点着烟，还没抽两口，余光透过低开的车窗，瞥见不远处挨得近的两桌人，一桌男，一桌女。在一个长卷发女人后面的那桌男人神色鬼祟，注意力根本不在铁盘中的烤串上。

温岑视力极佳，仔细看，才发现那男人背着手，偷偷在扯长卷发女人包里露出来的钱夹。

半个钱夹都露在包外面，就快从开着口的背包里被掏出来了。

温岑看了两秒，将手里的烟一扔，开门下车。他将脚踩过被扔在地上的烟，火星子被踻灭。他平时不爱多管闲事，这会儿或许是善心上来，做便做了，也懒得考虑那么多。

温岑迈步过去，走到那帮人桌边，一把钳制住男人的胳膊。

“朋友，烧烤好吃吗？”

他突如其来的举动一下惊动了两桌人。

“你……你谁啊？”男人明显慌张，下意识地想挣脱，但力气没有他大，一桌人都唰地站起来。

温岑常年健身，虽没有一身腱子肉，力气却是实打实的。况且他没有不良爱好，这么些年为生意东奔西跑，身子板儿结实得很。

长卷发女人那一桌闻声，也都回头看来。

好巧不巧，被偷钱包的不是别人，正是桑连。看见温岑的脸，她愣了一秒，立刻腾地起身："是你！好哇……"

"你在掏什么呢？吃烧烤用单手方便吗？"温岑没管其他人，拽起男人的手。

"你管老子……"

这人话音未落，桑连的钱夹就掉到了地上。

看看那桌人慌张的窘迫样，再看温岑和掉在地上的钱夹，桑连哪里不明白。

"你偷我钱包？"

她当即就要冲上去揍那男人，被身边的朋友拉住。

"老娘的钱包你也敢偷？你……"

温岑侧头，皱眉："你一个年纪轻轻的姑娘，说话能不能斯文点儿？"

桑连一顿，莫名闪过轻微的羞恼："我斯不斯文用你管？！"

温岑懒得跟她多说，下来抓贼不过是举手之劳。他松开手，无所谓地道："行吧，你这么有本事，那这儿没我什么事儿了，你自己处理。"

言毕，他转身就走。

"喂！你——"

桑连冲着他的背影皱眉，他却头都没回一下。

温岑上了车，很快开车走人。

见他的车毫不留恋地开远，桑连心里不知怎么生出一丝难以形容的不快，那种感觉有点儿微妙。

被抓的扒手看男人走了，以为她们好欺负，当即梗起脖子："谁说我偷你钱包了，你……"

桑连一脚踹在他肚子上，男人"哎哟"一声，捂着肚子倒退两步，被凳子绊倒，摔坐在地。

其他女伴不是打电话联系朋友，就是打电话报警。

唯独桑连，指着地上的男人和他那帮同伙，一腔火暴脾气全撒在他们身上："你们今天谁都别想走——"

该死的男人，小肚鸡肠，走就走，她没他还处理不好这点儿小事了吗？

脑子里全是温岑那张脸，桑连狠狠地呸了一声。

桑连没去找温岑的麻烦，放出话要逮到他这个人以后，却像是把这件事彻底抛到脑后。

有仇不报不是她的性格。虽然她和温岑顶多只能算是有过节，但是像这样高高拿起轻轻放下，在她这里实在是少见。

她没动静，她身边的朋友却惦记上了，久了好奇地问："你上回说要找那男人算账，怎么没下文了？"

桑连满不在乎："我时间金贵得很，浪费在这种人身上，不值当。"

见她对此失去兴趣，朋友们便不再多问。

其实桑连都记着。她回来桂城这么久，日子过得乏味，天天都是一样的节奏，温岑像是丢进这潭死水里的第一枚石子。

她自从知道这个人以后，这个名字出现的频率好似也高了，从前不觉得，如今渐渐会在圈子里听到很多关于他的消息。

这人白手起家，没什么背景，自己做生意，在桂城混得还算不错，人人都夸他年轻有为。

每回桑连都会想起那天晚上的事。他帮她逮小偷，够仗义。可那天两句话说得不对他又撒手不管，开着车扬长而去。

打那天晚上后，他们俩不曾有过交集。

桑连脾气不好，但也没有到那么蛮不讲理的地步，看在温岑帮了自己一回的分儿上，打消了找他算账的念头。

她只当这是生活中的一个小插曲。谁知，他们不期然却又碰上。

一场酒会上，主家把桂城能请的人都请来了，桑连和一帮朋友也在被邀请之列。她在酒会上看见温岑，他在角落待着，身边有个女人端着酒杯和他说话。

朋友过来，朝那边使眼色："你看罗亚恩，打扮得可真风情万种，不知道又憋着什么坏呢。"

桑连这帮人跟罗亚恩不对付——她们有个朋友曾经被罗亚恩撬过墙

脚，谈了三年的男朋友没了，人家钩钩手指他就流着哈喇子跟去了。

“看她做什么？脏眼睛。”桑连撇嘴，移开视线的时候，却在温岑身上多停留了一秒。

当初她们收拾罗亚恩的时候，就是桑连出的头。朋友哭得上气不接下气，休假回国的桑连把狗男人和罗亚恩一块儿堵在房间里，命人将他们的内衣、外套连着床单、枕头，所有能挡身体的东西，一股脑儿从窗户扔到楼下大马路上。

“扔完我照十倍赔，都给我扔！”

桑连没打他们一下，左右两边的人拍完照片就收了架势。

她告诉罗亚恩：“明天一早我就去找你表叔表婶，他们要是不收拾你，我亲自来。”

罗亚恩是罗家旁支，发达的人是她的表叔表婶。她不过是沾了亲戚的光才风光。

论各家正儿八经的掌上明珠，桑家桑连排第二，桂城没人敢排第一。

罗亚恩当时就慌了，桑连本来就是有名的刺儿头，天不怕地不怕，桑家人又宠她，谁能不怕她？可惜桑连在气头上，说一就是一，根本没在开玩笑。

那个狗男人更没落着好，工作丢了，吃软饭得来的车子、房子全吐了出来，灰溜溜离开桂城。罗亚恩也被罗家狠狠收拾了一通，差不多在圈里销声匿迹了半年多。

如今她们又碰上，桑连只懒得看她，毕竟丢脸的人可不是自己。

“她旁边那个是谁啊？”朋友眯着眼打量，“我看罗亚恩都快贴到那人身上了，那是她新看上的男人？”

另一个朋友参与了酒吧的事，很快认出来：“那不是之前掰断桑桑鞋跟的人吗？天哪，他跟罗亚恩搞一起去了？”

“八成是罗亚恩铆足劲在钓人家呢。”

桑连打断她们的闲谈：“行了，别嘀嘀咕咕的。娜娜她们在那边，过去坐会儿，无关的人有什么好看的。”

一群人闻言打住话头，一齐换地方。

桑连一眼也没看温岑。

她心下免不了有点儿失望，找谁不好找这么个人？他眼光真差。

全程下来，她和温岑没有半点儿交集。直至快散场，桑连去贵宾休息室里上了个洗手间，整理完衣物出来，路过偏厅，听见里面传来动静。

门没关上，露着点儿缝，桑连听见罗亚恩的声音，不由得停下脚步，朝门边走去。

桑连稍稍推开一点儿门，能看见里边的两个人，穿着正装身材挺拔的男人正是温岑。

调情？

刚冒出这个想法，桑连就听见罗亚恩娇滴滴又带点儿委屈的声音："你不高兴吗？我找你来……"

"罗小姐特地让侍应生传话，太费力气了。"温岑懒散地道，"下次有事大可以直说，传话还假借别人的名义怕是不太好？"

不知怎么，桑连似乎从他的语气里听出了嘲讽之意。桑连带着好奇心听下去，罗亚恩一直在倾诉衷肠，有的没的说了一大堆，然而温岑一句都没搭理。

桑连听得鸡皮疙瘩都快起来，不知道的还真以为罗亚恩对温岑感情有多深。他们之前不一定认识吧？她好像从没听说过关于他俩的事。

"罗小姐要说的话就是这些？行，我知道了。"温岑的回答平静得就像是在回应别人的问候一样，桑连透过门缝瞄了他的背影一眼。

见前面的话对他不起效，罗亚恩似乎急了，改变策略开始卖惨："温……温先生，我知道……跟别人比，我的身份确实差很多。我一直都很自卑，哪怕我努力了，周围的人还是瞧不起我，他们眼里只有物质。生活在物质丰富精神却贫乏的圈子里，那种格格不入的感觉，你……你能懂吗？你肯定懂的吧，你白手起家，从无到有，吃了那么多苦，我想你肯定也……"

桑连忍不住翻白眼。正当她想骂街的时候，温岑及时打断了罗亚恩的表演。

"不好意思，罗小姐。精神贫不贫乏不知道，物质方面我挺丰富的。我这人比较没皮没脸，从小在哪儿都没觉得格格不入过。你说的这个圈子里的人，有不少都是我朋友。"他低低笑了下，"况且我白手起家，从无到有，吃那么多的苦，为的是我自己，不是为了体谅谁、对谁感同身受。你说的这些我真理解不了。”

罗亚恩没想到他居然会这么回答，愣住了。

“没什么事我就先走了。”温岑说，“这种心事建议罗小姐下回找个女人倾诉，我和你也不怎么熟。”

桑连在门外听着，莫名痛快，死憋着不敢笑出声，脸都笑红了。光是想，她都能想象到罗亚恩一脸不爽的表情。

没等她笑够，温岑的脚步声朝门靠近了。她赶紧溜走。

撞见罗亚恩在温岑面前碰壁的事，桑连没对别人说。毕竟是偷听，说出去不好，她连身边的朋友也没告诉。

温岑在桑连心里的形象有了一丝好转，没被罗亚恩这种手段骗到，说明他是个脑袋正常的男人。她在心里把先前腹诽他眼光不行的话收回。

过了半个月左右，是桑连的生日，她妈打算给她大办。她的生日不仅是她的事，也是桑家的事，对此她没意见。

桑连心里明白，家里办的是桑家大小姐的生日宴，那种大场合，生日不生日的不重要，交际才是根本目的。

她另外给自己订了个场地，将时间选在生日的前一周，招待一帮朋友，还有圈子里一些打过交道的同龄人。

桑连请了专门的设计团队装点现场，还和设计师们到现场查看场地——这种事本不用她亲自做，正巧闲来无事，给自己找点儿事情打发时间。

她逛了半圈，负责接待她的人被酒店的人叫走谈事。桑连电话响，没接到，就准备去廊下回拨。她一出去，正好听见接待人和同事在说话。

“不行的，桑小姐这个场地肯定不会让的！”

“要不你问问试试？”

桑连眉头一拧，直接出声：“谁要我让场地？”

说话的两人一回头，见是她，吓了一跳。

“桑小姐！”

她走过去，把手机拿在手上，不打电话，只追问："说啊，谁要我让场地？"

接待人和同事互相对视一眼，后者硬着头皮道："桑小姐不好意思，我们不是那个意思。只是另外一位客人看中这几间宴会厅，想在这边办活动，才让我们问问。"

"谁啊？名字说给我听听。"

那位工作人员不说话。

桑连不耐烦："我问你话呢。"

"是这样，那边的客人询问这几间宴会厅的时候，我们说有人订下了，也是没有告诉对方您的名字，我们要为客人保密的……"

"你今天不说，我等会儿就找你们酒店老板。"桑连较上劲了，抱着手臂，"你们应该知道我的脾气。"

她本身没想干什么，只是随口问问——这俩人却推托着不肯答，她反倒较上劲。

没办法，工作人员迫不得已，只好说："是……是一位姓温的先生。"

"姓温的？桂城这么多姓温的，哪个啊？"

"是……是天诚的温岑先生……"

工作人员和接待人都缩着脖子。桂城这些富贵人家都是一个圈里的，就算有什么事也伤不到他们。但神仙打架小鬼遭殃，一个伺候不好，他们就有可能丢饭碗。

工作人员本以为桑连会生气，不想她愣了一下，随后微微皱眉："温岑？他要订这几间宴会厅？"

工作人员小心地回答："对的。"

"他让你来找我商量的？"

"是……"工作人员说，"我们不好泄露客人信息，所以没有告诉温先生这几间是桑小姐你订的。我们跟他说了很多次不方便，但是温先生十分中意，坚持让我们和订下这几间宴会厅的客人谈谈，还说条件可以协商……"

"他订了要干吗？"

"这个我们不清楚。"

察觉自己问得太多，桑连打住话头，撇了撇嘴。

她站着不说话，两个工作人员也不敢出声。

他们提心吊胆地等了一会儿，忽听桑连说："行吧，我让给他。不过我生日也不能不办，跟你们负责人说一下，生日宴的时间提前两天。原本订好的宴会厅让给温岑。"

两个工作人员既吃惊又意外，没想到桑大小姐竟会有通情达理的一天，连忙喜出望外地道谢。

她这一让步，他们一下子保住了两单大生意。

桑连摆摆手，预备进去继续和设计团队商量怎么布置，走了两步猛地停下。转身看向那位来协商的工作人员，她道："你记得转达温岑，就说我桑连改时间腾场地给他，之前的事情就一笔勾销了。"

她佯装不在意，但话里话外偏偏又在意得很，咬重自己的名字："你跟他说清楚，我姓桑，叫桑连。"

两位酒店员工愣愣地点头，桑连这才转身入内。

温岑办宴主要请的是一位正在接洽的大客户，生意正谈到紧要关头。宴会结束后两天，客户很满意，合作就此敲定。

温岑松了口气，终于得以从高压中抽身。周林约他出去吃饭，温岑应邀而去。

周林算是他一帮朋友里最正经的，关怀虽然也不是吊儿郎当的人，但就是烦人得紧，贱兮兮的劲头儿和温岑有得一拼。温岑和周林待在一块儿，乐子不多，但胜在轻松。

他俩常一块儿吃饭，周林有家餐厅，是他的众多副业之一，时常被他用来接待朋友。

两人在一层靠窗的角落坐下，点了几道菜。周林让人拿出自己私藏的酒水，与他闲聊起来。

服务员把用冰桶镇着的酒送上来，同时告知："老板，来了几个贵宾。"

周林这儿有一份电子名单，都是桂城有头有脸的人物。人家上这儿来，他肯定要照顾周到，不能让人挑出毛病。是以，服务员们都熟记了这份名单，以免哪天招待不周惹出事端。

“谁？”周林问。

“都是女士。”服务员说，“包间开的是徐娜小姐的名字，还有张小姐、桑小姐、孟小姐……”

估摸着是一帮名媛闺密聚会，周林点了点头，没放在心上。

温岑忽地开口：“桑小姐？是桑连吗？”

服务员愣了愣，不太清楚：“这个……”

周林打量的目光看来，温岑表情镇定，只说：“让认得的人去看看，是的话过来告诉我。”

“喊领班去看看吧。”周林发话，服务员应声而去。

不多时，领班亲自过来回复：“桑连小姐确实也在。”

周林问他：“怎么，有事儿？”

温岑反问：“你那瓶黑皮诺还在不在？”

周林警惕起来：“干什么？”

“下回我还你一瓶更好的。”温岑说着，吩咐领班：“去，把你家老板的私人酒柜开了，那瓶黑皮诺送去给桑连小姐，说是我送的，祝她生日快乐。”

领班看周林的脸色，周林点了下头，前者这才领命离开。

周林吐槽他：“你行啊，我请你吃饭，你跑来谋我的酒？”

“下回买瓶三十万的还你，你自己挑。”

“不是钱的事儿好吧。”那瓶黑皮诺是特殊年份产的，数量稀有，二十多万一瓶。周林不在乎这点儿钱，道：“我只是好奇，你跟桑连什么关系？什么时候认识的？”

温岑懒洋洋地往后一靠，哼笑一声：“你管呢，少八卦你爹。”

周林伸脚在桌下踹他：“我是你爹。”

这边桑连正和一帮朋友坐着等上菜，领班抱着长方形的礼盒进来，歉然道：“不好意思，打扰一下各位，有人让我把这个送来。”

“什么东西？”

领班没说，只道：“是给桑小姐的。”

冷不丁被点名，玩手机的桑连抬头一愣：“给我？”

领班行至她面前，把玫瑰金的长方形礼盒递给她。桑连接过来放到桌上，解了蝴蝶结系带，打开一看，里面是一瓶酒。

一瓶黑皮诺。

徐娜是唯一懂酒的，凑过来看了年份和瓶身上的字一眼，眼微亮："哟，这酒不错啊。"

"谁送的？"桑连奇怪地道。

领班说："这是温岑先生让我们送来的。温岑先生说，祝桑小姐生日快乐。"

桑连愣了。

"温岑？"半晌她才出声。

徐娜说是好酒，那必定不会错，桑连下意识抬手摸了一下瓶身，下一秒想起周围还有人，立刻收回手。

其他人见状，不管三七二十一先起哄，顿时一片"噢"的声音。

桑连轻咳一声，敛好表情，压下微妙又奇怪的心情，故作矜持道："知道了，麻烦你帮我向温先生转达一声谢谢。"

领班点头应是。

徐娜按捺不住，伸手："来来来，把酒开了。"

桑连一巴掌拍在她爪子上："开什么开，这是我的生日礼物，你给我一边去。"

徐娜颇有深意地笑起来，眯眼打量她。一瓶酒而已，好是好，但桑连又不是没见过没喝过，这样护着……

桑连只当没看到，合上礼盒，递给领班："帮我收好放那边，等会儿我带走。"

刚忙完一桩生意，温岑有一段休息时间。晚上被周林等人叫去wan，这回温岑不是半途赶场子，开局时就到了。

温岑一向不如他们玩得开，每到要续摊时，或是到了凌晨一两点，就会先走。

见时间差不多，温岑像往常一样准备走人，却被骂得很惨。一个个拉着他不让走，尤其是关怀："你这孙子，一口酒不喝你来干什么？走得这么早，家里有宝贝啊？"

"胃不舒服能怎么的，你以为我想？"温岑递了根烟给他，"不来你又要说我难请，就你难伺候。”

“来来来，这果盘你带回去吃。我们都喝酒，你一晚上净吃这个，带回去别客气……”关怀接了他的烟，还端起桌上的大盘就要往他怀里塞。

温岑笑骂：“你滚。”

他作势要把烟抢回来，关怀躲开，没让他抢着。

他们告别一通，温岑走出包间，外头大厅里还有不少玩的人。温岑镇定自若地穿过舞池，音乐震耳欲聋吵得人脑袋疼，一群夜猫子摇头晃脑，尽情挥洒荷尔蒙。

温岑有点儿想抽烟，刚刚把烟分给了关怀，伸手摸胸口的口袋，只剩最后一根。他拿出来，还没来得及掏打火机，被旁边喝醉的人一撞，烟掉在地上。

喝醉的人点头致歉。音乐声大得盖住了他的声音，只能从那人含糊的嘴型看出，似乎是说“对不起，不好意思”。

而后那人晃晃悠悠地走开。

温岑皱了皱眉，瞥地上的烟一眼，提步欲离开，余光忽地瞥见角落那桌坐着的人。今天是桑连的生日，照理来说，这个时候她的生日宴应该刚结束，她怎么会在这儿?

温岑和桑家认识归认识，但不熟。这次桑连生日，温岑这帮人都收到了桑家的请柬。他们没去，挨个儿备了礼让人送去聊表心意。桑家自然不会见怪，什么关系做什么事，大家都明白。

只是于情于理，无论从哪个角度考虑，桑连这个时候都不应该出现在这里。

桑连身边没人陪着，一个人喝闷酒，桌上摆着各式各样的洋酒、洋啤。她没了平时的趾高气扬，躲在角落里的小卡座上。不知是不是因为光线昏暗，她看起来情绪很低落，整个人都被一种负面的气氛包围。

温岑不由得多看了她两眼。

他和桑连之间谈不上交情，又不能说完全不认识。大概两秒时间，温岑收回目光。桑连为何买醉是她的事，两人非亲非故，没他什么事。

他提步朝外走，刚走没几步，又停了。

有人去跟角落的桑连搭讪。她脸颊微红，看桌上的酒瓶，不知道喝了多少，肯定不是一两口。那男人却是清醒的，端着杯酒，透明杯身里酒液浑浊。他咧着嘴笑，靠近桑连，不知在说什么。

桑连没抬眼，一眼都没往旁边看，盯着桌上固定的位置，眼神似乎有些放空。

那男人脸色变了几变，凑得更近。

温岑微皱眉头，不得已，脚下方向一转，朝那边走去。行至桌前，他高大的身躯挡住光线，阴影笼罩在卡座上的两人身上。

“你谁啊？”这边音乐声没那么大，男人拧着眉抬头看温岑。

桑连慢悠悠地抬头看向温岑，没说话。

“不是什么人都可以泡的，你知道她是谁吗？”温岑摆了摆头，示意他离开，“走远点儿。”

“凭什么……”

“给你十秒，不走今天你都走不了了。”温岑懒得跟他废话，“不信你就试试。”

搭讪的男人见他穿着昂贵，显得气派极了，也不似在开玩笑的样子。男人犹疑几秒，到底还是端着酒杯走开。

温岑没在意他嘴里骂骂咧咧的内容，盯着桑连看了看：“喝够了没？走了。”

桑连眯着眼打量他，半晌道：“你谁啊？你……”

她果然是醉了，脸颊红热，意识似乎也不怎么清醒。温岑握住她的手腕，拉她起来。桑连踉跄，被拽着走。

“你……喂……”

温岑人高腿长，她甩了几下手，没挣脱开。

到酒吧门外，夜风迎头吹来，温岑松开手，她脚下一绊，摔到地上。疼痛和微凉的风让她清醒了些，温岑居高临下看着她：“清醒了没？”

桑连捂着手腕抬头，停顿两秒，认出来他：“温岑？”

“要买醉，至少带点儿人壮声势，出了事后悔就来不及了。”他没什么表情地说。

她以手撑地，别开头：“我后悔什么？”

温岑无声地嗤笑，没说话。

刚才的情形，若他不把她拉出来，她今晚在里面肯定得出事。不是她遭殃，就是骚扰她的人遭殃。

“我的车在旁边，走不走？”温岑问。

桑连没答。

“你不走我走了。”

她抿了抿唇，下一秒站起身：“走。”

温岑瞥了瞥她，转身提步。

“你家在哪儿？”温岑开着车问。

桑连靠着副驾驶座，说：“我不回去。”

“知道了，回桑家。”

她转头瞪他：“我说了不回去。”

温岑不接话，默默开车。

“你不许送我回家，听到没？”桑连急了，“我不想回去见我爸，我不回去。”

温岑理都不理：“你跟你爸有什么矛盾我不管，我只负责把你安全送到家。”

“你！”桑连踹了踹副驾驶座脚下的空间，“停车，你放我下去，我要下车！”

温岑置若罔闻。

“停车！我叫你停车——”

他一打方向盘，猛地将车开向路边停下。

桑连一愣。

温岑说：“下去吧。”

她没想到他这么不留情面，一时又气又羞，气冲冲拉开车门下去。

桑连双脚落地刚站稳，温岑就开着车疾驰而去。她转身冲着车尾方向大骂：“温岑，你算什么男人——”

桑连胸口剧烈起伏，深呼吸，提步朝前。她闷头走，没多久停住，站着哭了。

无人的夜里，四下安静，谁都想不到白天不可一世的桑家大小姐，晚上会在路边狼狈地掉眼泪。

哭了没两分钟，马路对面响起喇叭声，她警惕地抬头，脸上还挂着眼泪。

道路那侧，降下的车窗里，温岑坐在车上，沉着眸子朝这边望。

“还下车吗？不想走路就上来。”

桑连怔怔的，许久，噙着眼泪，穿过无人的马路往对面走。她一边走，一边抹眼泪。

桑连的前男友是她在国外留学时谈的。她没心没肺，事事不愁，对爱情这回事并没有多深的感触。她只是觉得那个人还不错，虽然他家里条件差了点儿，但对他还是有点儿好感。

前男友很喜欢她，追了她很久她才答应。

他们在一起一年多，她爸知晓以后说什么也不同意。

男方家里条件不好，他出国留学是苦读，和有钱的人家送孩子出去见世面不一样。他追求桑连这个千金大小姐，可以说是鼓起了十足的勇气。

桑连原本还跟她爸争执，她爸二话不说直接切断她的经济来源。没出两个月，没吃过苦的桑连就妥协了。

那时候她觉得自己有些可耻。可说真的，她和男朋友之间谈不上轰轰烈烈，更没有爱得死去活来，桑连对他其实没有那么深的感情。

他们分手分得很平静，男方或许早就料到这个结局，坦然地接受了。

时值他毕业面临人生选择，原本犹豫许久——不知是不是因为桑连和他分手，他再没了踌躇的理由，毅然决定前往非洲支教。

她再听到他的消息是半年后。校友们告诉桑连，他在非洲支教的时候感染疫症，去世了。

桑连初听闻时一怔，说不清心里是什么感觉。

后来她却总是想到他们分别的时候，那时天气还很好，他对未来有很多憧憬。谁知道最后，他却那样突然地死在了那片炎热的大地上。

她怪她爸爸，更怪自己。如果他们没有分手，他肯定会选择更安稳的生活。就算他们还是走不到最后，结局仍是分手，可分手的时间迟一点儿，不在他毕业的那个当下，或许也不会是那样的结果。

梦想成为设计师的桑连，从那个时候变成了肆意妄为、惹是生非的大小姐。她爸和她说什么她都不听，两个人一见面就吵架。

她故意制造矛盾，就是要让她爸对她的所有希望都落空，用这样幼稚的方法惩罚她爸和自己。

今天生日宴，心疼她、把她当成掌中宝的妈妈，委婉地向她提出，她年纪差不多了，该是时候找个人陪着了。不知怎么，桑连突然感觉很难过。

曾经觉得前男友不是最适合的人，她抱着将就的心态和他谈恋爱。他走了以后，这些年却连个能让她觉得“还行”的人都没有。

宴会结束以后她跑出来买醉。

不同的酒混在一起，颜色格外漂亮，她喝了不少，喝到最后盯着那些半空的酒杯发蒙。

她想，心里的这个结大概永远都解不开了。

这是她人生中永远的罪恶枷锁。

“我觉得很痛苦。平常不会想起来，一想起来就特别难受。”

桑连看着车窗外，自己也说不清为什么会在这个时候忽然想和这个人倾诉。

温岑沉默着听完她的话，过了良久开口：“人活一辈子，身上总会背着点儿什么。”

她没接话。

车开过两个路口，温岑直视着前方，忽然说：“小的时候我也觉得有很多东西是这辈子都过不去的，但是后来慢慢就会发现，其实是自己看得太重。很多事情，看轻一点儿就好。”

桑连呢喃：“看轻……”

“我和我爸的关系也不好。”他说，“尤其中学那几年，我特别恨他。”

这样的夜色下，他们因为莫名的交集开始交流。

桑连问：“为什么？”

“他出轨一个女同事，那时候我妈身体不太好……初二的时候，我妈病逝了。我一直觉得我妈是被他气病才会死的。我妈死了以后，没到半年，他忽然良心发现，和姘头断了关系。因为工作他经常出差，短的时候半年，长则一年。他每换一个工作地方就给我办一次转学，把我带去。”

桑连皱了皱眉。

温岑继续道："我跟他吵过很多次架，我说你自己走，我留在哪里读书都行，别整天让我转来转去。他不肯，说什么要照顾我，一定要把我带在身边，否则对不起我妈。我那个时候觉得他特别虚伪，早干吗去了？我妈在的时候伤她最深的就是我爸，人没了才来后悔，假惺惺。"

"后来呢？"

"后来我们就天天吵架，我整天都气他，要么就不跟他说话，要么一开口就唱反调。他觉得特别亏欠我，一直想弥补。他工资挺高的，经济方面一直没少给我钱，但我们就是关系不好。"

"那你现在原谅他了吗？"

"说不上原谅不原谅。"温岑开着车，想伸手摸烟没摸到，只好作罢，面色平静地道，"因为跟他唱反调，我连大学都没念，自己出来做生意。这两年稍微好一点儿，他年纪大了，我有时候有空也会回去看他。上次跟他说让他搬到我这儿来，他不肯，回了老家，说方便照看我妈的墓地。"

他嗤笑："骨灰埋在地底下，人都没了，留在面上的不过一座石头碑，又有什么好照看的？"

桑连不知说什么，忽觉他好像更需要安慰。

"人嘛，熬着熬着，到底了，一辈子就过去了。那些过不去的事也一样，背在身上，背着背着，一辈子过去也就过去了。"温岑眼睛黑沉，笑了下，"想开一点儿就好。"

他这样拿出伤心事开解自己，她再一味为自己伤怀，似乎不太像话。桑连叹了口气，轻轻嗯了声算作回应。

车内一时无言，安静了一会儿，桑连为了缓解气氛，转移话题。

"对了，你……你这车什么时候买的？"

"忘了，前两年吧。怎么？"

"没，挺不错的。"

温岑用余光睨她："你的表情好像不是这个意思。"

她咳了声："我个人是不太喜欢，但是其实还不错。不过我觉得你也可以试试别的款。"

"再说吧。"

怕他介意，她道："我随便说的，你要是喜欢坚持自己的想法就好，别往心里去，我没别的意思……"

温岑说："我没多想。"他顿了一下，道，"买车的时候我说给我来辆法拉利，销售员推荐的这款，我就买了。"

"你喜欢法拉利？"

他没答，不知想到什么，忽地笑了。

桑连好奇："笑什么？"

"不是。"他说，"这个说来话长。"

他语气大方地告诉她："我读高中的时候，骑自行车载我前桌，那天我问她，你想坐法拉利吗？后来我弄了辆电动车，跟她说那是我的法拉利。"

他笑得开心，桑连捕捉到重点，状似不经意地问："女生？"

"嗯。"他点了下头。

"你喜欢她？"

他轻轻"啊"了声，道："初恋。"

桑连觉得心里怪怪的："她是什么样的人？应该很好吧？"

"确实很好。斯文、安静，不爱闹。我第一次见她是办转学手续的时候，我爸在跟老师说话，我一个人乱逛，找了个石凳睡觉，当时她做值日扫地，就在艺术楼旁边。那时候楼上有人拉小提琴，我没话找话，跟她说那小提琴拉得好听。结果她看了我一眼，说她觉得很一般。后来我才知道她也会拉小提琴，是真的拉得很好。"

那一场比赛，他第一次看她站在舞台上拉小提琴，当时觉得她在发光。

所以后来他们在她读的大学里重逢，她说要去留学深造，比起遗憾于他们这辈子或许是真的没有机会走到一起，他更多的是感到欣慰和开心。

他觉得她就是应该要发光发热的，她值得拥有想要的一切。

父母失败的婚姻和父亲的行径让他一度对爱失望。但后来他想通了，真的为一个人好就是希望她好，是成全和祝福她。

况且他对她的感情，比起喜欢，更多的应该是欣赏。

他们的关系止步于友情，也不是什么不好的事。

“都是很久以前的事了。”温岑话匣子打开，说得也多，“早就过了很多年。她现在过得很好，结了婚。”

桑连听他说得自然，问：“她结婚你不难过啊？”

“不难过啊。早就过去了，以前我确实喜欢她，但更多的是朋友之间的感情。我觉得她挺好，欣赏这个人，是知己。”他说。

“那你怎么现在都没找女朋友？”

“没时间。”他笑了下，“不着急。”

“你……”桑连想说什么，又憋了回去。

视线在他微微笑的侧脸上停留，意识到停得太久，她蓦地回神，扭头看向窗外，脸有点儿热。

“然后呢？”

桑连的好友是婚礼策划师，被桑连从国外请回来为他们策划婚礼。坐了一下午，从两点半聊到四点半，听他们说了两个小时，才说到彼此刚刚开始真正产生交集的时候，好友有点儿抓狂。

“然后……”

桑连还要说，温岑拦住她，端起水杯递给她：“先别说了，喝点儿水，歇一歇。”

“嘿嘿。”他发话了，桑连立刻闭嘴，接过杯子甜甜一笑。

她喝得仿佛不是水，是琼浆。好友被这对新婚夫妇秀得眼睛疼。

好友把笔随手扔到纸上，道：“算了，明天再说吧。你们先给我预告一下，你们这爱情故事多长啊？婚礼前我听得完不？”

桑连肯定地道：“不长，马上就讲完了！”

“我信你。”

桑连嘀咕：“是你自己要我们跟你聊的。”

好友本来说是聊清楚了，才能为他们准备适合他们的婚礼。

“怪我，都怪我行不？”好友告饶，“你们明天再来吧。一个星期，我给你们一个星期，把这个爱情故事给我讲完，听到没？否则本小姐不干了，你们另请高明。”

被好友警告，桑连缩了缩脖子，用力点头表示明白。

好友还有事要忙，先走了。他们都是很熟的朋友，礼节上相对随意，桑连和温岑就这么被她扔在会客室里，也没不高兴。

两人收拾好东西准备回家。

站起身，温岑给桑连整理衣领："桑桑。"

"嗯？"

"我很好奇你那个时候想说什么？"

桑连一愣，问："什么时候？"

"刚才说到在车上的时候。"

她顿了一下，脸上闪过一丝红。

温岑追问："嗯？"

"没什么。"

"没什么是什么？"

桑连不好意思起来，含糊几秒，才道："我当时想说——'你觉得我怎么样'……"

温岑愣了愣，而后笑起来。

桑连捶他："不许笑。"

他敛起笑意，摸摸她的脑袋："我觉得你很好。"

桑连一顿，一边努力板着脸，一边却又忍不住高兴起来。

两人手牵手往外走。

桑连忽地问："温岑，你还遗憾吗？"

"嗯？"温岑看了看她，握紧她的手，"不遗憾，已经不遗憾了。"

错过或许只是因为那些东西并不真正属于你。

看轻一点儿，想开一点儿，然后总有一天你会遇到真正属于你的一切。

你别怕遗憾。

你要向前看，不要停。

番外四　青春轮回

初冬来临，气温节节下降。

下午过了最暖的时候，便觉着有点儿冷。

教室内侧那组，倒数第二排靠窗的座位，温屿低头，在桌肚里看着手机，表情不太明朗。

课间走廊上吵吵闹闹的。人陆续出去，几个男生从小卖部买水回来，后座的一个人给温屿捎了瓶运动饮料，过来往他课桌上一放，站在旁边问："在看什么？下节休育课，还不走？"

温屿放下手机，垂眸直起身，只说："没看什么。"

男生边喝水边往他身上倚，另一只手搭着他的肩，冲他挤眉弄眼："哦，我知道了。是不是在想陈之纯？我听他们说，最近一直没见着她，她这两天都没来找你，什么情况？"

温屿拿开他的手，不承认："没情况，少瞎猜。"

"你看，被我说中了吧？"他越是这样的态度，男生越发确信，"你说说你，之前人家殷勤的时候你不上心，现在人家不干了，这下可怎么好？陈之纯长得那么好看，还会拉小提琴，学校里不知道有多少人喜欢她，隔三岔五还有外校的人来表白，你真是身在福中不知福。"

温屿来这个学校差不多一年，陈之纯课间经常会来找他，要么是给他东西，要么是找他借什么。他们之间会互换笔记，放学偶尔也会一块儿走。

平心而论，他虽然成绩不错，每回都能排进前三十名，却不算顶好。他长得确实好看，女生们私下没少议论。然而他才刚来那会儿，还没被太多人关注，完全是因为陈之纯对他特殊的亲近才一下子变得格外引人注目。

和他一起玩的朋友那会儿别提有多好奇，问过才知道，他们的父母原来是好友。

温屿的爸爸和陈之纯的妈妈高中同班，各自结婚后，陈之纯的妈妈和温屿的妈妈反倒熟稔起来，关系越来越好。两家定居在不同的城市，但每年都会约着见几面。

据温屿自己说，他和陈之纯以前并不熟，只在小时候见过，后来大了，都是父母之间互相来往。十岁以后他就没再见过陈之纯，六年级和陈之纯的弟弟冬有真一起参加过男生夏令营，反倒还更熟些。

他是在转来这边读书之后才真的和陈之纯熟悉起来。

话虽如此，可谁都看得出来，陈之纯对他态度不一般。

男生调侃的话里不免有几分八卦之意，温屿明显不想和他聊这个：“上体育课了，少废话。”

温屿说着拿起运动饮料起身。

班上人已经不多，除了几个还在后排玩闹的男生，差不多都去操场集合了。温屿和他们一起下楼，到他们这年级用的那块场地上，还没进入班上的人群，不知谁突然道：“欸？陈之纯他们班换课了，也上体育课？”

温屿脸上淡淡的，原本似乎在犯懒，闻言，一下抬眸。

不远处，陈之纯他们班上的学生果真都在，他们班的体育老师正在一旁理着器材。

“可真殷勤。”还是先前说话的那个人，看着陈之纯身边不知在和她聊什么的男生，啧了声。

“我看陈之纯对他态度好像挺好。”

“她对谁态度不好，一直不都没什么坏脾气？你就算和她不熟，找她问问题，她也会告诉你。不然能有那么多人把她当女神？人家这叫人格魅力。”

“不一样，我瞧着陈之纯今天对他笑得好像特别开心呢。”

“再开心又怎样？谁不知道陈之纯对我们温……”

他们你一句我一句，忽地想起什么，说到一半闭了嘴。

温屿没出声。他们小心翼翼地看过来，他仿佛没看见，敛了敛眸，去一旁坐下。

一群人还算识相，没再继续聊这个话题。

很快，体育老师吹哨集合。同个年级两个班都在操场上课。他们跑完步，做完操，进行了几个简单的项目，还剩半节课时间。到了差不多的时间，两边都各自解散。

陈之纯身边一直围着人。开始是几个男生，似乎是问她要不要喝水，她摇头婉拒。后来又来了好些女生，拉着她聊天儿说话。陈之纯和她们在操场上逛了一圈儿，而后又一起去小卖部买零食。

她们经过这边，温屿班上不少人都和她打招呼。

她成绩好，从初中直升上来，一路名列前茅，小提琴拉得又好，从小到大拿了不知多少比赛的奖。

学校里几乎没人不认识她和她弟冬有真。和性子淡淡的冬有真不一样，陈之纯的人缘非常好。

她好似没看见温屿，径直从他在的地方走过，全程一个眼神都没给他。

“喔。”男生堆里不知谁下意识发出这么一声，怕惹温屿不高兴，咳了声，下一秒赶紧闭嘴。

温屿仍旧没说话，唇微抿，没有回头看陈之纯走去的方向，盯着前面像在看人打球，眼神却没有焦点。

体育课是下午最后一节课，放学铃响，满校师生陆续散了。

温屿被老师叫去帮忙登记表格，等走出办公室，学校里几乎没有什么人了。他去取了车——一辆浅色的电摩，开出去没多久，就在路边书店里看见一个熟悉的身影。

没了围着她转的闲杂人等，陈之纯一个人停在书店外的陈列架前，翻着最新上架的文摘杂志。

似是听见动静，她转头看来，视线和他对上。她抿了下唇，把杂志放回原位，转身走向前方不远处的公交站。

温屿开得很慢，步子大些的行人怕是都比他快。

他停在陈之纯面前，直直地看向她。

“干什么？”陈之纯的语气不善。

他说：“载你回去。”

她生硬地道：“不用，我坐公交车。”

温屿盯着她看了几秒：“还在生气？”

“没有。”说这话时，她却并不正眼看他。

“你月底有比赛，每天练习已经没多少休息的时间，等你比完赛回来我再陪你去看那个展览。”

她沉默不语。

温屿沉默了下，放轻的声音莫名有些无奈之意：“之纯？”

“我不想去了。反正你也不清闲，和别人逛商场去吧。”

温屿一愣，轻皱眉头：“我和谁逛商场？”

陈之纯板着脸抬眸：“上周末我给你打电话，你说你在宝德广场。同一天，同一个下午，给你写信的那个女生发的自拍也是在宝德广场，配文还说‘很开心和喜欢的人度过一样的时间’。”

“我没有和她一起逛商场。”温屿眉头皱得更紧，解释，“我真的不知道她在那儿，根本没见面。”

陈之纯盯着他，不说话了。

他说：“真的，我不骗你。那天我是一个人去的。”

温屿不至于撒这种谎，陈之纯在这一点上还是信他的。她用力抿了抿唇，过会儿才道：“那你去干什么了？那天我妈让我打电话叫你去吃饭，你说回不来，问你在干吗你也不说。”

温屿一家之前在另一座城市生活，因为生意的关系，他父母经常往这边跑，一年里大半时间都在两地往返。

他来这边念书后，他父母在这里买了房。虽然他们待在这座城市的时间逐渐增多，但也有很多时候家里只有他和照顾他的阿姨，所以陈之纯的妈妈时不时便会叫他去家里吃饭。

听陈之纯问，温屿忽地沉默起来。

见他不语，陈之纯面上刚缓和不久又生起气来。她沉着脸正要转头走开，他道：“我去给你买克里熊了。”

她顿住，一愣。

温屿从外套口袋里拿出一样东西，是个金属的熊吊坠。陈之纯喜欢的这一款是热门，早就缺货。前阵子听说门店补了货，但是排队的人很多，她一早就打消了买的念头。

“本来想月底你比完赛当礼物送你。”他说，“这两天你不高兴，我就带来了，一直没机会给你。”

“你……”陈之纯愣愣地看着他，视线扫过那个吊坠，脸上不自在起来。

温屿却是极好的性子——至少在她面前是这样。他没有追着计较她误会他的事，当不存在一样，直接将这个坎儿迈了过去。

“上来吧，天晚了，我送你回去。”

陈之纯尴尬地别扭了一会儿，没说话，半晌，接过他手里的克里熊，坐上他的电摩后座。

温屿拧动车把手，一下开出去好远。

她不由得抓住他的衣摆：“开慢点儿。”

“嗯。”他应了声。

他每次都这样答应，陈之纯撇嘴，又说：“前面有个下坡，你别开那么快。”

他说了声好。

然而拐过两道弯，到下坡的时候，他的速度却没减，陈之纯不得不抓得他更紧。车轮似是被什么震了一下，她一晃，慌忙揽住他的腰身。

呼啸而过的风里，温屿似乎笑了一下。

陈之纯恼怒地瞥他的侧脸：“温屿——”

他好像听见又好像没有。陈之纯瞪完他，抿唇垂下眼，却没收回手。

“去你家吃饭呗，我懒得回去了。”他忽地说。

她模模糊糊哼了一声，算是应答。

“前面还有坑。”他提醒，“抱紧点儿。”

她不吭声，忍住掐他的冲动，藏在发丝下的耳根悄然泛红。

车轮一圈一圈地转着。

遥遥前路，从开始到结束，又从结束到开始。

来去不停的岁月里，青春正轮回不止。